KB109901

길을 만들며 살다

길을 만들며 살다

발행일 2020년 1월 10일

지은이 이근순 그림 이정연
펴낸이 손형국
펴낸곳 (주)북랩
편집인 선일영 편집 오경진, 강대건, 최예은, 최승헌, 김경무
디자인 이현수, 김민하, 한수희, 김윤주, 허지혜 제작 박기성, 황동현, 구성우, 장홍석
마케팅 김회란, 박진관, 조하라, 장은별
출판등록 2004. 12. 1(제2012-000051호)
주소 서울특별시 금천구 가산디지털 1로 168, 우림라이온스밸리 B동 B113~114호, C동 B101호
홈페이지 www.book.co.kr
전화번호 (02)2026-5777 팩스 (02)2026-5747

ISBN 979-11-6539-032-7 03810 (종이책) 979-11-6539-033-4 05810 (전자책)

이 도서의 국립중앙도서관 출판예정도서목록(CIP)은 서지정보유통지원시스템 홈페이지(http://seoji.nl.go.kr)와 국가자료공동목록시스템(http://www.nl.go.kr/kolisnet)에서 이용하실 수 있습니다.
(CIP제어번호: CIP2020001135)

길을 만들며 살다

가진 것 없어 막막한
이 시대 청춘에게 보내는 희망 편지

글 | 이근순 그림 | 이정연

내 앞에는 아무것도 놓여 있지 않았다.
그래서 나는 직접 다리를 놓기로 했다.

북랩 book Lab

창문을 열며

나는 수시로 새집 냄새가 듬뿍한 거실과 안방에서 밖을 바라보곤 한다. 아파트에서 바라본 전경은 참으로 아름다웠다. 하늘, 산, 들, 강 그리고 고속철도와 도시고속도로가 한눈에 펼쳐진다. 날씨가 좋은 아침에는 떠오르는 태양을 베란다 꽃들과 함께 맞이한다. 나름대로 이런 만족감을 느끼며 55여 년의 인생 여정을 떠올려 보곤 하였다. 만 6살 때부터 지금까지의 일 중 많은 것들이 생생하게 기억이 났다. 학창 시절, 직장 생활 시절 그리고 개인 사생활에서 중요한 경험들이 참으로 많다는 생각을 하게 되었다. 나이 먹어 잊기 전에 생생한 기억들을 적어 봐야겠다고 결심을 하였다.

2017년 여름부터 틈틈이 경험들의 제목과 간략한 내용을 적어 보았다. 기쁜 기억, 슬픈 기억, 보람된 경험, 시행착오 등 많은 것들이 나열되었다. 나는 평소에 많은 일과 경험을 기록으로 남기는 것을 좋아한다. 회사에서도 나는 많은 경험집, 사례집 등을 발간했다. 이 발간물은 나 자신의 것이 아닌 회사의 이름으로 발간된 산물들이었으나 큰 보람으로 생각하고 있다. 그중에서 나를 뿌듯하게 하는 것은 「전력연구원 50년사」, 「전력연구원 개혁백서」, 「2012 서울 원자력인더스트리서밋 백서」, 「일본 전력산업 관련 현황집」 등이다.

2019년 6월, 5일간의 휴가를 내고 산에 들어가 목차를 정리하고 기억 속의 내용을 컴퓨터에 입력하였다. 그리고 매일매일 3~5페이지씩 원고를 쓰겠다고 다짐을 하였다. 가끔은 '내가 이것을 왜 쓰는 걸까?' 하는 생각도 들곤 했다. 그렇지만 자랑스러운 것도 아니고 어찌 보면 별거 아니지만 내 삶을 정리해 보는 것도 의미가 있어 보였다. 혹시나 가족, 후배들에게 조금이라도 도움이 될 것 같다는 확신이 생겼다. 나의 어릴 때 꿈은 선생님이었다. 그래서 나는 부족함이 많지만 남에게 알려 주는 것을 좋아한다. 나는 지식만 필요한 것이 아니라 지식에 일을 통한 경험을 더하면 보다 지혜롭다는 명언을 믿는다. 그러기 위해 나는 더 남에게 알려 주고 소통하려고 노력해 왔다. 발전소에서 근무할 때는 동료와 후배들에게 원자력 전공과 실무를 전수하였고, 최근에는 취업 준비생들을 대상으로 취업 전략을 소개하고 있다. 취업 전략은 회사에서의 실무 경험과 외부 전문가로부터 지식을 전수받아 만들었다. 2018년 3월에는 다양한 행사 경험을 바탕으로 『행사길잡이, 이제 행사가 보인다』라는 책을 처음으로 발간하고 이에 대해 필요로 하는 기관을 방문하여 경험을 전수하였다. 나는 이 모든 것이 기록에서 만들어지고 역량을 키운다고 믿는다.

남들이 선호하지 않는 아파트를 분양받았지만 나는 현재 매우 만족하고 있고, 그들이 우려했던 사항들이 모두 해소되어 아파트 가치도 높아짐에 따라 이제는 많은 이들로부터 부러움을 받고 있다. 이 책은 나의 일상을 적은 자서전이기도 하고 나의 생각을 정리한 에세이이기도 하다. 이번에는 경험 중에서 성과가 있거나 보람이 큰 사항들을 중심으로 기술하고자 하고 나머지는 다음을 위해 남겨 두고자 한다. 나의 경험이 읽는 이들이 공감의 매개이자 좋은 자극이 되었으면 좋겠다는 희망도 가져 본다. 누구나 자신만의 삶의 방식과 철학이 있을 것이다. 따라서 혹시 이 책을 읽는 이들은 '누군가의 경험이었구나', '그는 그렇게 살았구나' 하고 생각해도 좋을 것 같다. 하고 싶은 것을 하면 행복하다. 그래서 나는 하고 싶은 것을 하고 있어 정말 행복하다.

2020년 1월

이근순

염원(모란-남자), 2019년 作, 41×32㎝

차례

PART 3. 일 그리고 성과

PART 4. 새로운 도전

PART 5. 엉뚱함과 가치

PART 6. 불면과 함께한 여정

PART

1.

꿈과 목표

염원 11(사람과 달항아리), 2019년 作, 90.9×65.1㎝

갖고 싶은 욕망

나는 베이비붐 마지막 세대인 1963년생이다. 전쟁 후 가난 속에서 많은 아이들이 태어났던 시기라 할 수 있다. 우리 집도 6남매를 둔 다자녀 가정이었지만 대부분의 집들도 5명 이상의 자녀를 두었다. 대부분의 시골 가정들은 식구는 많지만 살림이 넉넉지 못해 의식주 해결에 사활을 걸어야 했다. 우리 집은 면 소재지에서 약 2㎞ 떨어진 시골 마을이었는데, 재산이라곤 작은 집 한 채와 세 마지기(약 600평) 규모의 논이 전부였기 때문에 부모님은 부잣집의 토지를 임대하여 농사를 짓고, 그 당시 큰 재산이었던 남의 집의 소를 대신 키워 주는 일도 하셨다.

갖고 싶은 유리구슬과 딱지를 손에 넣다

이러한 가난으로 나는 책보자기를 둘러매고, 고무신을 신고 국민학교를 다녔는데 면 소재지 친구들은 책가방도 있었고, 운동화를 신고 등교를 하였다. 나는 동네 또래들과 상수리를 가지고 구슬치기를 하고 신문지나 버린 책으로 딱지를 접어 놀았는데, 면 소재지 애들은 반짝이는 유리구슬을 갖고 놀았고, 별이 그려진 원형 딱지놀이를 하였다. 어린 마음에 부잣집 애들이 너무도 부러웠고, 어떻게 하면 나도 유리구슬이랑 별딱지를 가지고 놀 수 있을까 하는 생각을 하곤 하였다. 이러한 생각은 점차 나도 모르게 유리구슬과 별딱지를 수중에 넣는 계기가 되었다. 우리 집에서 학교까지는 40~50분 걸어야 하는 적잖은 거리였다. 부모님이 일찍 들에 나가시기 때문에 보통 아침식사를 하고 좀 놀다가 친구들과 학교를 가는데, 나는 10여 분 먼저 출발하여 면 소재지 부자 친구 집에 들러 친구의 가방을 대신 들거나 어깨에 매고 학교를 그들과 같이 갔고, 하교 시에도 또 그렇게 했다. 그 친구들의 유리구슬 놀이와 딱지놀이도 옆에서 지켜보며 대리만족을 하곤 하였다. 이러한 생활이 지속되면서 그 친구들이 내게 유리구슬과 딱지를 조금씩 나누어 준 것이다. 이렇게 하여 나는 주제넘게(?) 그토록 부러워하던 유리구슬과 좋은 딱지를 손에 넣은 것이다. 갖고 싶은 욕심은 상대가 원하는 것을 해주고 그들과 친분을 쌓으면 얻을 수 있다는 어린이의 전략으로 채울 수 있었다.

어린이의 용돈벌이

시골에서는 어린이들이 놀이 겸 용돈벌이로 새, 병아리, 토끼 키우기를 즐겼다. 어른들이 소, 돼지, 염소 등 큰 가축을 키우는 것을 애들도 따라 한 듯했다. 나는 용돈벌이로 토끼를 키웠다. 토끼는 번식력이 왕성하고 시장에서 제법 비싼 가격에 거래가 되기 때문이다. 토끼장을 직접 만들고, 어린 토끼 암수 두 마리를 얻어 키우기 시작했다. 매일 아침저녁으로 토끼가 먹을 만한 풀을 베어다 주었고, 겨울에는 풀 대신에 소죽(볏짚과 풀을 삶은 겨울철 소먹이)을 덜어다 주거나, 먹다 남은 밥을 주었다. 토끼는 생후 6개월 정도 지나면 임신이 가능하고 임신 기간이 30일로 짧으며, 한 번에 5~6마리의 새끼를 낳으니 1마리의 어미 토끼는 일 년이면 50여 마리의 새끼를 탄생시킬 수 있다. 그러니 잘만 키우면 용돈을 많이 벌 수 있다는 계산이 나온다. 이러한 계산으로 토끼 키우기를 한 것이다. 그러나 학교를 다니며 농사일에 소 풀 뜯기기까지 하면서 토끼를 돌본다는 것은 그리 쉽지만은 않았다. 두 번째로 시도한 용돈벌이는 엿장수였다. 이는 주로 겨울철에 시장의 엿공장에서 엿을 사 와 동네를 돌아다니며 아이들에게 팔아 이윤을 남기는 것이었다. 그러나 엿장수는 내가 생각했던 것보다 잘되지가 않았다. 이러한 자신의 어려운 환경을 극복하고자 한 용돈벌이는 소기의 목적은 달성하지 못했지만 어린 시절 나름대로 의미 있는 시도이자 경험이었다.

청소년으로 꿈과 목표를 설정

나는 중학교 1학년이었던 1977년 6월 초, 학교에 등교하면서 갑자기 왼쪽 다리가 저려 걷기가 불편했다. 심한 통증은 무릎에서 시작하여 엉덩이 부분까지 확장되었고, 발병 후 며칠 뒤에는 아예 걷지를 못해 하교 시에는 선배에게 업혀서 집에 왔다. 다음 날 아버지 등에 업혀 천안 시내에 있는 정형외과를 방문하여 진찰을 받았다. 진찰 결과 왼쪽 엉덩이뼈에 염증이 생겨서 그렇다며 며칠 입원을 하여 치료를 받으라고 하였다. 하는 수 없이 나는 약 일주일을 입원하고 엉덩이부터 외쪽 발목까지 통깁스를 하고 집으로 돌아왔다. 의사는 관절염 치료약을 복용하면서 3개월간 그대로 누워 있으라는 처방을 내렸다. 그렇게 하여 나는 학교에 등교하지 못한 채 무더운 여름날을 누워 지내야 했다. 얼마 후부터 깁스(고정 석고붕대) 안쪽에서 땀과 습이 차서 곰팡이가 생기고 나중에는 구더기도 생겨 가려움증에 시달려야 했다.

그렇게 24시간을 누워 있으려니 잠을 아무 때나 자서 밤에도, 새벽에도 깨어 있는 적이 많았다. 그런데 매일 엄마와 아버지가 싸우는 소리를 나도 몰래 엿듣게 되었다. 싸움의 주제는 대부분 경제적인 것들이었다. 아버지는 학교 등록금도 버거운데 약값도 많이 나가고 앞으로도 대책이 없으니 나는 중학교까지만 어떻게든 졸업을 시키고 고등학교는 보내지 못하겠다는 얘기였고 엄마는 어떻게든 고등학교는 보내자는 주장이었다. 그 당시 많은 어른들은 장남만 잘 키우자는 주의로, 다른 자식들은 장남이 잘되어 보살필 거라고 생각하였다. 그때 큰형님은 천안의 명문고에 재학 중이었고 바로 위인 둘째 형님은 그런 까닭에 초등학교만 마치고 서울에 있는 공장에 어린 나이에 취직을 한 상태였다. 어찌 보면 내가 중학교에 입학한 것도 행운이라 할 수 있었다. 그래서는 나는 14살의 어린 나이에 결심을 하였다. 고등학교는 내 힘으로 가야겠다는 것이었다. 나는 약 3개월간 집에 누워 있었지만 다행히 여름 방학 기간이 포함되어 유급을 하지 않고 2학기부터 학교에 나갈 수 있었다. 그때부터는 나는 어떻게 하면 입학금과 등록금이 없는 학교를 갈 수 있을까, 그리고 먹여 주고 재워 주는 학교는 없을까 고민하고 선생님과 선배들에게 수시로 물어보았다. 어느 날 선생님께서 경상북도 구미에 있는 A공고는 등록금도 없고 학생 전원이 기숙사에 들어가 숙식을 학교에서 해결할 수 있다고 말씀하셨다. 그러면서 선생님은 거기에 입학하려면 학교 전체에서 상위 10% 내에 들어야 원서를 낼 수 있고 원서를 내도 경쟁이 치열하여 공부를 아주 잘해야 한다고 말씀하셨다. 또한 그 학교를 졸업하면 전원이 하사관으로 군대에 입대하여 취업 문제도 해결된다고 덧붙이셨다.

꿈에 그리던 고등학교를 찾아서

이후 나는 A공고 입학을 목표로 하여 열심히 공부할 것을 다짐하였다. 확실한 목표를 세우니 우선은 그 목표를 달성하기 위해 열심히 공부하는 일만 남았다. 시골에서는 휴일과 방과 후에는 공부할 시간이 거의 없다. 바쁜 농촌 일손을 도와야 하고, 소먹이 풀도 베어야 했고, 수시로 엄마를 대신하여 저녁에는 식사 준비도 해야 했기 때문이다. 그러나 나는 학교에서 열심히 공부하였고 집과 들에서 일을 하면서도 공부하는 것을 게을리하지 않았다. 그러한 노력으로 나는 3학년 1학기까지 동기생 300여 명 중 10등 내외의 성적을 유지할 수 있었다. 이렇게 하여 상위 10% 이내 성적자만 원서를 낼 수 있다는 A공고의 지원 조건을 충족하게 되었다. 그 당시 정부가 지정한 특성화 공고는 일반 고등학교보다 시험을 2달 전에 보게 하여 시험에서 떨어진 학생들이 일반 고등학교에 재응시할 수 있도록 했다. 3학년 2학기 초, 서울에서 대학을 다니던 큰형님께서 구미 A공고와 비슷한 특성화 고교가 서울에도 있으니 이왕이면 연고가 전혀 없는 구미까지 가지 말고 서울에 있는 B전기공고를 가는 게 어떠냐고 하셨다. 큰형님은 그러면서 구미 A공고는 졸업하면 직업군인이 되어 군대에 가지만, 서울에 있는 B전기공고는 졸업만 하면 설립자인 공기업에 전원이 취업된다고 하였다. 나는 큰형님의 제안대로 목표 학교를 구미 A공고에서 서울 B전기공고로 변경하고 이를 담임 선생님께 말씀드린 뒤 원서를 써 달라고 했다.

담임 선생님은 그게 좋겠다면서 흔쾌히 원서를 써 주셨다. 이렇게 하여 나는 중1 때 목표한 대로 등록금 걱정이 없고, 숙식 문제가 해결되며 취업까지 보장되는 학교에 입학할 수가 있었다.

또 다른 꿈을 향해서

B전기공고에 입학한 후 나는 졸업생 중 상위 10%에 들면 한국전력 입사와 동시에 전문대학에 입학할 수 있는 특전이 있다는 소식을 들었다. 선생님과 선배들은 그러면서 입학한 여러분 모두 중학교 때 전교에서 5% 내외에 포함된 공부 잘하는 학생이었지만 고등학교에서 상위 10%에 들려면 무척 열심히 해야 하고, 대충 하면 여러분 중 누군가는 꼴찌가 된다고 하였다. 나는 일절 다른 생각을 하지 않고 무조건 상위 10%에 들어 학교에서 보내 주는 대학에 가야겠다는 다짐을 하였다. 이렇게 나는 장기적인 목표는 세우지 못했지만 2~3년의 중기 계획은 확실히 세우고 실천하려고 노력하였다. 어떤 친구는 4년제 대학이면 몰라도 2년제 전문대학을 뭐 하러 가냐고 했지만 나는 무조건 가야겠다는 생각을 하고 공부를 열심히 하였다. 우리 학교는 전국에서 학생을 선발하였기 때문에 나는 시골 촌놈이지만 서울이나 대도시에서 온 친구들도 많았기에 잘할 수 있을까, 이들을 이길 수 있을까 하는 두려움도 많았다. 전교

생이 기숙사 생활을 하다 보니 아침 6시에 기상하여 약 1시간가량 아침 점호를 받고, 저녁 9시부터 약 30분 정도 청소와 관물 정리를 한 뒤 30여 분간 저녁 점호를 했다. 밤 10시면 무조건 취침에 들어가야 하기 때문에 방은 모두 소등해야 했다. 물론 도서관은 자정까지 추가로 공부를 할 수 있으나 좌석이 제한적이라 저학년이 자리 잡기는 쉽지 않았다. 내가 할 수 있는 것은 복도에서 창으로 들어오는 불빛을 활용하여 공부를 하는 것이었다. 잠자리에 든 친구들을 방해하지 않으면서 말이다. 이러한 노력으로 1학년 첫 중간고사에서 상위 5%에 들게 되었다. 그다음부터는 성적을 지켜야 한다는 일념으로 공부를 하였다. 그리하여 목표한 대로 회사가 지원하는 전문대학에 입학할 수 있었다. 아쉬움이 있다면 학점 위주의 공부를 하여 국어, 영어와 같은 기초 과목을 소홀히 한 것이었다.

교사라는 꿈

누구나 그렇듯이 나는 어렸을 때 꿈이 여러 개 있었다. 사관학교를 졸업하여 군인이 되고도 싶었고, 큰 회사를 운영해 보고도 싶었고, 선생님이 되고도 싶었다. 그중에서 교사라는 꿈이 가장 오랫동안 지속됐고 강렬했다. 그러나 가정 형편이 좋지 못하여 인문고에 진학하지 못하고 졸업 후 취업할 수 있는 실업계 고등학교를 진학해야 했다. 교사가 꿈이었기에 초중고에 다니면서 선생님들과 친해지려고 노력했다. 내성적이고 수동적인 성격이라서 적극적으로 다가가지는 못했지만 나름대로 시도를 하곤 하였다.

1983년 2월, 고등학교를 졸업하고 고등학교 설립 회사인 한전에 취업함과 동시에 한전 위탁교육생으로 전문대학에 입학하여 2년간 전일제로 학업에만 전념하는 기회를 가졌다. 이때 2년간 울산 지역의 중학생을 대상으로 수학 과외 등을 하게 되어 교사라는 직업을 간접 체험할 수 있게 됐다. 그걸 계기로 교사가 내 적성에 맞는 것을 알게 되었지만 사정상 그럴 수 없음에 아쉬움을 달래야 했다. 이후 나는 영광원자력발전소에 배치를 받아 5년간은 발전 부서에서 교대 근무를 했고, 3년은 일근 부서에서 통상 업무를 하였다. 나는 전문대학에서 원자력을 전공했고, 발전 부서에 근무하면서 원자력 관련 자격(원자력기사 등) 및 면허증(원사로조종사 등)을 대부분 취득하였다. 이러한 노력으로 원자력에 대한 이론과 실무 지식을 남들보다 많이 익힐 수 있었다. 그 후 나는 신입사원들이 전입오면 자청하여 원자력 입문 강의에 참여하였고, 쉬는 날에는 회사의 초급 간부 수험자를 대상으로 원자력 실무 강의를 1대 1로 진행하곤 하였다. 그 당시 나는 아직 초급 간부 시험 대상자가 아닌 후배 직원이었지만 원하는 선배들을 대상으로 한 무료 과외를 한 셈이었다. 내가 아는 지식을 원하는 사람에게 잘 전달한다는 것은 내게 기쁨이었다.

발전소 8년 근무 후 나는 대전에 있는 연구원으로 이동하였다. 맡은 업무는 연구 기획 및 연구 정책 분야였다. 1996년에 초급 간부(선임연구원)로 승진한 다음부터는 신입연구원이나 다른 사업소로부터 전입 온 직원들을 대상으로 연구원 오리엔테이션을 맡아 연구원 제도와 정책을 설명하였다. 또한 연구원에서 초급 간부 응시자를 대상으로 잘은 모르지만 익힌 지식과 경험을 토대로 논문 강의를 하였다. 인근 사업소의 요청으로 수차례 출강을 하기도 하였다. 연구원에서 대전시 교육청과 협약을 맺어 시행한 중학생 대상 일일과학교사제를 활용하여 매월 1회씩 5년간 일일과학교사가 되어 중학생들을 만나 전력산업과 원자력이라는 주제로 한 시간 남짓 강의를 하였다.

나의 오래된 교사의 꿈은 이렇게 실현되고 있음을 알 수 있었고, 가슴이 뿌듯함을 느낄 수 있었다. 회사 입사 후 약 30년간 매년 20여 회 정도는 내부 직원은 물론 외부인을 대상으로 강의를 하였고 지금도 그 일은 진행 중이다. 내가 강의를 하는 분야는 대학생을 대상으로 한 입사 전략, 내부 직원들을 대상으로 한 글쓰기와 역량 평가, 내외부 직원을 대상으로 한 행사 요령 등 범위가 점점 넓어졌다. 남을 가르친다는 것은 결코 쉽지 않은 것이고, 강의를 잘한다는 생각은 없지만 나는 지식을 전달한다는 것에 그리고 필요한 사람에게 지식 나눔을 한다는 것에 늘 만족하고 있다. 이렇게 하여 오래된 교사의 꿈은 실현되고 있고 지속할 것이다. 퇴직 후에는 취업에 어려움을 겪고 있는 내가 머물고 있는 지역의 대학생들을 대상으로 취업 전략과 요령에 대해 강의를 해 주고 컨설팅을 하려고 한다.

꿈을 이루었을 때보다 꿈을 이루기 위한 과정이 더 행복하다는 말이 있다. 남에게 강의를 한다는 것은 재능을 나누어 주는 것이라 생각하기에 행복하다. 남들에게 효용성이 있도록 늘 준비하고 지식을 다지는 노력이 절실하다. 많은 이들이 퇴직 후 무엇을 할 것인가 고민이 많은데 나는 퇴직하면 할 일이 너무 많다는 생각에 행복하다.

성격 개조

나는 고등학교 때까지 아주 내성적인 성격이었다. 목표를 정하고 이를 달성하려고 노력은 하지만 부끄럼을 많이 탔다. 초중고를 다니면서 반장, 부반장, 회장 등 학급 임원을 한 번도 해 본 적이 없다. 그런 탓에 어려서 나의 별명은 순둥이로 통했다. 선생님이 일어나서 책을 읽으라고 하면 내용을 잘 알면서도 뜨문뜨문 버벅거렸고, 교단으로 불려 나오게 되면 너무 떨려서 친구들 얼굴이 보이지 않았다. 고등학교 졸업을 하고 그해 3월 7일 학교법인 한국전력에 취업과 동시에 한전 위탁교육생으로 전문대학에 입학을 하였다. 그래서 3월 7일은 한전 입사일이 되었고 함께 전문대학에 입학한 고등학교 동기 61명(60명은 원자력과, 1명은 전기과)은 자연스럽게 입사 동기가 되어 지금도 정기적으로 만나고 있다. 고교 졸업과 동시에 입사와 입학으로 나의 절대적인 목표를 달성했지만 내성적이고 소극적인 성격은 나의 가장 큰 단점이라 생각하게 되었다. 따라서 나의 대학생활 첫 목표는 성격 개조가 되었다. 나는 성격 개조를 위해 무조건 많은 것에 도전해 보기로 했다. 대학 입학 후 교정에서 제일 먼저 눈에 띈 것은 학보사 기자 모집 포스터였다. 나는 학보사 기자가 되겠다고 맘을 먹었지만 혼자 학보사를 찾아갈 용기가 나지 않아 친한 친구에게 같이 가자고 했다. 그렇게 하여 나와 그 친구가 동시에 학보사 기자에 응모를 하게 되었다. 얼마 후 응모자들을 대상으로 간단한 필기시험과 면접이 있었다. 나는 떨리는 마음으로 최선을 다했지만, 같이 간 친구는 합격을 하고 나는 탈락하였다. 허탈하지만 나의 부족함을 인정할 수밖에 없었다. 며칠 후 눈에 들어온 포스터들은 서클 신입 회원 모집 안내문이었다. 나는 또 다른 친한 친구 둘과 함께 국제봉사서클 '피플투피플(PTP, People to People)'이라는 생소한 서클에 가입하기로 했다. 그렇게 하여 많은 선배들과 다른 학과 동년생들을 만나게 되었다. 서클 입회 한 달 후 동기생 대표인 기장 선거가 있었다. 나는 수줍음도 많고 리더십도 없었지만 무조건 기장 선거에 출마하였다. 며칠 선거 운동을 한 후 투표를 했는데 같이 입회한 과 친구에게 지고 말았다. 내가 데리고 간 친구에게 두 번째로 진 것이다. 씁쓸했지만 나는 서클 활동에 최선을 다했다. 이후에도 모든 행사에 적극적으로 참가하고 다양한 아이디어도 제공하였다. 언변과 대인관계를 향상시키기 위해 '화술과 인간관계'와 관련된 서적을 사서 읽고 연습도 하였다. 이러한 성격 개조 작업은 남들과 대화를 하고 새로운 사람을 사귀는 데 도움이 되고 있음을 깨닫게 되었다. 서클 가입 후 그해 10월에 서클 회장 선거가 있었다. 나는 회장 후보에 무조건 입후보 등록을 하고 회장이 된다면 무엇을 할 것인가를 준비하였다. 6개월간의 노력과 서클에 대한 열정을 인정받아 드디어 회장에 당선되었다. 회장이 되고 나서는 대중 앞에 서서 연설을 하는 기회도 늘었고, 서클 선배들과 동기들의 동참을 이끌어내는 데 주력하려고 하였다. 전국 대학교 서클 연합회에서 학교 대표로 연설도 하고, 타 대학 회장단과 당당히 맞서 회의도 할 수 있도록 성장하고 있음을 알 수가 있었다. 대학에서의 서클 활동은 내게 많은 것을 느끼고 배우게 했고 또 성장하게 만들었다. 서클 활동을 통해 대인관계, 리더십, 소통, 행사 기획과 진행, 배려, 협상 등의 능력을 배양하게 되었다. 성격 개조 작업은 타고난 기본적인 성격을 개조는 아니더라도 어느 정도 바람직한 방향으로 바꾸는 데 성공하였다고 말하고 싶다.

이루고 싶은 목표를 위해

고졸이 연구원을 꿈꾸다

1985년 5월, 전문대학 위탁교육을 마치고 오지에 있는 영광원자력발전소로 발령을 받았다. 건설이 마무리되고 시운전을 하는 단계이기 때문에 바쁨 속에서도 활기가 있었다. 나는 전문대학 졸업과 동시에 한국방송통신대학 경영학과에 입학하여 새로운 도전을 하고 있었다. 발전소 운전원이 되어 회사를 조금씩 알아 가면서 대전에 기술연구원이 있다는 사실을 알게 되었다. 고졸 입사, 전문대 졸업이 다인 내가 연구원에서 근무할 수 있을까 하는 의문도 있었지만 10년 이내에 기술연구원으로 자리를 옮기겠다는 목표를 세웠다. 연구원은 어떤 일을 하고 어떤 자격을 갖추어야 갈 수 있는지 살펴야 했다. 그러던 중 약 2개월간 나의 상사로 같이 일했던 K과장이 기술연구원으로 발령을 받았다. 나는 결례를 무릅쓰고 수시로 전화로 안부를 전하면서 궁금증을 해소해 나갔다. 천안 고향집에 가려면 대전을 경유해야 하기 때문에 고향에 갈 때마다 기술연구원을 들러 그분을 만났다. 그 당시 나는 교대 근무자로 주로 평일에 고향을 갔기 때문에 그분을 만나는 데는 어려움이 없었다. 성실성과 능력을 인정받기 위해 일도 열심히 했지만 직무와 관련된 자격증도 모두 취득한다는 생각이었다. 그렇게 하여 1987년 6월에 600MW급 원자로조종사(RO, Reactor Operator) 면허를 취득하였다. 이 면허는 내가 근무하는 발전소 로형과 다르기 때문에 별도로 많은 공부가 필요했다. 그해 11월 1000MW급 원자로조종사 면허를 취득하였다. 1988년 11월에는 원자력기사 1급 자격증을 취득하고, 1989년 11월에 드디어 동기 중 최초로 원자로조종감독자(SRO, Senior Reactor Operator) 자격증까지 취득하게 되었다.

1990년 2월, 한국통신대학교를 졸업하고 바로 광주에 있는 모 대학교 원자력공학과 석사학위과정에 입학하였다. 당시 대학원생들은 모두가 전일제였기에 교수들은 파트타임 학생을 원하지 않았다. 나는 교수를 찾아가 나의 경험, 다양한 자격증이 다른 학생들은 물론 교수들에게도 도움이 될 것이라고 끈질기게 설득을 하여 입학 허가를 받을 수 있었다. 이렇게 하여 회사에서 왕복 4시간 거리의 대학교를 매주 1회씩 다니고, 좁은 숙소에 실험실을 구축하고 많은 실험 과정을 거쳐 학위 논문을 작성하여 1992년 2월 석사 학위를 취득할 수가 있었다. 이렇게 하여 기술연구원으로 전입 준비를 어느 정도 마쳤다.

어린 나이에 입사를 하고 먼 타향에서 직장 생활을 하였기 때문에 가능한 한 결혼도 빨리하겠다는 생각이었는데 짝을 만나는 데 계속 실패를 하였다. 실패 원인은 내 자신의 부족함도 있었지만 대다수는 오지 근무와 교대 근무가 문제였다. 너무 먼 거리에 교대 근무를 하다 보니 자주 만나기가 어려웠다. 그러던 1991년 6월, 고향 친구의 소개로 한 여자를 사귀게 되었다. 그 친구는 대전에서 태어나 계속 대전에서 살고 있었다. 이번에는 실패하지 않겠다는 생각이 간절하여 나는 쉬는 날마다 대전에 와서 그녀를 만났고, 조만간 대전에 있는 기술연구원으로 올 것이라고 약속을 했다. 이렇게 하여 내가 대전에 와야 하는 이유가 하나 더 생긴 것이다. 기술연구원 지인을 통해 소식을 계속 접하며 도와줄 분을 만들고, 나름대로의 자격증, 학위도 취득하였으며, 결혼할 여자도 대전에 있었다.

1992년 11월경에 본사로부터 공문이 접수되었는데 기술연구원에서 연구원을 공모한다는 내용이었다. 나는 정성스럽게 응모지원서를 작성하고 자격증 사본 그리고 석사 학위 논문을 담아 우편으로 연구원 모집에 응모하였다. 여러 날 소식을 기다리고 있는데 내게 소포 하나가 도착했다. 연구원 응모 서류 일체가 반송된 것이었다. 나는 즉시 본사 담당자에게 전화를 하여 반송한 이유를 물었는데 그의 대답은 입사 학력이 고졸이라 자격이 안 된다는 것이었다. 나는 현재 석사 학위를 갖고 있는데 그게 말이 되느냐고 따졌지만 무조건 안 된다는 말만 들어야 했다. 엄청난 실망과 좌절 속에서 나는 앞으로 어떻게 해야 하나 고민을 하고 있었다. 몇 달이 지난 후에 자주 연락하고 있는 기술연구원 K과장에게 안부 전화를 하였다. 그런데 아직도 연구원에 오고 싶은지, 오늘 어떻게 전화를 했는지 묻는 것이었다. 나는 꼭 가고 싶다고 했고 열심히 할 테니 꼭 도와달라고 간청하였다. 그는 지난번 연구원 공모에서 응모자가 미달되어 원장 추천 케이스로 몇 명 선발한다고 했다. 미달은 희망자가 부족한 것이 아니라 소속 부서에서 놓아 주지 않기 때문이었다. 나도 상사를 어렵게 설득하여 추천 서명을 받고 응모를 했기 때문에 그런 사정을 잘 안다. K과장은 원장님께 추천서를 받아 인사처에 발령 요청을 하겠지만 실제 발령 여부는 확답을 줄 수가 없다는 말을 붙였다. 하지만 결국 나는 1993년 8월 21일부로 대전에 있는 기술연구원으로 전입할 수가 있었다. 그때 연구원 공모로 전입한 직원은 정문 전입자, 나와 같이 원장 추천으로 전입한 직원은 후문 전입자라는 이야기도 돌았다. 그리고 그해 10월 17일 지금의 아내와 결혼을 하였다. 그때부터 나는 '뜻이 있으면 반드시 길이 있다'는 명언을 깊이 새기며 '유지경성(有志竟成), 이루고자 하는 뜻이 있는 사람은 반드시 성공한다'를 가훈(家訓)으로 삼았다.

有志竟成

연구 기획 전문가가 되기 위해

1993년 8월, 기술연구원으로 전입 후 나는 연구 부서가 아닌 연구행정 부서인 연구기획실로 발령을 받았다. 나를 이끌어 준 K과장과 함께 일하게 된 것이다. CEO의 연구원 개혁방침에 따라 1995년 7월, 한전 기술연구원은 전력연구원으로 개칭되었고, 나는 1996년 1월 과장(선임연구원)으로 승진한 후에 본격적으로 연구기획 업무를 하게 되었다. 연구기획 및 연구정책 업무에 대해 나는 걸음마 단계였지만 그 당시 연구원의 수준은 다른 선진 기업에 비해 많은 부분에서 뒤처져 있었다. 새로 초빙된 신임 원장님은 세계적으로 유명한 석학으로 미국의 다국적 기업의 부설 연구소장 출신이었기에 연구원 개혁과 시스템 선진화에 앞장섰고, 이는 나를 비롯한 많은 직원들의 역량을 강화하는 데도 큰 도움이 되었다.

1996년 8월, 나는 입사 후 처음으로 해외 출장을 가게 되었다. 한국산업기술진흥협회가 국내 주요 기업의 연구기획과장을 대상으로 연 일본 선진기업 벤치마킹 일환이었다. 4박 5일 출장 일정에는 한전, 삼성, LG, 포스코, 코오롱 등 20개 업체에서 연구기획 담당자들이 참석했다. 그들이 모여 산업 분야별 대표 기업 10곳을 방문하여 연구개발 시스템을 탐색하는 목적이 있는 한일기술교류회였다. 나는 처음 가 보는 해외이기에 설렘도 컸지만 어떻게 하면 많은 자료를 얻고 배울 수 있을지 고민을 하였다. 우리는 매일 오전, 오후로 두 개의 기업을 방문하였는데 일본 기업들의 규모, 기술 발전, 운영 시스템, 연구 성과 등은 큰 감동과 부러움으로 다가왔다. 도요타 자동차를 비롯하여 건설, 기계, 화학, 화장품, 전력 등 10대 산업 분야에서 가장 선진화된 기업이기에 놀라움은 더욱 컸다. 나는 그들이 설명하는 내용을 상세히 기록하고 나누어 준 자료를 빠짐없이 챙김은 물론 평소 궁금한 것은 질문과 자료 요청을 통해 얻는 데 성공하였다. 나는 L사 직원과 방을 같이 쓰면서 많은 질문을 했고, 우리 회사의 R&D 시스템도 상세하게 설명을 하며 서로 많이 배우도록 노력하였다. 한 가지 재미있는 것은 국내 경쟁사 직원들은 식사 시 같은 테이블에 앉길 꺼렸고 경쟁사 직원과는 별도의 대화를 하지 않는 것이었다. 대화 중 자신도 모르게 기업 비밀이 나갈 수 있다는 판단하에 회사에서 미리 주의를 준다는 것이었다. 출장 셋째 날 전체 회식을 하면서 각자 자신을 소개하는 시간이 있었다. 나는 나 자신을 소개하면서 한전은 여러분의 회사와 경쟁관계가 아니고 연구선진화를 위해 많은 노력을 하고 있으므로 앞으로 서로 많은 교류를 통해 배웠으면 한다. 혹시 필요하다면 한전의 많은 자료를 제공할 테니 내가 다른 기업의 회사의 자료를 요청하면 주저 말고 협조해 달라고 이야기했다. 출장을 다녀오고 나는 그때 함께했던 사람들에게 수시로 안부전화를 했으며 그 기업을 방문하여 많은 지식과 정보를 얻었다. 물론 우리 회사의 연구개발 관련 제도나 시스템 현황 자료도 기꺼이 주었다. 당시 나는 기술개발 로드맵을 어떻게 만들고 어떻게 수립되었는지 매우 궁금했다. 우리 회사에도 중장기 기술개발 계획은 있지만 민간 기업의 기술로드맵은 어떤지 알 길이 없었다. 마침 연구원의 대대적인 개혁을 준비한다는 L사 직원의 말을 듣고 한 가지 제안을 했다. 우리 회사는 엄청난 돈을 주고 세계에서 가장 유명한 경영컨설팅사에 용역을 주어 만든 연구원 개혁보고서가 있는데 이를 보여 줄 테니, 귀사의 기술개발 로드맵을 보여 달라고 했다. 이는 한전과 L사는 경쟁관계도 아니고 서로 지식을 공유한다면 아주 유익할 것이라고 설득하였다. 이렇게 하여 나는 민간 기업의 기술개발 로드맵을 처음으로 볼 수가 있었다. 이것은 이후 전력기술 수목도(Technical Tree)와 회사의 기술개발 로드맵(R&D Road Map)을 만드는 데 많은 도움이 되었다.

일본 출장에서 돌아와 입수한 자료를 어떻게 정리하여 향후 활용할 것인가에 대해 고민이 되었다. 더군다나 자료는 모두 일본어로 표기되어 있어 번역이 필요했다. 그러다가 부속실 여직원이 최근까지 야간대학에서 일본어를 전공한 사실을 알게 되었다. 나는 용기를 내어 일정의 수고비를 줄 테니 번역을 해 달라고 부탁했다. 일본어를 전공했지만 잘 모른다고 거부하는 직원을 재차 설득하여 두 달여에 걸쳐 번역을 완료했다. 나름대로의 기준과 순서를 만들어 일본 선진 기업 벤치마킹 보고서를 완성할 수가 있었다. 어느 날 연구원장께서 연구기획실 사무실에 오셔서 "이근순 과장이 누군가요?" 하셔서 깜짝 놀라 자리에서 일어났다. 우리 실장도 무슨 일인가 놀라며 원장을 맞았다. 원장님께서 내가 이곳에서 본 문서 중 가장 훌륭한 보고서를 보았는데 작성자가 나라는 것이었다. 일본 선진 기업 벤치마킹 보고서를 결재하면서 보았는데 일본 4박 5일 출장 보고서가 미국에 한 달간 다녀온 보고서보다 훨씬 훌륭하다고 하면서, 실장에게 모든 연구원들이 참고할 수 있도록 그룹웨어 게시판에 등록하라고 지시하셨다. 보고서를 작성하면서 다시 배우고 느끼고 내 생각을 정리하는 기회가 되었다.

또한 6개월은 인근 충남대학교에서 운영하는 연구관리자 과정에 등록하여 퇴근 후 매주 2회씩 수강하면서 새로운 지식을 쌓았다. 이 과정에는 대학 교직원, 정부출연연구소 연구기획 담당자, 대전 관내 산업체 연구소 직원들이 함께 공부하고 9박 10일간의 해외연수를 통해 연구기획관리 능력을 키움과 동시에 유사 업무를 수행하는 동업자 정신으로 주기적인 교류를 활발히 하였다. 이후 나는 기술경영 전반에 대한 깊이 있는 공부를 위해 인근 대학교에 개설된 기술경영학 박사학위 과정에 입학하고 공부하였다. 그러한 학습과 경험을 연구기획 분야에서 스스로 인정받고자 기술거래사, 기업·기술가치평가사, 이너링학습지도사 등의 자격증을 순차적으로 취득하였다. 그리고 나 스스로를 '연구원(研究院) 지킴이', '연구원(研究員) 도우미'라고 부르고, 타인들에게도 이것이 연구원에서 나의 모토라고 자신 있게 이야기하고 있다.

PART

2.

배려와 네트워크

순환 8(달항아리), 2019년 作, 60.6×60.6㎝

상호 신뢰가 중요하다

저를 믿고 결재해 주세요

나는 상사나 동료에게 내 자신의 업무 외적인 이야기를 하지 않는다. 먼저 상대와 신뢰를 쌓으면 그때 건의사항이나 불편사항을 이야기한다. 신뢰는 주어진 업무를 성실히 하면서 바른 태도로 행동하면서 쌓이게 된다고 확신한다. 업무를 하든, 공동생활을 하든 자신의 이익을 고려하지 않고 업무와 전체를 본다면 나에 대한 믿음이 두터워질 것으로 믿는다. 상사와 두터운 신뢰가 만들어지면 상사의 단점과 나의 바람을 서슴없이 이야기했고 그러면 그분들은 불쾌하게 생각하지 않고 경청해 줬다. 언제나 그렇듯이 원장 결재를 받기 위해서는 많은 대기 시간을 감수해야 한다. 고위 간부들은 회사 내외부의 일정도 많아 자리를 비우는 경우도 많기 때문에 어떤 때는 만나기도 쉽지 않다. 초임 간부인 과장 때 결재 서류를 들고 결재를 받으러 원장실을 방문했다. 원장께서 몇 군데 수정을 지시하시며 수정해서 다시 갖고 들어오라고 하셨다. 나는 감히 원장께 "원장님 그냥 저를 믿고 결재를 해 주시면 지시 사항을 반영하여 결재 등록을 하겠습니다"라고 말씀을 드렸다. 원장은 처음 겪어 보는 당돌한 나의 태도에 황당해했다. 내가 믿고 결재를 해 달라고 했기에 잠시 생각하다가 결재를 해 주셨다. 나는 원장께 고맙다는 인사와 함께 결재 대기 시간이 너무 길어 업무 효율을 생각했다고 말씀을 드리고 나왔다.

상사가 궁금해할 것에 대비한다

2003년 연구원을 한 번도 방문한 경험이 없는 분이 원장으로 부임했다. 부임 후 약 3개월이 지난 시점에 원장 결재를 위해 집무실을 방문했는데 결재를 하고 난 뒤에 "이 과장! 3개월 정도 일을 했는데 아직도 무엇을 해야 할지, 어떤 것을 먼저 해야 할지 모르겠네"라는 말을 하셨다. 아마도 많은 이들로부터 많은 이야기를 들었지만 가닥을 잡기 어려워하시는 것 같았다. 그래서 나는 "원장님! 잠깐만 기다리십시오. 제 사무실에 다녀오겠습니다" 하고는 바로 사무실로 뛰어가 오래전에 만들어 놓은 자료를 원장님께 드렸다. 제목은 '전력연구원 주요 해야 할 업무 목록'이었다. 이것은 업무명, 중요도(상중하), 긴급도(상중하), 담당 부서, 확인 및 질의자 이름 등이 적혀 있는 한 페이지 보고서였다. 업무 목록은 30여 항목으로 대부분 반드시 해야 할 일들이었다. 나는 원장께 이것을 보시고 판단하시면 되며, 우측에 있는 직원에게 물어보시거나 업무 지시를 하시면 된다고 말씀드렸다. 원장께서 이런 자료를 만들고 3개월이 지난 지금에 그것도 내가 찾으니 주는 것이냐고 말씀하셨다. 이에 나는 "원장님! 많은 이들이 원장님께 이거 해야 한다. 이것은 중요하다고 이야기했을 겁니다. 그런데 제가 일찍부터 드리면 그들과 다름이 없고, 혹시 제가 잘 보이려고 생각하실지 모르겠다고 생각했습니다"라고 말했다. 이후 Y원장은 나를 많이 신뢰하셨고, 도와주려고 노력하였다. Y원장은 연구원 업무에 누구보다 빨리 적응하시고 연구원 발전에 크게 기여하여 많은 연구원들로부터 존경을 받았다.

어느 날 원장께서 구내식당에서 식사를 같이 하고 산책하자는 제안을 하셨다. 산책하면서 "이 과장은 왜 이번에 승진 원서를 내지 않았나? 원서를 내지 않아 승진을 시키고 싶어도 할 수가 없었네"라고 하셨다. 나는 이번에 승진 대상자에 처음으로 진입한 것이므로 훌륭한 선배들이 먼저 하는 게 순서인 것 같다고 말씀드렸다. 원장께서는 내년에 반드시 자격을 만들어 승진 원서를 내라고 하셨다. 그렇게 하여 나는 2005년 초에 승진 대상자 진입 두 번째 해에 부장으로 승진하는 영광을 얻었다.

연구원장직에는 회사에서 업무 능력은 물론 덕목이 크신 간부들이 부임하신다. 회사에서 연구원에 기대하는 바가 크기 때문에 부임하는 원장들은 많은 부담을 갖게 된다. 특히 연구원의 방향성을 제시하고 전략을 수립하는 연구전략실 부서장 선임의 중요성을 크게 인식하신다. 많은 이들로부터 추천을 받지만 과장, 부장인 나도 직간접으로 인사 추천을 요구받았다. 내가 연구전략 부서에 오래도록 몸담고 있었기 때문에 직원들의 능력, 태도, 리더십, 윤리 등에 대해 어느 정도 알고 있다고 생각한 모양이다. 그때마다 나는 자신 있게 적임자를 추천하곤 하였다. 누가 자신의 이익이 아니고 조직과 구성원들을 위해 바르게 일할지 눈여겨보았기 때문이다. 이것이 그분들과 나의 신뢰에서 비롯되었다고 확신한다.

불평불만은 말로 하지 말고 글로 쓰자

회사에서나 사회에서 불평불만이 많은 사람들이 있다. 불평불만이 있는 직원들은 회사에 관심이 있고 개선을 요구하는 경우이기 때문에 나는 아무런 관심이 없는 직원보다 낫다고 생각한다. 나는 불평불만이 많은 직원들에게 '불평불만을 말로 하지 말고 그 내용을 글로 써라, 그리고 스스로 어떻게 해야 할지도 고민해 봐라'라고 권고한다. 말로 하는 반복하는 불평불만은 자칫 투덜이 또는 불만 덩어리로 소문날 수 있지만 글로 쓰다 보면 이유를 알게 되고 개선 방안도 떠오르기 때문이다. 나는 업무를 하면서 주기적으로 불필요한 일을 없애는 데 주력한다. 잘못된 관행이나 규정은 정식 통로를 통해 제안이나 건의문을 제출한다. 받아들여지지 않는 경우도 많지만 채택되는 경우도 많이 보았다. 2013년 회사에서 불필요한 일 없애기 운동을 하면서 사례를 발굴하여 제출하라고 했다. 나는 본사 건의사항 5건, 연구원 자체 해결 사항 14건을 만들어 회사로부터 포상금도 받았다. 내가 부서원 그리고 후배들에게 하는 이야기 중 하나는 '내가 열심히 일을 하는 이유는 회사를 위함이 아니고 나 자신을 위함이다. 열심히 일하면 성과가 나고, 성과가 나면 보람을 느끼고, 이러한 성과와 긍정적 보람은 결과적으로 회사로부터의 인정으로 이어져 승진이나 인센티브 부여 기회도 많이 받게 된다. 그러므로 회사를 위해 엄청 열심히 일했다는 이야기는 하지 말라'이다.

나는 나 자신을 믿고 자존감을 지키는 것이 중요하다고 생각한다.

상대가 원하는 것에 집중한다

2003년 초 나는 뜻하지 않게 연구원 예산담당과장을 맡았다. 예산업무는 그동안 사무직의 고유 영역이었는데 연구직인 내게 업무가 주어진 것이었다. 연구원 예산은 본사 예산담당자가 특별하고도 복잡하게 생각한다는 말을 들었다. 물론 연구원 예산담당도 연구개발 및 기술 특성에 따라 어렵게 여긴다는 말을 들어왔다. 이에 따라 예산 측면에서 본사와 많은 의견충돌이 있었다. 나는 예산담당과장이 되어서 담당직원으로부터 예산업무 전반에 대해 설명을 듣고 예산편성, 예산배정, 예산집행, 결산 등 예산업무 프로세스에 대해 공부를 하였다. 다행히 경영학을 전공하면서 재무제표, 재무회계, 예산구조 등에 대해 어느 정도 상식이 있었고, 연구직이기에 연구개발 예산편성과 집행에 대한 이해도 사무직보다는 높았다. 어느 정도 예산업무를 숙지한 다음 본사가 불편해하거나 연구원에 요구하는 사항을 분석하였다. 그런 다음 본사를 방문하여 연구원 예산업무와 관련하여 무엇이든 협조를 하겠다는 약속을 하였다. 본사가 늘 답답해하는 것은 연구개발 예산에 대한 이해부족, 아주 저조한 예산집행률에 대한 반감이었다. 본사 예산담당자가 이에 대한 설명을 경영층은 물론 외부기관에 설명할 수가 있어야 하는데 그게 어려웠던 것이다. 이후 나는 예산문제에 대해서 본사와 협조관계를 넘어 신뢰관계를 구축하게 되었다. 2003년 10월경 본사 연구원 예산담당과장으로부터 전화가 왔다. 연구원 예산에 대해 협의할 사항이 있으니 내일 본사에 오라는 것이다. 나는 요구사항을 확인하고 필요한 준비를 하여 담당직원과 함께 본사를 방문하였다. 그때 본사 예산담당과장이 이렇게 말했다. '오늘 저녁식사 같이 할 수 있나요?' 일반적으로 본사에서는 오해를 받지 않기 위해 사업소 예산담당자들과 식사 자리를 꺼린다. 예산을 더 확보하기 위해 수시로 방문하여 식사를 하자고 하는 경우가 많았기 때문에 나는 놀라며 가능하다고 하였다. 그리고 업무협의를 마쳤는데, 그가 내게 이렇게 말했다. "내가 내년도 예산편성 시스템을 열어 줄 테니 필요한 예산을 직접 입력하세요" 하는 것이었다. 나는 깜짝 놀랐다. 이는 나를 무한 신뢰하기에 가능한 일이다. 그렇게 하여 나는 연구원에서 항상 예산부족으로 힘들어 했던 비목예산을 확보할 수 있었다. 그동안 계약직 연구원들의 인건비는 연구과제에 편성하여 집행하는 시스템으로 그들 자신의 인건비 확보에 어려움이 많았다. 전력산업구조개편 이전에는 연구과제에 인건비를 반영하여 집행하는 데 문제가 없었으나 발전 부문이 분사됨에 따라 생긴 문제였다. 이러한 문제도 본사 예산담당과장의 이해와 협조로 확보할 수 있었다. 그날 저녁식사 메뉴는 한우였다. 그 과장은 내게 이야기했다. "우리도 회식할 때 소고기 먹지 않습니다. 내가 이 과장님을 위해 특별히 준비한 것입니다."

나의 가장 큰 힘은 인간관계

부족함은 넓고 다양한 인간관계로 채운다

나는 살아가면서 인간관계가 얼마나 중요한지 잘 알고 있다. 내 이익을 위해, 미래를 도모하기 위해, 인위적으로 만드는 인간관계를 이야기하는 것은 아니다. 따라서 인간관계 확장을 위해 별도의 시간과 노력을 투자하는 것도 바람직하지 않다고 생각한다. 나는 수줍음이 많고 모르는 이들과 쉽게 어울리지 못하는 성격이라서 어렸을 때 별명이 순둥이였다. 이러한 내향적인 성격을 고치겠다고 생각한 것은 고등학교를 졸업하고 전문대학을 들어가서였다. 성격을 고치기 위해 화술 그리고 인간관계에 관련된 책을 많이 읽고 연습과 실행을 한 결과 성격도 점차 외향적으로 바뀌고 인간관계에 얼마나 중요한지를 깨닫게 되었다. 인간관계의 바탕은 무엇보다 상대에 대한 배려와 믿음에서 출발한다고 본다. 그리고 억지로 새로운 인간관계를 만들거나 넓히려고 노력하기보다는 일과 생활을 하면서 알게 된 사람들과 진정한 교분을 쌓는 것이 인간관계를 넓히는 것이라고 생각했다. 굳건한 인간관계는 갑자기 닥쳐 온 난관도 이겨내게 하고, 새로운 지식과 정보를 받는 도서관이기도 하다. 나는 40여 년간 쌓아 온 인간관계로 인하여 많은 어려움도 극복하였고 성장하는 데 많은 도움도 받았다. 지금은 좀 벅찰 정도로 다양하고 많은 인간관계를 유지하고 있는데 초등학교 동창, 고등학교 은사님, 직장 동료, 경영자과정 동기, 업무 파트너, 협력업체 동료 등과의 지속적이고 진심 어린 모임을 유지하고 있다.

좋은 인간관계가
좋은 조직 문화를 만든다

개인에게 인간관계가 중요하다면 기업이나 단체에게는 조직 문화가 매우 중요하다. 조직 문화는 조직들이 공유하고 실천하는 가치로 정의할 수 있다. 조직 문화는 조직의 분위기, 소통, 협업, 성과 등에서 매우 큰 영향을 미친다. 따라서 회사 전체는 물론 단위 조직의 바람직한 조직 문화 형성이 매우 중요하다. 조직 문화에 가장 큰 영향을 미치는 것은 아무래도 조직장일 것이다. 그러나 조직 문화가 바람직하고 확고하게 형성된 조직은 조직장이 바뀌어도 쉽게 변경되거나 퇴색되지 않는다. 나는 오래 전부터 이직이 잦은 부서의 경우 조직장을 교체하거나 조직 개편 시 그 조직을 없애야 한다고 상층부에 건의를 하였다. 이는 회사 또는 연구원의 문제라기보다는 그 조직의 장 또는 구성원들에게 문제가 있다고 믿기 때문이다. 어느 채용 전문 기관의 설문조사에 따르면, 이직하는 직원들의 가장 큰 이직 이유는 회사의 발전 가능성 부족보다는 부서 분위기나 상사 및 동료와의 갈등이었다고 한다. 조직 문화도 조직 구성원들 간의 인간관계에 영향을 받아 형성된다.

애정과 열정은 구조 개편 시 빛을 발한다

1998년부터 정부에서는 전력산업구조개편을 추진하였다. 전력산업구조개편은 전력인들은 물론 전력 산업의 공공성이 중요하다는 산학연 전문가들의 반대에도 불구하고 전력 시장의 경쟁과 시장자유화가 필요하다는 인식하에 추진되었다. 많은 공청회를 거쳐 1999년 1월, 전력산업구조개편특별법이 제정되었다. 나는 연구전략 부서에 근무하면서 정부 관련 부처와 많은 교류가 있었지만 전력산업구조개편이 진행되면서 더 많은 협의가 필요했다. 나는 정부에서 전화가 오면 왜 부르느냐 묻지 않고 달려갔다. 단지 준비할 것이 무엇인지만 확인했다. 공무원들이 궁금해하는 사항과 요구사항을 명확히 파악하여 적기에 그리고 정확하게 하려고 노력하였다. 공무원들도 전력산업 전반에 대해 알지 못했기에 보고를 하고, 보도자료를 내고, 언론대응을 하는 데 어려움이 많았다. 이러한 사정을 알기에 공무원들의 필요사항을 잘 정리하여 적시에 제공하는 것이 중요하다고 판단했고 이것은 또한 그들을 우리 편으로 만드는 일이라 생각했다. 나는 급격한 전력산업구조개편이 우리나라 전력산업과 국민들에게 미칠 영향과 부작용에 대해 공무원들도 우려를 하고 있었다고 여겼다. 발전 부문을 분리하여 6개의 한전 자회사 형태로 운영하는 데는 큰 문제가 아닐 수 있으나 새로운 전력거래 시장이 생기고 그동안 한전에서 수행하던 공공·공익사업이 한전으로부터 분리되어 전력산업기반기금사업으로 운영되기 때문에 잘못 운영되면 공공·공익사업이 제대로 운영되지 않을 수 있고 국민 불편을 초래할 수도 있기 때문이다. 이렇게 업무 협조를 통해 나는 담당 공무원들과 신뢰관계를 쌓을 수 있었다. 그렇게 하여 새로 신설된 전력기반기금 운영 및 전력산업기반조성사업을 당분간 한전에서 수행함으로써 잘 정착되고 안정화되는 데 기여하였다. 또한 한전의 산하 조직이었으나 분사 후 전력그룹사 공통조직이 된 전력연구원에 대한 운영 방안을 수립하고, 이행을 위한 한전과 전력그룹사 간 업무 협약도 이끌어 냈다.

혁신 리더로 선발되다

신입 직원이나 다른 사업소에서 처음 전입 온 직원들은 업무, 조직 문화, 지역 사회 등에 대해 낯설다. 심리학자들은 신입사원에게 가장 중요한 것이 처음 배치된 부서의 조직 문화, 업무 특성 파악이라고 한다. 그 때문에 우수한 신입사원이 새로운 조직에 적응 못하고 실망하여 이직하는 경우가 많다. 나는 신입 직원과 전입 직원들을 위한 선배 직원들의 멘토링이 반드시 필요하다고 생각하고 이를 실행하려고 노력해 왔다. 멘토는 동일 부서원이 아닌 3~5년 차 선배들 중 업무 능력, 인간관계 등에서 우수한 직원을 선정하여 멘티와 인연을 맺어 주고 궁금증과 어려움을 해결하도록 했다. 실무 책임자가 되었을 때는 개인 멘토가 아닌 신입 사원 동기 전체의 종합 멘토를 자청하여 그들과 함께 했다. 이러한 후배 직원들과의 진심 어린 멘토링은 그들과 새로운 인간관계를 형성하게 되는 계기가 되었다. 2006년 회사에서는 사업장별로 혁신 리더를 선정하여 회사의 혁신 정책을 전파하고 혁신 사례를 발굴토록 하였다. 그동안 사업장별 혁신 리더는 사업소장 또는 본사에서 일방적으로 선정하여 직원들의 불만 요인이 되기도 하였는데 이때는 이러한 부작용을 없애기 위해 부장급을 대상으로 사업소 모든 직원들의 투표로 상위 득표자 2명이 뽑히면 사업소장에게 최종 선정토록 하였다. 나는 많은 후배 직원들의 멘토링과 연구원들의 도우미 역할로 당당히 혁신 리더에 선정되었다.

실패도 새로운 인간관계가 될 수 있다

누구나 사회생활을 하면서 다양한 인간관계가 형성된다. 성격에 따라 복잡한 인간관계를 꺼려하는 사람도 있고, 폭넓은 인간관계를 만들고 싶어 하는 사람도 있다. 나는 인위적으로 인간관계를 만들려고 노력하지는 않지만 생활 속에서 그리고 업무 활동 속에서 생성된 인간관계가 이왕이면 좋은 관계로 오래도록 유지되길 바란다. 그냥 수시로 만나는 관계가 있는가 하면, 모임을 결성하여 정기적으로 만나는 관계도 있다. 그리고 그중에서 아주 특별한 관계도 있다. 내게 아주 특별한 모임은 '정이랑'이라는 공동체이다. 외부 사업자에게 같이 투자하여 함께 망하고 이를 계기로 다시 뭉쳐 친가족처럼 만나는 모임이다. 정이랑은 1999년 외부인이 제안하여 자금을 투자한 조그마한 사업체인데 사업을 제안한 사람의 성이 정씨이고 내가 이씨이기 때문에 정씨와 이씨가 함께 한다는 뜻으로 '정이랑'이라는 사업체를 만든 것이다. 사업체 운영은 전적으로 정씨가 담당하고 나는 가까운 지인들과 함께 자금을 투자했다. 그러나 1년 정도 지나 우리는 사업이 완전히 망했다는 사실을 알게 되었다. 모두가 많은 돈을 잃어 가슴이 아팠지만 나는 특히 나를 믿고 함께 투자한 그들에게 엄청 미안했다. 약 3년이 지난 후에 우리 5명은 과거를 잊고 가슴 아프지만 이것도 좋은 경험이고 인연이니 '정이랑'이라는 이름으로 만남을 지속하기로 했다. 아픔을 딛고 일어난 우리들은 어느 조직보다 끈끈한 우정으로 다섯 가족들이 주기적으로 만남을 이어가고 있다. 같이 만나 현재와 미래를 이야기하고, 아이들 걱정도 같이 하고 함께 국내외 여행도 같이 다니며 우의를 더욱 견고히 하고 있다. 2016년 1월 정이랑 멤버인 K씨가 질병으로 갑자기 세상을 떠났다. 우리는 가슴이 아프지만 그의 가족들과 함께하기로 하고 아빠와 가장 역할을 대신하고 있다. 좋은 일이 있으면 함께 축하하고, 슬픔은 같이 애도하며 친형제처럼 지내고 있다. 아이들도 어려서부터 만나다 보니 서로 친숙하고 만남을 기대하고 있다. 군대 간 아들이 휴가를 나오면 다 같이 만나서 맛있는 음식을 함께하고 있다. 정이랑은 우리들이 살아 있는 동안 아니 아이들 세대까지 좋은 만남으로 이어질 것이라 확신한다.

지킴이 그리고 도우미

조직에서 나만의 모토

나는 1993년 8월부터 주로 연구기획과 기술정책 분야의 업무를 수행했다. 그곳에서 직위로는 선임연구원, 책임연구원, 수석연구원으로 승진도 하였고, 직책으로는 연구기획과장, 경영개선담당, 기술기획팀장, 연구전략팀장, 연구전략실장 등을 맡았다. 이때 나는 스스로를 '연구원(研究院) 지킴이', '연구원(研究員) 도우미'라 소개하고, 이를 연구원 내에서 모토로 삼으며 실천하려고 하였다. '연구원 지킴이'라는 사명은 정부, 본사, 타 기관 등으로부터 가해지는 조직 축소, 조직 이양, 조직 삭제 등에 대해 논리적으로 방어하여 연구원이 본연의 임무를 흔들림 없이 수행하도록 한다는 것이다. '연구원 도우미'라는 사명은 연구원의 경쟁력은 연구원들의 능력과 열정이므로 그들의 어려움과 갈등을 줄여 주고 연구원들이 필요로 하는 것들을 적극 돕겠다는 것이다. 연구원이 회사에서 필요로

하는 기술을 공급하지 못하고 미래를 위한 새로운 기술을 확보하지 못하면 존재 이유가 없어지고, 지원 세력도 점점 줄어들게 된다는 것은 당연하다고 생각하였다. 이를 위해 최고책임자인 원장을 잘 보필하고 연구원들이 회사가 필요로 하는 성과를 만들어 회사로부터 인정받도록 노력하였다. 모든 성패는 기획에서 출발한다는 생각으로 우수한 인적 자원이 연구기획 부서에서 함께 일하도록 하고, 우수한 성과에 대해 다양한 홍보를 통해 연구원의 위상과 역할을 재인식하도록 하였다. 그러한 개혁의 성과는 모두 기록으로 남기고자 했다. 매달 연구원 소식지를 발간하고, 「연구원 개혁의 발자취」(1997년), 「연구원 개혁백서」(1998년, 2004년), 「연구원 40년사」(2001년), 「연구원 50년사」(2011년) 등을 발간하였다. 또한 연구원들의 연구공간을 확보하여 보다 안락하고 효율적인 연구시설을 갖추기 위해 2005년부터 2011년까지 진행된 제2연구동 신축, 2012년부터 2019년까지 진행된 연구지원동 및 실험동 신축을 위해 노력하였다. 물론 혼자 모든 것을 했다는 것이 아니라 담당자 또는 중간관리자로서 최초 기안과 기본계획을 수립하고 신축이 원만히 되도록 협조를 했다는 것이다.

소외된 계층에게도 관심을

회사에서 숨은 곳에서 아니면 두각을 보이지 않으며 묵묵히 자신들의 업무를 충실히 하는 사람들이 있다. 그들은 구내식당 종업원, 경비원, 환경미화원 등이다. 대부분 그들을 무시하지는 않지만 그들의 노고를 인식하지 못하거나 그들을 배려하는 데 인색할 수 있다. 내가 근무했던 연구원의 구내식당 종사자들은 협력회사 파견직이 아닌 동료 직원들로 영양사, 조리사, 취사원으로 채용된 분들이다. 2002년 봄 어느 날 구내식당에서 배식을 받으면서 "여사님 안녕하세요. 내일 즐거운 야유회 되세요. 어디로 가시나요?"라고 반갑게 인사를 했다. 그런데 다른 날과 달리 취사원들은 아무 대꾸도 없었고 표정도 굳어 있었다. 나는 왜 그럴까 생각을 하며 다른 분들께도 동일하게 인사를 했는데 "우리 안 가요"라는 대답을 들었다. 점심식사 시간이 지나고 영양사를 만나 연유를 물어보았다. 그랬더니 식당 종사자들은 어떠한 동호회도 가입되지 않았고 특별히 즐기는 것이 없어 동참을 하기가 어렵다는 것이었다. 지금은 없어졌지만 직원들의 단합을 위해 봄에는 부서별 산행이나 체육행사를 갖고, 가을에는 대운동장에 전 직원이 모여 체육대회를 열었다. 그런데 그때에는 골프를 좋아하는 힘 있는(?) 누군가의 제안으로 부서별로 가지 않고 동회별로 행사를 치르기로 했었기 때문에 식당 종사자분들이 갈 곳이 없었고, 불러주는 동호회도 없었던 것이었다. 그 당시 우리 부서는 동호회는 퇴근 후 또는 휴일에 만나면 되지 굳이 평일 낮에 할 필요가 없다는 판단하에 부서단합 대회로 함께 산행을 하기로 했었다. 그래서 나는 상사에게 식당 종사자분들을 우리 부서의 산행행사에 초대하여 같이 갈 것을 건의했고, 상사는 흔쾌히 승낙하였다. 나는 곧바로 식당에 가서 우리 팀과 함께 가자고 제안했다. 그분들도 무척 좋다며 함께할 수 있어 고맙다고 했다. 그러면서 "우리가 무엇을 준비할까요? 뭐든 말씀만 해 주세요"라고 했다. 그래선 나는 "준비할 것 없어요. 우리 팀에서 다 준비할 것이니 그냥 즐거운 맘으로 오세요"라고 전했다. 그렇게 하여 우리 팀과 식당 팀이 함께 어울려 산행도 하고 저녁 회식도 즐겁게 함께 했다. 이후 식당 밥이 더 맛있게 느껴졌다. 2007년에도 비슷한 일이 있었다. 배식을 받으면서 그때와 같이 "내일 즐거운 야유회 되세요. 연구지원실은 계룡산으로 간다면서요?"라고 인사를 했지만 어느 여사님이 "우리 못 가요. 내일도 식당 열어요"라고 대답했다. 식사를 마치고 영양사를 찾아가 "모든 직원이 부서원들과 야유회를 가는데 왜 못 간다는 거죠?"라고 물었다. 그랬더니 영양사는 내일 모 연구소에서 다수의 외부인들이 참여하는 세미나가 연구원에서 개최돼서 100여 명의 참석자들에게 점심식사를 제공해야 한다고 말했다. 모 연구소장이 원장께 건의하여 원장께서 다시 총무팀장에게 그렇게 하라고 지시를 하신 모양이었다. 나는 오후에 원장께 찾아갔다.

"원장님 내일은 모든 직원들의 봄 야유회가 있는 날이죠?"

"그래, 알고 있는데 왜 그러지?"

"이 행사날은 모든 직원들이 참석하여 우의와 단합을 다지는 날입니다."

"그런데?"

"원장님! 그런데 식당은 내일도 열어야 한다고 합니다."

"알고 있어, 모 소장이 내일 중요한 행사가 있어 참석자들에게 점심식사를 제공했으면 한다고 해서, 그렇게 하라고 했어. 문제가 있나?"

"원장님! 식당 종사자들이 가장 기대하는 것이 봄 야유회와 가을 체육대회입니다. 그런데 그들에게 너희는 가지 말고 밥을 하라고 하면 되겠습니까? 세미나 참석자들에게 양해를 구하고 도시락 제공이나 외부 식당에서 음식을 배달시켜 먹으면 더 의미가 있을 것이라 봅니다."

원장은 잠시 생각하더니 좋은 생각이라고 말하셨다. 그래서 나는 말했다.

"원장님 죄송한데 총무팀장에게 내일은 식당도 쉬라고 지시하셨으면 합니다."

"알았어."

그러고 나서 나는 원장실을 떠나지 않고 우두커니 원장 앞에 서 있었다. 얼마 후 원장께서 나오셨다.

"왜 안 갔어. 뭐 또 할 말이 있나?"

"원장님 죄송한데 지금 총무팀장에게 전화를 하셨으면 합니다."

"알았다니까. 지금 바쁘니 이따 지시할 거야."

"원장님 죄송합니다. 지금 해 주시지요. 원장님을 못 믿어서가 아니고 바쁘신 것도 압니다. 이 사실이 가능한 빨리 통보되어야 식당 종사자들도 기뻐할 것이고 음식 준비도 멈출 것입니다."

이렇게 몇 번 실랑이를 했고, 원장께서는 총무팀장에게 사실을 지시하고 요청 부서에도 전달하라고 하셨다. 그렇게 하여 식당 종사자들도 그들이 소속된 실원들과 함께 봄 야유회를 갈 수 있었다.

후배 직원들의 멘토가 되다

우리 연구원은 개혁을 통해 발전 방안이 수립되면서 양적 팽창도 일어났다. 1994년부터 매년 30여 명의 석사급 신입연구원이 채용되었다. 나는 연구정책 부서에 근무하면서 신입 연구원에 대한 선배 직원들의 멘토링이 매우 중요하다는 생각으로 매년 멘토링 계획을 수립하여 이행하도록 했다. '연구원(研究員) 도우미'를 자처하면서 그들의 관심 사항을 공유하고, 그들의 애로 사항을 해결해 주려고 노력하였다. 내가 가장 신경 쓴 것은 신입 연구원들이 입사하여 적응을 못해 중도에 퇴사하거나 고통을 겪는 것이었다. 어느 회사에서나 신입 사원에게 처음 6개월과 첫 상사가 매우 중요하다는 이야길 들은 적이 있기 때문이었다. 회사를 조기에 그만두는 경우 그 이유는 회사의 발전 전망이나 안정성보다는 소속된 부서의 좋지 못한 분위기 또는 상사, 동료와의 갈등이라고 늘 생각했다. 나는 신입 연구원이 들어오면 자청하여 오리엔테이션 교육에 강사로 참가하고 강의를 마치면 그들과 반드시 저녁식사를 하였다. 채용설명회에 가서는 회사의 장점을 부각시키고, 입사한 직원들에겐 조직의 문제점을 많이 알려 주면서 6개월을 잘 견디라고 주문한다. 그리고 개인별 멘토를 지정해 줄 테니 어려움이 있으면 멘토와 상의하고 고충이 더하면 언제든지 나를 찾아오라고 이야기했다. 나를 찾아오면 90%는 해결해 준다는 뻥도 쳤다. 그리고 주기적으로 이메일로 안부를 전하고 용기를 주었다. 입사 후 6개월이 지나면 다시 그들을 초대하여 삼겹살 파티도 열어 주었다. 시간이 지나면서 전공 불일치로 인한 갈등, 상사와의 문제는 물론 결혼 등과 같은 개인적인 일로 상담하는 경우가 많았다. 부서를 옮겨 주는 것이 회사와 개인에게 좋을 것 같으면 원장께 건의하여 부서 변경도 도와주었다. 이렇게 하여 나는 매년 입사하는 신입 연구원들과 신뢰를 쌓아 갔다. 이것은 내게 큰 보람이고 힘이 되었다. 어떤 경우는 내가 그들에게 상담을 요청하는 사례도 생겼다.

과장 만들기

2002년 12월부터 기획관리부로 발령받고 약 9개월이 지난 시점에 예산 업무를 맡게 되었다. 예산 업무는 기획과장의 소관 업무였는데 부장은 기획과장이 많은 일로 바쁘니 경영개선 담당이던 내게 맡아 달라고 하였다. 그래서 나는 예산 담당 직원과 함께 예산 업무를 담당하게 되었다. 몇 달 후 나는 예산 담당 직원과 저녁식사를 하면서 "K는 왜 간부 시험을 준비하지 않지?"라고 물었다. 이에 K는 내게 "저는 입사 직후부터 간부가 되겠다는 목표를 세우고, 남들과 달리 아주 빨리 간부 시험 준비를 했습니다. 그러다 집에도 늦게 들어가고, 주말에도 사무실이나 독서실에서 공부를 하다 보니 부부관계도 멀어지고, 바쁘다는 핑계로 대충 보고 투자한 것에 사기를 당했습니다"라고 말했다. 나는 다시 "그럼 간부는 영원히 포기하고 말단직원으로 살 것인가?" 하고 물었다. K는 "잃은 돈을 벌기 위해 북한에 건설하는 원자력발전소 현장에 3년간 다녀왔고, 이제는 가족들과 편히 사는 게 목표입니다"라고 했다. 나는 내가 도와줄 테니 간부 시험을 보라고 설득했다. 그리고 맘이 바뀌면 내게 이야기하라고 했다. 며칠이 지나고 K는 내게 찾아와 간부 시험을 볼 테니 도와달라고 했다. 그 당시 한전에서 과장을 선발하는 초급 간부 고시가 있는데 경쟁이 매우 높았고 보통 2~3년 정도 열심히 공부해야 합격할 수가 있었다. 그리고 매년 간부 시험을 본다고 일을 등한시하는 직원들이 있어 회사에서는 시험 성적 하위 30% 이내 직원들은 다음 해 간부 시험에 응시하지 못하도록 했다. 내가 예산 업무를 맡은 지 얼마 되지 않았고, 담당 직원은 한 명밖에 없었기 때문에 본인도 망설였고 주변에서도 반대를 했다. 같은 부서에 3년 이상 간부 시험을 준비하는 모 직원은 지금 준비하면

하위 30%에 들 테니 다음 해에 보는 게 좋겠다고도 하였다. 간부 시험이 3개월 정도밖에 남지 않은 시점이었기에 나는 K가 시험 준비를 할 수 있도록 업무에서 시간 배려를 많이 해 주어야 했다. K는 사무직이기 때문에 총무, 인사, 자재, 회계 등 경험하지 못한 많은 분야에서 공부를 해야 했다. 가장 어려워하는 회계는 회사의 인재개발원에 1주일 입소하여 공부를 했다. 서로 회계교육을 받기 위해 교육발령을 받는 데도 어려움이 컸다. K도 많은 노력을 했음에도 불구하고 교육 명단에서 빠졌다. 그럼에도 그의 교육에 대한 열망을 알고 나는 출장과 휴가를 허락하여 청강토록 했다. K는 이제 회계는 자신이 생겼는데 자재 실무를 잘 몰라 교육을 받고 싶다고 했다. 그래서 나는 자재 실무 교육도 허락해 주었다. K는 3개월간 매일 3시간 정도만 잠을 자면서 열심히 공부했다. 나는 평소 나름대로 준비하는 논술 작성 요령을 알려 주었고, 시험을 3주 앞둔 시점에 몸에 좋다는 한약 한재를 구입하여 그에게 주었다. 나의 관심과 그의 노력으로 K는 당당하게 초급 간부 시험에서 합격했다. 나는 평소 시험을 준비하는 사람에게 진도 관리, 감정 관리 그리고 건강관리를 잘해야 한다고 말한다. 진도 관리는 본인이 잘 설계하고 이행해야 하며, 감정 관리는 본인을 비롯한 주변인에게도 필요하다. 가능한 공부에 전념할 수 있도록 배려하고, 수험자 본인도 주변의 자극에 쉽게 동요되어 공부하는 데 방해를 받지 말아야 한다. 그리고 공부는 장기전이기에 건강관리에도 신경을 써야 한다. 나는 K가 초급 간부 시험에 합격했으면 하는 바람으로 이 3가지를 그와 함께 했다. 나중에 K는 어려운 가운데 내가 공부하는 데 많은 배려를 해 주고, 가장 지칠 무렵 보약을 사 주어서 합격할 수 있었다고 이야기했다.

동료들에게 많은 정보를 제공한다

나는 회사에서 함께 일하는 동료들에게 다양한 정보를 주려고 노력한다. 많은 정보를 입수하려고 노력하고 강의나 책을 듣고 보면서 스스로 만들어 보내 주기도 한다. 나의 가장 큰 관심은 동료와 부하 직원들의 역량을 키워 주고, 남들보다 풍부한 상식 그리고 창의적이고 긍정적인 마인드를 갖도록 노력하는 것이다. 매주 한 건 이상의 지식과 정보를 설명해 주고 이메일로 전달한다. 최근에 이동한 부서에서는 매주 한 건의 다양한 지식 정보를 100회 이상 제공하는 일명 '100개 정보전달 프로젝트'를 계획하고 실행하고 있다. 이는 매주 월요일 회의 후 약 20분 범위에서 설명하는 식이다. 최근에 전달한 지식은 바람직한 문서 제목 쓰기, 업무를 효율적으로 하는 방법, 스타와 스타 마케팅의 중요성, 트럼프의 '거래의 기술', 균형성과평가제도(BSC, Balanced Score Card) 이해, 변호인 진술서 작성 요령과 사례, 법인 및 연구소 형태 등이다.

다음은 부하 직원들에게 보낸 메일 중 하나이다.

스타와 스타 마케팅

너무도 아름다운 계절입니다.
연둣빛 새순과 잘 어우러진 봄꽃은 장관이 아닐 수 없습니다.
이러한 아름다움은 우리에게 주어진 축복입니다.
여러분! 스타 마케팅을 들어 보셨는지요?
많은 이들은 스타를 꿈꾸고 이미 스타가 된 그들을 부러워합니다.
과연 스타란 누구를 일컫는 말일까요?
자기 분야에서 독보적인 능력을 두루 갖춘 사람일 것입니다. 독보적인 능력은 실력만을 이야기하지 않습니다. 인품, 매너, 베풂 등 다방면에서 아주 뛰어나야 진정한 스타라 합니다.
따라서 잘 알려진 최순실, 김정은은 스타라 불리지 않습니다.
누가 말해도 2016년도 최고의 스타는 아마도 〈태양의 후예〉 주인공이었던 송중기와 송혜교일 것입니다.
전지현이 주인공인 〈엽기적인 그녀〉는 대만에서는 메이저 방송 채널에서 일 년에 15번을 방송했다고 합니다.
스타는 혼자 스스로 만들지 못합니다. 스타는 소속 집단과 고객이 같이 만듭니다.
스타는 소속사에 막대한 이익을 만들어 주고, 자신은 부와 명예를 얻을 수 있습니다.
스타 마케팅은 스타를 만들어 스타를 활용하여 기업과 제품을 홍보하고 이익을 창출하는 일련의 행위를 말합니다.
우리나라 최초의 스타 마케팅은 아마도 최초의 연예기획사인 SM(이수만)이 보아라는 제품(가수)을 만들고 이를 활용한 마케팅일 것입니다.
SM은 20여 년 전 수십억 원을 들여 보아를 스타로 만들었습니다. 노래, 춤, 연기, 매너, 어학 등에서 거의 완벽을 추구하였습니다.
그 당시 경제학자들은 보아의 가치를 수천억 원 아니 어떤 이는 1조 원이라 하였습니다.

금년 초 프로야구 구단 롯데는 메이저리그에 있는 이대호를 150억 원을 투입하여 재영입하였습니다.
어떤 이는 그가 그만한 가치가 있느냐, 한 사람이 얼마나 한다고 그러느냐고 수군거립니다.
그러나 롯데는 이미 150억 원의 투자 수익을 다 뽑았습니다. 관중 수입, 광고 수입, 용품 판매 수입이 몇 배 늘었기 때문입니다.
이뿐일까요? 부산시는 새로 피어나는 야구 열기로 시민들의 활기가 높아짐은 물론 내수 경기도 좋아지고 있습니다.
현대사에서 우리들이 기억하는 스타는 차범근, 박지성, 이영애, 김연아, 박찬호, 손연재, 조용필, 이미자, 빌 게이츠, 스티브 잡스 등 많은 이들입니다.
우리나라에서보다 외국에서 더 히트를 친 드라마 〈대장금〉은 동남아, 이집트, 베트남, 중국 등에서는 시청률 90%를 넘는 진기록을 세웠고, 주인공 이영애가 광고한 LG생산 에어컨 휘센은 해외에서 엄청난 판매를 기록했습니다.
우리 연구원에도 과연 스타가 필요할까요?
스타가 어떤 역할을 할까요. 나보다 좀 낫다고 엄청난 대우를 해 주면 배가 아프진 않을까요.
결론은 배가 아파도 스타를 만들어 내야 합니다. 스타의 존재는 우리 연구원을 알리고 연구원을 신뢰하게 만들기 때문입니다.
우리 회사는 공기업 특성과 한국민의 속성으로 스타를 만드는 문화가 쉽지는 않을 것입니다. 그래도 해야 합니다.
나는 우리 후배들 중 다수의 스타가 조만간 나오길 소원합니다.
고려 시대, 조선 시대보다 현재가 스타가 되기도, 일확천금을 벌기도 더 쉽습니다. 이는 인터넷 그리고 스마트폰이 있기 때문입니다.
공유경제 문화는 우리에게 큰 기회입니다.
스타의 꿈을 꾸어 봅시다.

2017년 화창한 봄날에 여러분을 후원하는 이근순

늘 애정으로 협력 회사와 함께한다

나는 일을 하면서 우리 조직에 전문가가 없다고 판단하면 외부 전문가 집단을 활용하는 것이 바람직하다고 생각했다. 이는 전문성과 객관성을 동시에 확보할 수 있다고 믿기 때문이다. 설령 전문가가 우리의 용역을 수행하는 용역 업체 직원이라 할지라도 나는 그들에게 최선을 다하여 대한다. 용역 업체는 우리의 일을 대신해 주는 고마운 존재이므로 그들이 일을 하는 데 불편함이 없어야 하고, 그들에게 필요한 것을 가능한 제공해야 한다고 생각하며, 이에 대해 동료나 부하 직원들에게 수시로 이야기한다. 평소 나는 공공기관은 중소기업에 3가지를 도와주는 것이 기본 사명이라고 생각하고 실천하려고 노력한다. 첫째는 일거리와 함께 필요한 자금을 지원하는 것, 둘째는 그들에게 필요한 지식, 정보, 기술을 전수해 주는 것, 세 번째는 그들이 만든 성과물을 적극적으로 활용해 주는 것이다. 이러한 생각으로 협력사와 함께하면 신뢰는 쌓이고, 협력사들은 더 많은 것을 하려고 노력하는 것을 보아 왔다. 업체와의 용역이 완료된 이후에도 지속적인 협조를 하고 지원하면 내가 필요하다고 생각하면 그들이 적극적으로 나서서 도와주는 사례도 보았다. 2012년 서울 원자력 인더스트리서밋 행사부장으로 일할 때 나는 행사 대행사에게 항상 미안했다. 국가적 중요 행사이다 보니 챙길 것도 많았고 수시로 변경되는 사항도 많았다. 그런데 내 권한은 너무도 제한적이었다. 행사 개최 2주를 앞두고 나는 직원들과 함께 행사 대행사를 방문하였다. 행사가 2주밖에 남지 않았는데도 미결 사항이 너무 많았기 때문에 우리도 조급했지만 실제 실행해야 할 행사 대행사는 무척이나 초조한 상황이었다. 나는 행사 대행사 책임자에게 전화를 걸어 내일 오후에 만나 미결 사항에 대해 논의하고 결정하자고 했다. 우리는 약 3시간 동안 검토와 토의 그리고 수정 등의 작업을 통해 미결 사항 90% 정도를 내 직권으로 결정하고 작업을 진행시켰다. 대행사 책임자는 사무국장의 승인이 없는데 진행해도 되느냐 물으며, 이후 닥쳐올 후폭풍을 걱정하였다. 나는 모든 것은 행사 부장인 내가 책임을 지겠다고 약속하고 많은 미결 사항이 해결되었으니, 오늘은 같이 회식을 하고 일찍 퇴근을 하자고 하였다. 그렇게 하여 갑자기 회식 장소가 잡히고 모두들 회식 장소로 가고 있는데 길가 편의점에 수북이 쌓여 있는 사탕 묶음들이 눈에 들어왔다. 나는 직원들을 먼저 가라고 하고 편의점에 가서 오늘이 무슨 날이냐고 물었다. 점원이 오늘은 화이트데이이고 이날은 남자들이 여자들에게 사탕을 주는 날이라고 하였다. 행사 대행사는 업무 특성상 80% 이상의 직원이 여성이다. 나는 저녁식사에 참석하는 직원 수만큼 사탕 묶음을 사서 저녁 장소로 향했다. 그리고 우리 회사 직원과 행사 대행사 직원들 각각에게 사탕 묶음을 나누어 주면서 그동안 고생 많았고 앞으로도 잘 협조하자고 했다. 별거 아닌 사탕 묶음 하나가 협력사 직원들을 감동케 했다. 이들은 수시로 이야기했다. 너무 감동을 받아서 도저히 먹을 수가 없었고, 밤을 새도 힘들지 않았다고 했다. 행사를 성공적으로 마치고 나는 행사 대행사에서 참여했던 직원들을 초대하여 뒤풀이를 열어 주었다. 너무도 고생했지만 잘하여 칭찬을 많이 받은 행사였기에 서로가 보람을 크게 느끼고 있었다. 나는 낮에 인근 꽃집을 방문하여 장미꽃 30송이를 낱개로 포장해 달라고 하고, 저녁식사에 참석하기 전에 주문한 장미꽃을 찾아 식당에 들어오는 직원들에게 하나씩 나누어 주었다. 감사한 마음의 전달이고 그들을 신뢰한다는 뜻이기도 했다. 그렇게 하여 나는 행사 후에도 그들 중 일부와 지속적으로 교류를 나누고 있다.

행사의 달인

원칙과 배려가 기본이다

나는 새로운 행사를 만드는 데 관심이 많다. 행사 계획을 수립하면서 가장 먼저 행사 주인공을 최우선적으로 고려하고 참석자들에게도 흥미와 보람을 느끼도록 한다. 이는 가족 행사, 친구 행사, 회사 행사 등 모든 행사가 해당된다.

우리 가족 우리 행사

아버지와 어머니의 성격은 서로 많이 다르셨다. 아버지는 늘 적극적이고 자신을 드러내려는 외향적인 성격인데 반해 어머니는 자신의 생각을 드러내지 않고 조용히 지내는 내향적인 성격이셨다.

두 분의 성격은 어려운 생활고를 이겨내는 데 큰 역할을 했다. 아버지는 먹고사는 문제를 해결하기 위해 밤낮을 가리지 않고 산으로 들로 다니며 돈을 버는 데 주력하였다. 반면 어머니는 어려운 살림을 알뜰하게 챙기고 6남매나 되는 자식들을 자상하게 키우는 데 노력하셨다. 1991년 늦은 가을, 내 나이 28세에 아버지 회갑이 도래하였다. 나는 형님들과 상의하여 아버지 취향에 맞도록 대형 식당에 많은 이들을 초대하여 아버지를 흡족하게 만들었다. 나도 가능한 많은 친구들과 선후배들을 초대했고 심지어는 아버지를 위해 사귀고 있던 여자 친구도 함께 가도록 종용하여 여자 친구 부모님 허락도 없이 데리고 가서 모든 가족, 친지들에게 소개하게 되었다. 어머니 회갑은 그로부터 4년 후인 1995년 가을이었다. 어머니는 많은 이들이 모여 시끄럽게 떠들고 노는 것을 좋아하지 않으셨다. 속으로 넉넉지 못한 집안 형편과 아직 결혼하지 못한 자식들을 생각하신 듯했다. 그때까지 큰형님과 나는 결혼한 상태였지만, 35세인 둘째 형님과 29세인 바로 밑 동생은 미혼 상태였다. 우리 형제들은 어머니께서 진정으로 원하시는 회갑연이 무엇일까 고민을 하였다. 어머니께서는 별도의 회갑 준비를 하지 말고 늘 하던 대로 식구끼리 밥이나 먹자고 하셨지만 그럴 수는 없었다. 우리 형제들은 고민 끝에 대전 동학사 근처에 숙식을 할 수 있는 식당을 예약하고 친가와 외가를 대상으로 사촌 이내 친인척만 초대하였다. 아버지 친구들, 동네 사람들, 자식 친구들에게 일체 연락하지 않았다. 친가와 외가 모두 대가족이라서 사촌까지만 초대했는데도 100여 명이나 되었다. 이곳에서 어머니는 다 잘 아는 친척들이 모인 자리라 자신의 회갑 잔치를 아주 편하고 즐겁게 즐기셨다. 모인 친척들은 아주 특별한 사람을 제외하고는 모두 그 식당에서 1박을 하면서 우의를 다질 수 있었다. 친척들도 외지에서 처음 해보는 1박 2일 회갑을 흥미롭게 생각했다. 형제끼리, 동서끼리, 사촌끼리 별도의 술자리를 만들어 밤새 정겨운 시간을 보낼 수 있었다. 다음 날 아침 나는 어머니께서 가장 편하게 생각하는 외숙모님, 작은 아버지 내외, 고모님 등 여섯 분의 어르신을 모시고 동해안으로 2박 3일간의 여행을 떠났다. 여행은 집사람과 딸을 포함하여 총 9명이 승합차를 이용한 우리만의 시간이었다. 나는 2박 3일간의 여행 일정을 만들면서 볼거리, 먹을거리, 놀 거리를 특별하게 만들었다. 동해바다, 수산물 시장, 성류굴, 계곡 등을 들르면서 여덟 끼의 식사를 모두 다른 메뉴를 선택하여 풍미를 즐기도록 하였다. 그때 여행의 추억에 대해 부모님은 물론 함께하셨던 외숙모님, 고모님, 작은 부모님은 오래도록 이야기하셨다. 특히 무척이나 좋아하셨던 그날의 주인공인 어머니가 지금도 생각난다.

부모님 모두 세상을 떠나셔서 설날과 추석 때 부모님이 사시던 시골 고향집에서 명절을 지내는 게 더 이상 의미가 없어졌다. 대부분의 집처럼 우리 형제들은 수원, 대전, 홍성 등에 뿔뿔이 흩어져 있지만 명절 때면 부모님이 계신 고향에 다들 모였다. 2011년 아버지께서 돌아가시고 몇 년은 텅 빈 시골집에서 명절과 제사를 지냈지만 더 이상 필요치 않다는 생각을 하게 되었다. 우리 형제들은 부모님께서 진정으로 바라시는 것은 자식들이 변함없이 우의를 지키며 화목하게 사는 것이라 생각했다. 그래서 우리 형제들은 추석 명절에는 서해안 벨트에 있는 콘도미니엄에서 2박 3일간 만나기로 했다. 각자 조금씩만 준비하고 대부분 인근 식당에서 사 먹으면서 형제들과 그리고 조카들과 즐거운 시간을 보내는 것이다. 서해안에서 만나고 2박을 하는 이유는 결혼한 여동생이 홍성군에서 살기 때문이다. 여동생 가족들이 시댁에서 명절을 지내고 바로 합류할 수 있도록 하기 위함이었다. 고향에 있는 친척들과 성묘는 추석 2주 전에 함께 하는 벌초 작업으로 대신할 수 있다. 설 명절은 고향집 근처에 있는 펜션이나 콘도미니엄에서 보낸다. 이유는 친척들에게 세배를 드리고 성묘를 하기 위함이다. 그리고 두 번의 기일은 수원 큰형님댁에서 만나서 돌아가신 부모님을 생각하고 서로 삶의 소식을 나눈다. 이렇게 함으로써 제사와 명절 피로를 없앰은 물론 형제들과 조카들이 함께하는 즐겁고 맛있는 여행을 만들었다.

독신자의 밤을 열다

1985년 3월 회사에서 보내 준 전문대학을 마치고 영광원자력발전소에 배치되었다. 발전소가 건설되고 시운전하는 시기였기 때문에 많은 직원들이 활력이 넘치는 분위기에서 일하였다. 그 당시는 경제가 급격하게 성장하는 시기였기 때문에 동시 다발적으로 발전소가 건설되고 있어 젊은 신입 사원들이 많이 배치되었다. 간부를 포함하여 직원들의 80%는 미혼이었고 그중 여직원은 5% 미만이었다. 그 당시 여직원들은 기술직이나 사무직이 아닌 비서, 문서 보조원, 타자원, 통신원들이었다. 독신자 숙소는 미혼 남녀들로 가득 찼고, 많은 수의 교대 근무자들은 독신자 숙소 구내 식당에서 세끼 식사를 해결하였다. 여직원들은 대부분 인근 지역 출신이지만 남자 직원들은 대부분 타향살이를 하고 있어 벽지에서의 외로움도 컸다. 나도 독신자 숙소 7~8평의 작은 방에서 2명 또는 3명씩 함께 지냈다. 나는 친구들에게 외로운 독신자들의 위한 색다른 이벤트를 열어 보자고 제안했다. 일명 '독신자의 밤'이었다. 나는 독신자의 밤이라는 행사 계획을 만들어 독신료회 임원에게 승인을 받은 다음 여러 가지 편의와 도움을 위해 노동조합위원장에게 협조를 요청하였다. 노조에서는 우리의 제안을 기꺼이 받아들이고 회사 측의 적극적인 지원을 받겠다고 하였다. 이렇게 하여 전국 사업소 최초로 우리는 독신자의 밤을 개최하게 되었다. 행사를 준비하면서 생각한 것은 어떻게 수적으로 절대 열세인 여직원들의 지원을 얻고 남직원들의 많은 동참을 시킬 것인가였다. 나는 여직원 대표를 찾아가 행사 취지를 설명하고 공동 개최를 제안하여 동의를 얻었다. 문제는 남자 직원들이었다. 남녀 성비가 너무 맞지 않고 늘 사무실에서 보던 여직원들이기 때문이었다. 그래서 나는 어느 정도 성비를 해결하기 위해 인근 지역에서 여직원들을 초청한다는 생각을 갖고 여직원회를 만나 상황 설명을 하였다. 처음에는 여직원회에서 반대를 하였으나 독신자의 밤 자체가 무산될 수 있다는데 공감하여 외부인 초청을 허락하게 되었다. 이렇게 하여 행사 준비 요원들은 인근에 있는 군청과 종합병원을 방문하여 미혼 여성들을 초청하겠다는 이야길 전했다. 이렇게 하여 우리는 회사의 지원을 받아 대형 버스 두 대를 군청과 병원에 보내 그녀들을 데리고 왔다. 독신료회와 여직원회는 행사 준비를 치밀하게 준비하여 독신자의 밤은 성황리에 마칠 수 있었다. 아쉬움이 있었다면 우리 여직원들은 준비하고 손님을 응대하느라고 고생만 하고 남직원들은 새로운 인물들에 많은 관심을 보여 소외감을 갖게 한 것이었다. 행사 말미에 여직원회의 불만이 접수되어 우리는 고생한 여직원들과 화끈하고 멋진 뒤풀이를 하였고 이후 남녀 직원들이 서로 만날 수 있는 자리로 이어지게 하였다.

한총련을 위한 특별한 축제들

한총련은 가족들이 사는 집을 떠나 주중에는 사무실 근처에서 홀로 생활하는 독신자들이 서로 어울리며 하는 말로 '한시적 총각 연합회'라는 뜻이다. 2007년 회사의 배려로 서울대 경영자 과정에 입교하여 회사 업무에서 벗어나 1년간 전일제로 학업에만 전념할 수 있었다. 경영자 과정은 한전에서 서울대 경영대학에 위탁하여 만든 과정으로 한전을 비롯한 10여 개 전력그룹사에서 선발된 부장 및 처장급 간부 90여 명이 매년 참여하고 있었다. 나도 부장으로 승진하면 언젠가 반드시 가겠다는 목표를 세웠지만 연구직 직원에게는 기회를 주지 않았다. 2005년 본사에 파견되어 근무하면서 정원 부서와 인사 부서에 연구직도 경영자 과정 참여 필요성을 지속적으로 제기하고 설득하여 나는 연구직 직원 최초로 경영자 과정에 참여하게 된 것이었다. 그때 적극적으로 도와주신 여러분들께 감사 인사를 드리고 싶다.

경영자 과정은 내게 많은 지식과 또 다른 네트워크를 만들어 주었다. 경영과 관련된 새로운 학문과 정보도 매우 유익했고, 전력그룹사 간부들과 각자의 업무 경력, 취미, 인생 철학 등의 대화를 나누는 것도 즐거웠다. 경영자 과정은 단순히 경영 지식 습득만이 아니라 그룹사 직원들 간 네트워크 형성도 중요함을 회사 경영진과 교수들도 수시로 이야기하곤 하였다. 이를 위해 학기 초 학생 자율적으로 동아리를 결성하고 모두가 희망하는 동아리에 가입하도록 하였다. 결성된 동아리는 산악회, 탁구회, 골프회, 서울문화회 등이었는데 나는 특별한 취미와 특기가 없어 동아리 선택을 고민하고 있는데 평소 친하게 지내던 합숙소 룸메이트가 같이 골프회를 들어가자고 하여 골프를 쳐 본 적도 없던 내가 그분을 따라 호기심을 갖고 골프회에 가입했다. 동호회가 모두 결성되고 동호회별로 모였는데 학생 절반이 골프회를 희망하였다. 골프가 그렇게나 인기가 좋은지 나는 미처 몰랐다. 그런데 더욱 흥미로운 일은 골프회 임원을 뽑는데 골프에 대해 아무것도 모르는 내가 다수의 추천으로 총무가 된 것이었다. 그때부터 골프 용어를 익히고 전국에 있는 골프장을 탐색하여 대회에 참여하는 데 지장이 없도록 노력하였다. 골프에 무지한 상태로 총무를 하면서 나는 한 해 동안 총 4차례에 걸쳐 골프장을 예약하고 골프 여행에 동참하였다. 총무로서 내가 한 일은 골프장 예약, 게임 조 편성, 교통편 확보, 식사 장소 선정 등이었지만 나는 골프는 하지 않았다. 회원들을 비롯한 학생들에게 총무는 골프도 치지 않으면서 골프회를 지원하고 이끌고 있다는 이야기가 퍼졌다.

나와 숙소를 함께 쓰는 룸메이트도 회사에서, 가정에서 그리고 교회에서 다양한 이벤트를 만들기 좋아하고 이벤트에 재능도 있는 분이었다. 그분과 나는 가을에 경영자 과정 처음으로 체육대회를 열기로 하고 계획서를 작성한 다음 학생회장에게 보고하고 학교측에 협조를 요청하였다. 대학원장, 학과장, 지도교수 등은 논의 끝에 체육대회를 허락하고 행사비도 학교에서 지원해 주었다. 이렇게 하여 교수와 학생 100명이 하루 종일 족구, 배구, 탁구, 피구 등을 하면서 즐겁고 유익한 시간을 보냈다.

아주 특별한 송년 행사

2008년 1월, 나는 분야가 전혀 다른 배전연구소 기술기획팀장으로 발령을 받았다. 매년 연말이면 모든 부서에서 송년 모임을 하듯이 우리 연구소도 송년 모임을 설계하였다. 팀원들과 토의를 하면서 이왕 하는 송년 모임을 아주 색다르게 해 보자는 데 의견을 같이했다. 그 당시 대부분의 송년회는 대형 식당을 예약하고 술과 음료를 곁들여 풍성한 저녁식사를 하는 것이 관례였다. 그러나 우리는 장소를 식당이 아닌 영화관으로 정하고 참석 대상에는 직원만이 아닌 직원 가족은 물론 연구 부서를 위해 고생하는 지원 부서 직원들을 포함시켰다. 그리고 영화관을 3시간 임대하고 당시 인기 영화였던 〈과속스캔들〉을 감상하는 프로그램을 만들었다. 영화 포스터를 활용하여 멋진 초대권을 만들어 직원 가족과 지원 부서원들에게 배부하였다. 직원들은 저녁 식사를 영화관 근처에서 간단하게 하고 영화관으로 자리를 옮겨 손님을 맞이했다. 참석자들에게 팝콘, 생맥주, 콜라 등을 나누어 주었다. 영화관에는 우리 연구소 직원 수의 3배에 달하는 인원이 참석하여 늦게 도착한 사람들은 영화관 통로에서 영화를 관람해야 했다. 영화가 끝난 뒤에는 퀴즈 풀이, 행운권 추첨 등 간단한 송년 행사도 모두가 함께했다. 선물은 간부들이 자발적으로 한두 개씩 협찬했고, 일부는 행사비에서 지출했다. 우리 연구소 식구가 아닌 손님들은 영화도 공짜로 보고 간식도 먹었고 많은 이들은 풍성한(?) 선물도 받아 가는 행운을 누렸다. 이러한 아주 특별한 송년 모임은 연구원 전역은 물론 인근 회사에도 소문이 났다. 다수의 아이디어가 좋은 프로그램을 만들고 작은 비용과 정성으로 많은 관계인들을 행복하게 만드는 데 충분했다.

성공적인 공식 행사

나는 회사에서 크고 작은 행사를 많이 담당했다. 몇 번의 행사를 성공적으로 개최했다는 소문으로 행사 담당으로 발탁된 것이다. 내가 담당한 대표적인 행사는 '2011 KEPCO R&D 성과발표회'(2011.1.20.), '원전안전 결의대회 및 한수원 중앙연구원 개원식'(2011.8.31.), 핵안보정상회의와 연계하여 개최된 '2012 서울 원자력 인더스트리 서밋' 등이다. 나는 행사를 계획할 때 가장 먼저 행사 원칙을 세우고, 그 원칙을 반드시 지키려고 한다. 행사는 대부분의 직원들이 좋아하지 않는다. 이유는 행사 준비에 많은 직원들이 동원되고, 수많은 행사를 만들어야 하기 때문이다. '2011 KEPCO R&D 성과발표회'는 전력그룹사 사장단이 모두 참석하고 전 직원이 동원되는 매우 큰 행사였다. 행사 내용도 업무 보고, 기념식, 퍼포먼스, 외부 전문가 특강, R&D 성과 전시회, 축하 공연과 만찬, CEO와의 대화 등으로 다양하고 복잡했다. 그때 내가 세운 행사

원칙은 ① 연구원들이 행사의 주인이 되도록 할 것, ② 행사를 연구원들의 축제 한마당으로 승화할 것, ③ 행사 준비 및 지원업무에 연구원들의 동원을 최소화할 것, ④ 부담 없이 행사에 동참할 수 있는 분위기를 조성할 것, ⑤ 모든 연구원들에게 동일한 혜택(기념품, 식사 등)을 제공할 것 등이었다. 나는 행사의 주최자 역할, 참석자 범위 및 역할, 행사 기본 철학과 방향, 참석자를 고려한 콘텐츠 구성, 행사 후 완벽한 마무리 등에 대해 치밀한 준비를 함으로써 담당했던 모든 행사에 대해 성공했다는 평가를 받았다. 많은 행사 경험을 토대로 내가 정립한 성공적인 행사의 조건은 ① 명확한 콘셉트에 의한 충실한 기본 계획, ② 행사 준비 팀장의 리더십, ③ 창의성과 전문성, ④ 주최 기관과 행사 대행사 간의 신뢰와 협업, ⑤ 참석자에 대한 배려, ⑥ 치밀한 점검 등이다.

행사를 준비하고 개최하는 것은 언제나 힘들다. 어떤 이들은 행사는 잘해야 본전이라고도 한다. 행사에서 가장 실패하는 분야는 영접과 의전이기에 높은 이들의 눈높이에 맞추는 것은 늘 어렵다. 나는 이러한 행사 담당의 고충을 알기에 2018년 3월 『행사 길잡이, 이제 행사가 보인다』라는 책을 출간했다. 그래서 이 책에서 처음 여는 글을 ① 아는 만큼 보이고, 아는 만큼 쉽다 ② 행사엔 언제나 굴곡(난관)이 있다 ③ 그때, 왜 그랬을까? ④ 공연 시의 실수를 관객은 알아채지 못해도 연출자는 알아야 한다 ⑤ 행사는 최소화, 의전은 간소화 ⑥ 주위의 훌륭한 인프라를 적극 활용하면 준비가 훨씬 쉽다 ⑦ 전임자의 실패에서 배운다 등으로 표현했다. 행사를 잘

계획하고, 준비하고 성공적으로 개최하면 행사 담당자에겐 보람이 생기고, 조직에는 많은 브랜드 제고가 따르며, 구성원들에게는 소통과 화합이라는 소득이 주어진다.

초등학교 친구들과 추억 만들기

누구나 나이가 들수록 고향을 그리워하고, 고향 친구들을 만나면 언제나 반갑고 편하게 느낀다고 한다. 나는 중학교 졸업 후 줄곧 객지생활을 하고 있다. 학교와 직장 일 때문에 충남 천안, 서울, 울산, 전남 영광, 대전 등 전국으로 거처를 옮기며 살아왔다. 2004년 9월, 나이 40세가 되어 초등학교 동창회가 결성되었다. 이때부터 초등학교 동창들을 수시로 만나 정겨움을 나누고 있다. 시골 학교이기 때문에 대부분의 친구들의 어릴적 성격, 태도, 가정 형편을 기억한다. 초등학교 시절과 많이 달라진 친구들도 있고 변하지 않고 그대로인 친구들도 있다. 나는 초등학교 친구들의 여행 지킴이를 자청하여 매년 2회 이상 여행을 계획하고 함께하고 있다. 봄에는 봄 소풍, 가을에는 가을 나들이 그리고 2년에 한 번씩은 해외 여행도 간다. 나는 30년 이상 전력 산업에 종사하고 있기 때문에 친구들에게 전력 산업에 대해 이해를 시키고, 전국에 있는 다양한 전력 사업장을 구경시키겠다는 생각을 했다. 여행지를 원자력발전소, 수력발전소, 양수발전소, 화력발전소, 전력시험센터 등으로 하고 이들 전력 사업장과 그 사업장 인근의 지역 명소를 함께 여행함으로써 내가 일하는 사업 분야도 홍보하고 즐거운 여행도 함께 하는 것이다. 동창들의 평균 나이 만 60세(회갑년)가 되는 2024년에는 초등학교 동창들의 크루즈 여행도 계획하고 있다. 체육 대회와 해외 여행에는 부부 동반도 허용하여 가족들에게도 믿음을 주고 있다. 동창들은 평생을 언제나 함께하자고 약속하고 수시로 만남의 즐거움을 나누고 있다. 나도 고향에 대한 그리움과 친구들과의 즐거운 여생을 위해 퇴직 후 고향에서의 전원주택 생활을 계획하고 있다.

다음 글은 2014년 5월 초등학교 동창들과 한빛원자력발전소 방문 후 회사의 월간 홍보 책자에 실린 내용이다.

평범한 사람들의 원자력 나들이

지난 5월, 대전에 사는 초등학교 친구 몇 명이 만나 저녁식사를 하는 기회가 있었다. 친구들과 대화를 나누면서 한 친구의 이야길 듣고 깜짝 놀라지 않을 수가 없었다. 한 친구의 이야기 골자는 이렇다. '일본은 현재 후쿠시마 원전 사고로 인한 방사선 피폭으로 매일 수백 명이 백혈병으로 죽어 가고 있고, 머지않아 대다수의 일본인들이 죽을 것이다. 따라서 일본산 식품은 물론 일본 제품을 일체 구매하지 않고, 모든 물건을 살 때 제일 먼저 일본 제품인지 확인한다'는 것이었다.

30년 넘게 원자력사업에 종사하고 있는 내겐 정말 황당한 말이 아닐 수 없었다. 내가 무슨 이야길 한들 이해를 할까? 어떻게 대처해야 하는가? 얼마나 많은 사람들이 비슷한 생각을 할까? 고민을 해야 했다. 얼마나 많은 직원들이 원자력 발전소와 함께 동고동락하고 국가와 민족을 위해 일하고 있는데 원자력사업이 이렇게 무서운 존재인가 하는 생각이 끝이지 않았다.

오랜 고민 끝에 얻은 결론은 원자력 발전소를 직접 보여 주는 것이라 생각하고 동창회 대표를 맡고 있는 친구에게 이번 동창 모임은 늘 그랬듯이 고향에서 만나 먹고 마시지 말고 원자력 발전소 견학을 여행 삼아 가자고 제안했다. 다행히 동창회장은 이에 흔쾌히 동의하고 의미 있는 행사로 엮어 보자고 하였다. 이렇게 회장과 의기투합하여 동창들을 대상으로 밴드와 카카오톡을 통해 참가자를 모집하였다. 당초 우려와는 달리 20명 이상이 원자력 발전소 견학에 참여하겠다는 의사를 표명하였다. 참가 희망자는 교직원, 회사원, 은행원, 중소기업 대표, 자영업, 보험사 영업사원, 농촌지도사, 축산업, 농업, 주부 등 다양한 직업에, 살고 있는 곳도 서울, 인천, 경기, 경남, 충남, 대전, 충북 등으로 다양했다.

접근성, 먹거리, 볼거리를 고려하여 오래전 8년 정도 근무했던 한빛원전을 방문 대상으로 삼고, 한빛원전본부 홍보팀에 협조를 구했다. 한빛원전 홍보팀은 적극적이고 감동적으로 방문자들을 친절하고 성실히 안내하였다. 방문자들이 3·1 독립운동이 일어났던 충남 병천(아우내) 출신으로 대다수가 독립운동자

후손들이라는 자부심이 크다는 사실을 알고 홍보팀은 전광판 환영 문구를 '3·1 운동 애국지사 후예 방문'이라고 새기는 섬세함으로 처음부터 감동을 주었다. 원자력 전반에 대한 설명, 전시관 투어, 발전소 방문 그리고 아쿠아리움까지 상세하면서도 재미있게 진행하였다. 원자력에 대해 촌놈들은 매우 신기한 듯 귀를 기울이고 관심을 갖기 시작하였다. '원자력 발전은 정말 대단한 것이구나', '친구가 여기서 일하고 있다니 자랑스럽다', '많은 직원들이 여기서 안전하고 보람 있게 일하고 있구나'라고 이야기하는 모습을 볼 수가 있었다. 그러면서 '여기서 일하려면 공부 잘해야겠지?', '어떻게 하면 입사할 수 있어?', '무엇을 준비해야 하지?' 등 많은 질문과 부러움을 표하기도 하였다.
온배수를 이용한 어류 양식과 멋진 에너지 아쿠아리움 운영은 이들에게 안전함을 느끼게 하는 데 충분하였다. 이렇듯 발전소 견학을 마치고 나서, 인근에 있는 한전 고창전력시험센터를 들러 원자력 발전소에서 생산되는 전기가 어떻게 도시로 전달되는지를 이해하는 기회도 가졌다. 별다른 생각 없이 막연히 전기를 사용하다가 생산과 수송 그리고 이용까지의 전 과정을 알게 되어 좋았다고 모두가 입을 모았다.
우리는 한빛본부 홍보팀의 안내로 전국적으로 유명한 법성포에서 성대한 굴비정식으로 저녁 식사를 할 수 있었다. 원자력 인근은 뭐든 무섭다는 친구들도 아주 맛있게 먹고 즐기는 모습을 보면서 이런 기회가 정말 필요한 것이라는 생각을 하였다. 식사를 마치고 가족들에게 준다고 대부분의 친구들이 굴비, 모시송편을 구매하는 모습도 볼 수 있었다.
발전소 견학 행사를 마치고 동창회 모임 카페에는 수많은 감동과 소감의 글이 올라왔고, 참가하지 못한 친구들의 아쉬움과 부러움의 답글도 무수히 달렸다. 이번 원자력 발전소를 체험한 친구들은 아마도 동창카페 이외에 각자 친구, 동료, 가족들 수십에서 수백 명에게 오래도록 이야기할 것이다. 많은 설명보다 한 번 보여 주는 것이 그리고 내게 가까운 가족, 친구, 친척들에게 제대로 알려 주는 것이 더욱 중요하다는 것을 알았고, 더욱이 의심이 있는 사람에겐 직접 보여 주는 것이 최선의 원자력에 대한 이해를 돕는 것임을 느꼈다.

원자력 발전소 견학을 마치고 많은 친구들로부터 '소중한 기회를 주어 고맙다', '조카와 애들에게 한수원 입사를 권유하고자 하는데 정보를 줄래?', '우리 애들만나 한수원 입사를 설득해 줄래?' 등 많은 감사 인사와 도움 요청을 받았다. 동창들에게 감동을 줄 수 있는 기회를 제공한 회사와 원자력을 보다 친하게 만들어 준 한빛본부 홍보팀에게 무한한 고마움을 느낀다.

중앙연구원 연구전략팀장 이근순

한수원 한빛원자력본부 홍보관

한 배를 탄 형제들

하나밖에 없는 내 여동생

나는 5남 1녀 중 셋째이다. 숙식이 제공되고 졸업과 동시 취업이 되는 특성화 공고를 나와 2년간 전문대학에서 회사의 위탁교육을 마치고 전남 영광에 있는 원자력 발전소로 배치를 받았다. 이제 스스로 돈을 버는 직장인이 된 것이다. 내게는 7살이 적은 여동생이 있는데, 가정 형편상 고등학교 진학이 어려워 보였다. 나는 여동생에게 내가 있는 영광에 와서 고등학교를 다니는 것이 어떠냐고 제안했다. 여동생은 오빠가 하자는 대로 하겠다고 했다. 그래서 나는 영광군에 있는 고등학교를 물색하여 여동생에게 영광여고에 입학원서를 내도록 했다. 그렇게 하여 여동생이 어린 나이에 부모를 떠나 아주 먼 곳에서 유학을 하게 되었다. 나는 회사가 제공한 기숙사를 나와 면 소재지에 작은 방을 임대하여 여동생과 함께 살았다. 여동생은 먼 거리 통학을 하면서 공부도 해야 했고 집에 와서는 살림도 해야 했다. 여동생은 타향에서 새로운 친구들과 사귀고 새로운 지역 문화에 적응하느라 고생이 많았을 것이다. 여동생이 고등학교 3학년이 되었을 때 나는 대학 진학을 권유했으나 오빠에게 더 이상 부담을 주기 싫다며 졸업 후 고향 천안으로 올라갔다. 여동생은 인문고를 졸업하여 취업이 쉽지가 않아서 취업 준비를 위한 학원과 임시 직장을 오가는 불안정한 생활의 연속이었다. 여동생은 그러면서도 한국방송통신대학을 졸업하고 공무원 시험에 열중하였다. 공무원 시험도 뜻하는 대로 되지 않자 심한 좌절감에 빠진 듯했다.

1993년 말, 나는 투자 그리고 향후 활용을 고려하여 그동안 모아 둔 돈과 은행 대출을 이용하여 동네 아파트 단지 내 6.5평 규모의 작은 상가를 매입했다. 그리고 1994년 5월, 좌절감에 빠져 있던 여동생에게 그 점포를 이용하여 옷가게 운영을 하는 게 어떻겠냐고 제안했다. 나도 그리고 여동생도 전혀 경험 없는 유아복 브랜드를 계약하고 운영하게 된 것이다. 치밀한 상권 분석과 판매 전략 없이 많은 자금을 투자하여 가게를 오픈한 것은 무모한 것이었다. 그 당시 몇몇 유아복 브랜드가 인기가 상승하자 많은 유아복 브랜드가 우후죽순으로 생겨났다. 뒤늦게 유아복 시장에 뛰어든 후발 주자들은 매장 확대에만 열을 올려 상권 분석이나 판매 예측을 제대로 하지 않은 채 문의하는 고객들에게 가맹 계약을 유도하였다. 우리도 그런 전략에 말려든 것이었다. 우리가 오픈한 가게는 1,000세대 규모의 아파트 단지 내 상가로 인근의 백화점, 대형마트 그리고 유명 유아복 브랜드에 비해 많은 점에서 취약했다. 그러나 본사에서는 판매 실적과 별도로 많은 신상품 입고는 물론 미수금 수납에도 강압적이었다. 결국 판매 부진과 장래성이 없다는 판단으로 개업 1년 만에 가게를 청산해야 했다. 그러나 여동생은 영업 부진으로 남는 시간을 활용하여 매장에서 틈나는 대로 시험 준비를 했고, 퇴근 후 그리고 휴일에 열심히 노력하여 매장을 접을 무렵 공무원 시험에 합격하였다. 장사가 잘되었다면 공무원 시험은 생각지 못하고 오랜 시간 장사에 매달렸을 것이다. 나는 우리의 신혼집에서 약 1년간 함께 살면서 오빠 부부의 눈치를 보면서, 장사 밑천 걱정 그리고 처음 해 보는 장사라는 많은 고통 속에서 뜻을 이룬 여동생이 자랑스러웠다. 그리고 장사가 잘되지 않아 시험 공부를 할 수 있어 정말 다행이라고 생각했다. 여동생은 그토록 원했던 공무원이 되었고, 그 후 동료 공무원을 만나 결혼도 했다.

늘 한결 같은 넷째

바로 아래 남동생은 온순하고 공부를 잘했다. 동생 넷째는 5남 1녀 자식 중에 부모님과 가장 오래 같이 산 자식이었다. 넷째는 집안 형편을 고려하여 시골집에서 가까운 고등학교에 입학했다. 성적이 좋아 등록금은 면제를 받았으나 학용품 등 필요 경비 조달도

시골에서는 쉽지가 않았다. 넷째는 수업을 마치면 항상 농사일과 집안일을 도와야 했다. 그리고 주기적으로 발작 증세를 일으키는 질병도 갖고 있어 부모형제들은 늘 불안했다. 물론 이 발작 증세는 성인이 되어 완치되었다. 그럼에도 넷째는 항상 밝고 무엇이든 열심히 했다. 고등학교를 졸업하고 집에서 가까운 지역 국립대학에 4년 전액 장학생으로 입학하여 주말이면 시골집에 와서 부모님의 부족한 일손을 도왔다. 넷째는 바둑을 좋아하여 대학교에서 바둑 동아리에 열정적이었고, 졸업 후에는 바둑 신문사에 취업하여 일을 하였다. 몇 년 후 넷째는 바둑 신문을 그만두고 서울에 바둑 교실(학원)을 열어 어린이들에게 바둑을 가르치기 시작하였다. 바둑 학원 오픈식에 우리 형제들도 초대되어 방문하게 되었다. 나는 넷째의 열정은 높이 평가할 수 있으나 학원의 위치가 좋지 않다는 생각이 들었다. 부모들이 자녀들에게 바둑 학원을 보내려면 어느 정도 살 만해야 하는데 적은 임대료 지역을 찾다 보니 서울의 달동네에서 너무도 보잘것없는 소박한 학원이었다. 여동생의 유아복 가게를 운영하면서 상가의 위치가 얼마나 중요한지 깊이 깨달았기 때문에 더욱 절실하게 다가왔다. 내가 우려했던 대로 바둑 학원에 등록하는 어린이들이 적어 운영하기가 어려운 듯했다. 나는 넷째에게 바둑 교육은 부모들에게 영어, 수학, 피아노, 태권도 등에 비해 우선순위에서 많이 밀릴 것이니 생활 수준이 높은 곳에서 바둑 학원을 여는 것이 좋겠다고 했다. 내가 사는 동네는 대전의 연구단지 중심에 있는 아파트 밀집 지역으로 생활 수준과 학력 수준이 아주 높은 곳으로 정평 나 있었다. 나는 넷째에게 서울에 있는 바둑 학원을 접고 내가 살고 있는 동네로 와서 다시 오픈할 것을 권유했다. 그리고 당분간은 우리 집에서 같이 살자고 했다. 이렇게 하여 1996년 봄, 넷째는 내가 살고 있던 동네의 아파트 단지 내 상가에 슬기바둑학원을 오픈했다. 넷째는 학원의 역할 수행과 선생님들의 올바른 자세 코칭, 학원생 그리고 학부모들과의 원활한 소통으로 점점 쇠퇴해 가는 바둑 학원 업계에서도 20년 이상을 한 동네에서 묵묵히 바둑학원을 지켜 오고 있다.

늘 가슴이 아린 둘째 형님

둘째 형님은 형제들 중에서 가장 불운하였다. 가정 형편이 어려워 중학교 진학을 못하고 시골집에서 부모님 농사일을 도왔다. 우리 집은 농사거리가 많지 않아 농사를 많이 짓는 친척집에서 주로 일을 거들었다. 그러던 중 서울에 사시는 작은 아버지의 권유로 초등학교를 졸업하고 약 2년이 지나고 무작정 서울로 올라가 피혁(가죽)공장에 취직을 하였다. 친구들은 책가방을 메고 중학교에 다닐 때 낯선 곳에서 일을 배우기 시작한 것이다. 작은댁은 우리 친척 중 유일하게 서울에서 자리를 잡은 일가로 4남매와 함께 아주 궁핍하게 사시고 계셨지만 조카를 받아 준 것이다. 큰형님도 서울에서의 몇 년은 작은댁에서 신세를 지었고, 나도 고등학교 때 어쩌다 외출외박을 나가면 작은댁에 들르곤 했다. 부모님은 늘 중학교 진학을 포기하게 한 죄책감에 둘째 형님을 어려워하셨고, 우리 형제들도 늘 안타깝게 생각하였다.

둘째 형님은 20여 년간 피혁 산업에 종사하였지만 피혁 산업은 중국, 동남아시아 국가로 이전되는 사양 산업이 되어 가고 있었다. 밤낮으로 고생했지만 나아질 기미는 보이지 않았고 특별한 돌파구를 찾지 못하는 상황이었다. 이러한 상황 속에서 가난한 형편과 배우지 못한 것은 둘째 형님에게는 늘 열등감과 분노로 자리 잡고 있었다. 나는 둘째 형님을 그대로 두어서는 안 되겠다는 생각을 하여 큰형님과 함께 다른 직종으로 직업을 바꾸어 보라고 여러 번 권유를 하였지만 형님은 두려움에 항상 망설였다. 그러던 중 여동생이 옷가게를 그만두고 떠난 점포를 떠올리게 되었다. 그 점포는 여동생이 공무원이 되어 떠나고 임대가 나가지 않아 한시적으로 아내가 칼국수집을 열고 있었다. 나는 둘째 형님에게 대전으로 오셔서 내 빈 점포를 활용하여 치킨 체인점을 함께 하자고 권유하였다. 그냥 하라고 하면 망설일까 봐 나는 자본을 대고 운영은 둘째 형님이 하는 동업을 하자고 설득하였다. 이렇게 하여 둘째 형님은 1997년 5월, 내가 살고 있는 대전의 어느 곳에 치킨점을 오픈하였다. 오픈 후 몇 달간은 주민들의 호기심과 많은 인맥 덕분에 장사가 잘되었으나 시간이 갈수록 손님이 줄기 시작하였다. 사업에 대한 이해 부족, 미경험과 미숙련에 의한 잦은 실수가 손님을 멀어지게 한 것이다. 우리가 선택한 치킨 브랜드 또한 최근에 문을 연 신생 기업으로써 많은 인지도, 마케팅, 원재료 조달, 영업 지도 등에서 부족함이 많았다. 둘째 형님은 그때까지 결혼을 하지 못한 노총각이라 아르바이트생과 가게를 운영하다 보니 서로 상의하고 의지할 사람조차 없었다. 시간이 지나면서 회생할 기미는 보이지 않고 손해만 점점 커 가면서 형님과 나는 속이 타들어갔다. 투자 금액 또한 내가 감당하기 어려울 정도의 큰 금액이었기에 현상 유지가 아닌 손해는 전혀 고려치 못한 상황이었다. 둘째 형님과 위기 극복과 수익성 향상을 위해 많은 논의도 했지만 현실에 반영되지 못했다. 이런 속 타는 과정을 지속하다가 개업 10개월 만에 폐업을 해야만 했다. 나는 물론 둘째 형님에게 크나큰 충격이 아닐 수 없었다. 그러나 현실을 이길 수 없기에 폐업은 어쩔 수 없는 조치였고, 둘째 형님은 하는 수 없이 상처만 입은 채로 대전을 떠나야 했다.

언제나 보살피고 싶은 막내

막내 동생은 나보다 9살이 적은 1972년생이다. 내가 중학교를 졸업하고 시골집을 떠났기 때문에 막내하고는 교감이 많지 않았다. 한두 달에 한 번씩 부모님을 뵈러 시골집에 가면 그때나 잠시 만날 수 있었다. 모든 형제들과 마찬가지로 막내도 열악한 가정 형편으로 고등학교는 정상적으로(?) 졸업했지만 대학은 등록금을 면제받을 수 있는 지방 국립대학에 입학하였다. 누구에게나 대학 생활은 등록금만 필요한 것이 아니라 생활비, 교재비 등이 필요하다. 막내는 부족한 용돈을 벌기 위해 지인의 소개로 아르바이트로 다단계 판매에 참여하게 되었다. 그 당시 다단계 판매로 인한 부작용이 많은 언론에서 보도되었고, 주위에서도 피해를 보았다는 소식도 많이 들어 어느 정도 아는 상태였다. 막내는 다단계 판매 조직의 달콤한 말에 이끌려 수업도 빼먹고, 많은 친구들을 다단계 판매에 끌어들이고 있었다. 심지어는 우리 형제들을 찾아와 가입을 권유하였다. 문제가 많다는 이야기를 많이 하고 공부에 전념하라는 이야기를 해도 소용이 없었다. 다단계 판매 조직은 판매원들을 오랜 시간 합숙 교육을 통해 조직화, 이념화, 세뇌화를 하고 있었다. 가끔 그러한 통제된 합숙 장소를 탈출하다가 사고를 당했다는 뉴스를 접하기도 했다. 나는 더 이상은 안 되겠다는 판단으로 막내를 데리고 학교를 방문하여 자퇴서를 제출했다. 왜냐면 막내로 하여금 많은 친구, 후배 그리고 지인들이 다단계 판매 조직에 합류하여 피해를 보고 있었기 때문이었다. 이렇게 하여 막내는 나의 강압에 이끌려 대학교를 자퇴하고 군대에 갔다. 막내는 군대 3년을 마치고 큰형님 처남이 운영하는 축산 농장에서 일을 하게 되었다. 축산 농장은 돼지를 사육하여 출하하는 곳으로 제법 큰 규모의 농장이었기에 다루어야 할 분야도, 해야 할 일도 많았다고 한다. 언제나 능동적이고 성실한 막내는 농장주로부터 인정을 받았고, 축산농장의 전 과정을 익히게 되었다. 그러나 막내는 축산물의 생산 못지않게 가공과 유통이 매우 중요하다고 생각하였다. 그런 생각에 10여 년간의 축산 농장 생활을 마치고, 생산, 가공, 유통을 배우기 위해 축산전문대학에 입학하여 공부를 하였고, 육가공 관련 자격증도 취득하였다. 그리고 유통을 익힌다는 생각에 서울에 있는 대형 마트 축산물 매장에 취업을 하였다. 매장에서 일한 지 1년여의 시간이 지난 뒤, 나는 막내에게 언제까지 매장 직원으로 있을 수는 없지 않느냐며, 축산물 판매장을 직접 운영해 보라고 했다. 이렇게 하여 막내도 내가 사는 동네에 '한우리'라는 축산물 판매점(정육점)을 오픈하게 되었다. 아내는 더 이상 형제들에게 간섭하거나 도움을 주지 말고 자립하도록 그냥 놔두라고 했다. 그러나 막내는 언제까지나 내게 막내일 뿐이었다. 막내는 나와 같은 동네에서 약 8년간의 정육점 사업을 하였다.

형제들은 엄마의 한 배에서 태어났다. 그러기에 나는 가능하면 형제들이 서로 도우며 동행했으면 좋겠다는 생각을 한다. 우리는 6남매 중에서 큰형님과 나만 일찍 자리를 잡았기 때문에 안정적인 생활이 가능했지만 다른 형제들은 어려서부터 쉽지가 않았다. 큰형님은 언제나 든든한 버팀목이 되어 주었고, 나는 그냥 물불 가리지 않고 실행하는 사람이었다. 큰형님과 함께 집안 대소사를 논의하고 해결책을 찾아야 했다. 그러다 보니 큰형님을 제외한 4명의 형제들은 모두가 내가 살고 있던 대전에서 나와 함께 뭔가를 했었다. 결혼하자마자 시집 식구들을 집 안으로 데리고 와서 아내가 많이 불편했을 것이다. 둘째 형님이나 동생들도 아내에 대한 고마움을 잊지 않고 있다고 본다. 1994년부터 2004년까지 약 10년간은 형제들과 함께 하면서 때론 즐겁고, 때론 어렵고 때론 고통스러웠다. 앞으로 모든 형제들이 편안한 가운데 행복한 삶을 살아갔으면 좋겠다.

내 인생을 바꾼 도움들

나는 가난한 농부의 아들로 태어나 넉넉지 못한 유년시절을 보내야 했다. 성장하면서 많은 사람들의 도움을 받아 위기를 극복하고, 내게 적합한 길을 찾고 발전해 왔다. 내 인생을 바꾸게 도와준 많은 분들이 있지만 가장 큰 변화를 갖게 한 몇 사람은 다음과 같다.

진정한 우정을 알게 한 동네 친구

중학교 1학년 여름 뜻하지 않은 질병으로 3개월간 누워 지냈다. 낮에 부모님은 일터로 나가시고, 친구들이 학교에 가면 나는 누워 있는 고통도 있었지만 혼자 있는 외로움과 학업을 하지 못하는 두려움에 빠졌다. 동네 옆집에는 나이는 같지만 나보다 학년이 1년

앞선 남규라는 친구가 있었다. 그 친구는 학교에 가기 전에 내게 잠깐이라도 들러 얼굴을 보고 갔고, 하교 후엔 참외, 오이, 가지 등 먹을 것을 들고 매일 내게 찾아 왔다. 그 당시 농촌이라도 참외, 오이마저 풍부하지 않았다. 그 친구는 내게 먹을 것을 주었을 뿐만 아니라 학교에서 있었던 일들을 모두 설명해 주었고, 1학년 참고서를 얻어다 내게 보라고 주었다. 이 모든 것이 내겐 엄청난 감동이었다. 남규 친구의 친절, 봉사, 도움은 절망 속에 있는 내게 큰 힘이 되었고, 약 두 달 동안의 결석에도 부족함 없이 학업을 지속할 수 있는 힘이 되었다. 친구의 도움이 없었으면 그러지 않아도 친구들보다 1년 늦게 학업을 시작했는데 자칫 유급을 당할 수도 있었다. 그때 나는 생각했다. 나도 '언젠가는 남들에게 도움을 주어야겠다'고 다짐했고, 성장하고 생활하면서 실천하려고 노력했다.

촌놈을 서울로 이끌어 준 큰형님

중학교 1학년, 어린 나이에 가정 형편이 어렵다는 것을 실감했다. 질병으로 등교하지 못하고 3개월간 집에 누워 생활하다가 알게 된 사실이었다. 바로 위 둘째 형님은 가정 형편으로 중학교에 입학하지 못하고 산업 전선에 뛰어들었고, 나는 가까스로 중학교에 입학했지만 고등학교는 보낼 수 없다는 부모님의 생각을 읽었기에 나는 스스로 학비가 없는 고등학교를 찾아야 했다. 질병 치료를 마치고 중학교 1학년 2학기가 시작되자 나는 선생님과 선배들을 찾아다니며 숙식이 해결되고 학비가 없는 고등학교가 있는지 물었다. 선생님으로부터 구미에 있는 A공고는 특성화 고교로 전교생이 합숙 생활을 하며 학비도 없다는 이야기를 들었다. 모든 비용은 국비로 충당하고 졸업 후에는 군 하사관으로 7년간 의무 복무하면 되는데 군에 남아도 되고 전역해서 다른 직장에 취업해도 된다고 했다. 나는 이 학교를 목표에 두고 열심히 공부하였다. 입학하려면 내신 성적이 상위 10% 이내이어야 원서를 낼 수 있다고 했기 때문이다. 그런데 나의 고교 목표를 구미의 A공고에서 서울 소재의 특성화 고교로 바꾼 것은 서울에서 대학을 다니는 큰형님이었다. 내게 큰형님은 서울에서 아는 유일한 지인이었다. 물론 작은아버지 댁이 서울에 있지만 경제적이나 시간적으로 도움을 줄 만한 여유는 없었다. 학교에서는 한 달에 외출과 외박이 각각 1회씩 주어졌다. 나는 외출이나 외박을 나가게 되면 큰형님이 살고 계신 집으로 갔다. 큰형님은 부모님이 학비와 생활비를 지원할 수 없는 사정이라 입주 과외와 고교생 과외로 학비, 생활비 그리고 거주 문제를 스스로 해결해야 했다. 큰형님은 찾아오는 동생을 귀찮아하지 않고 항상 반갑게 맞아 주었다. 큰형님은 바쁜 시간을 쪼개 서울을 구경시켜 주고, 작은댁에 바래다주어 사촌들과 같이 놀도록 해 주었다. 내가 학교에서 모든 것을 해결한다고 해도 일정 금액의 용돈은 필요했다. 학교에서 속옷은 제공하지 않기에 스스로 조달해야 했고, 세면도구 구입비, 교통비, 호실 공통 경비(신문 대금, 월간 파티 비용 등)가 추가로 필요했다. 그 용돈을 큰형님께서 매달 챙겨 주었다. 학업과 병행하면서 어렵게 번 돈으로 학비와 생활비 충당도 어려웠을 텐데 3년간 지원해 주었다. 이렇듯 옆에 있어만 주어도 든든한 큰형님은 내게 큰 버팀목이 된 것이다. 촌놈인 내게 서울에서의 고등학교 생활은 엄청난 충격이었고 세상이 넓다고 처음으로 느끼게 하였다. 나도 취업을 하여 돈을 번다면 형제들을 위해 기꺼이 써야겠다고 다짐하였다.

외로움을 달래 주고 희망을 준 고향 친구

나는 중학교 1학년 여름의 고통을 딛고, 내가 목표한 대로 학비도 없고, 먹여 주고 재워 주는 서울 소재 특성화 공고에 입학하였다. 시골에 살아서 천안 시내도 별로 가 본 적 없는 내게 서울은 환상적인 도시였다. 높은 건물과 도로의 수많은 차량을 보고 놀랐고, 깔끔한 서울 아이들을 보고 부러웠다. 우리 학교는 고교 생활 3년 내내 기숙사 생활을 하면서 마치 군대와 같이 제복을 입고 아침 6시 아침 점호, 밤 10시 취침 점호를 받아야 했고, 돌아가면서 취침 시간에 불침번도 섰다. 낯선 친구들과 생활하고 점호를 받는 규칙 생활은 어려웠지만 그런대로 견딜 만했다. 학교 생활 중 가장 좋았던 것은 맛있는 음식을 배불리 먹을 수 있었던 것이었다. 그러나 내게 가장 힘든 것은 가족들과 고향에 대한 그리움, 외로움 그리고 성적이 좋지 못하면 퇴교할 수 있다는 두려움이었다. 이때 내게 도움을 주고 힘을 주는 사람은 여럿 있었지만 그중 한 명은 초등학교, 중학교 동창인 친구로 내가 학교에 있는 동안 매주 2통 이상의 편지를 보내 주었다. 우리들의 편지는 서로 잘 지내자는 내용과 반드시 목표를 이뤄 보자는 내용이었다. 편지를 받고, 편지를 쓰는 일은 내게 일상이 되었고, 이는 나의 외로움을 달래 주는 요소가 되었으며, 고향 소식을 전달 받는 소식지 그리고 어려움을 이기고 목표를 이루는 힘이 되었다. 학창 생활 중 1년에 네 번을 시골에 갈 수 있었다. 그 기회는 두 번의 방학과 학기 중 외박이었다. 방학 때도 고향에 오래 있지 못했고 학교에 와서 주로 학교 실습을 하거나 발전소와 같은 곳으로 현장 실습을 가야 했다. 나는 고향에 가면 가족들을 만나고 나면 바로 그 친구 집을 찾아가 못다 한 얘기를 나누었다. 그리고 다시 그 친구와 냇가 둑방에 앉아 학교 생활과 미래 계획 등에 대해 진지한 대화를 나누곤 했다. 그것은 내게 엄청난 즐거움이고 희망이었다. 이 친구와의 교감은 먼 타지에서의 학교 생활을 무난히 이겨내고 공부를 더 열심히 하는 촉진제가 되었다. 우린 서로에게 위안이 되고 서로를 의지하고 서로에게 희망이 되는 데 충분했다.

언제나 동반자인 아내

나는 고등학교 졸업과 동시에 산업 전선에 뛰어 들었기 때문에 주경야독으로 대학을 마치면 가능한 한 빨리 결혼을 하여 안정적인 객지생활을 하겠다는 생각을 했다. 그러나 벽지 근무, 교대 근무, 학력, 가정 형편 등 그 어느 것도 결혼하기에 유리한 조건을 갖고 있지 않았다. 그나마 장점으로 내세울 만한 것이 있다면 국내 최대 공기업 직원이라는 것이다. 그러던 중 1991년 6월, 대전에 살고 있는 초등학교 동창의 소개로 지금의 아내를 만났다. 그때 소개받은 여자는 내 고향 친구가 사귀고 있던 여자 친구의 여고 동창이었다. 내가 근무 중인 전남 영광 회사 숙소에서 대전까지 대중교통으로 5시간 이상 걸리는 거리였는데 처음 만나는 날 폭우가 내려 고속버스가 2시간 가까이 지연하여 도착했다. 이렇게 피치 못할 사정으로 나는 아내를 처음 만날 때 2시간을 기다리게 한 것이다. 인연을 맺어 준 친구들의 덕분으로 나와 아내는 매주 대전을 오가며 만났다. 친구들의 결혼식이나 지인 부모 회갑연이 있으면 서울, 광주, 천안, 부산 등 장소를 가리지 않고 우리는 만나는 열정을 가졌다, 나는 만난 지 70여 일이 지나 청혼을 했고, 약 2년 4개월의 연애 끝에 1993년 10월에 결혼에 골인했다. 내가 언젠가 대전에 있는 회사의 기술연구원으로 옮기겠다는 목표는 그 당시 대전에 사는 아내의 영향으로 더 가열차게 그리고 빨리 실현되었다고 본다. 그러나 나는 결혼 후 얼마 되지 않아 형제들을 하나둘씩 대전으로 불러들였다. 신혼집에서 시누이와 함께 살아야 했고, 시누이가 다른 곳으로 가면 시동생과 같이 살아야 했다. 나는 아내의 어려움을 모른 채 형제들이 어떻게 하면 자리를 잡는 데 도움을 줄까 고민하고 실천한 것이다. 아내는 나의 형제들에 대한 지나친 관심에 속으로 많이 힘들었겠지만 묵묵히 이해하고 도와주었다. 또한 아내는 2000년에 투자 실패로 인해 겪은 엄청난 시련에서도 내게 용기를 주고 함께 극복하는 데 앞장섰다. 나는 아내에게 참으로 모질게 한 것 같다. 형제 4명을 대전으로 불러 시댁 식구들과의 불편을 감수케 하였고, 형제들이 정착하는 데 자금 지원도 많이 했다. 그럼에도 불구하고 나는 가끔씩 아내에게 야속하다고 투정도 부리고, 내 뜻에 동참할 것을 강요하여 아내를 어렵게 하였다. 아내는 내 인생의 험로에서 항상 바른 길로 돌아오도록 하였고 비틀거릴 때마다 나를 굳게 잡아준 고마운 사람이고 평생의 동반자이다.

엄청난 시련을 극복케 한 친구

2000년 초 나는 엄청난 시련에 봉착했다. 지인의 권유로 투자한 사업이 망하면서 나는 그동안 모안 둔 돈과 퇴직금으로 정산받은 큰 금액을 모두 날리고 약 1억 3,000만 원 정도의 빚을 지게 되었다. 사업자의 장밋빛 환상에 젖은 발만 듣고 공장 증설과 설비 도입에 많은 투자를 한 것이었고, 부족한 자금은 겁도 없이 대출로 조달했다. 나는 회사에 몸담고 있어 퇴근 후 또는 주말에 돌아가는 사정을 듣곤 했는데 대부분이 과장과 거짓임을 한참 뒤에야 알았다. 사업주는 회사 폐업과 동시에 개인 파산이 된 상태이기 때문에 밀린 직원 인건비, 원재료 대금을 모두 내가 떠안아야 했다. 어 하다 보니 이 지경까지 나도 모르게 끌려 들어간 것을 알았지만 이미 늦었다. 모든 것을 잃었다는 절망 속에서 힘들어할 때 손을 잡아 주고, 해결책을 만들어 준 친구 J가 있다. J는 나의 고등학교 1년 선배이지만 나이가 같고 생각이 비슷하여 발전소 근무 시부터 자주 어울렸다. 어느 날 J는 내게 "우리 친구하자"는 말을 했다. 그때부터 나는 어떤 때는 친구처럼, 어떤 때는 선배처럼 그를 대했다. 가족들까지 자주 만나서 식사도 하고 여행도 하기에 매우 친한 사이임은 분명했다. 함께 투자하여 본인도 많은 피해를 보았지만 J는 언제나 냉정했다. 잠 못 이루고 있는 내게 자정이 넘은 시간에도 수시로 전화하여 불러냈다. 만나면 늘 "많이 힘들지, 오늘은 아무 생각 말고 술이나 한잔 마시고 푹 자"라고 했다. 며칠 후 J는 나에게 모든 자존심을 버리고 함께 해결책을 찾아보자고 했다. J는 내게 우선 몸집을 작게 하여 비용을 줄이고, 부모, 형제 등 가까운 지인들에게 일정 부분 돈을 빌려 급한 불을 끄라고 했다. 그리고 나머지는 본인이 나의 지인들을 통해 1억 원을 만들어 주겠다고 했다. J의 이러한 실천 가능한 제안과 헌신적인 자기 희생에 나는 한

없는 감동의 눈물을 흘려야 했다. 나는 J의 권고대로 사택 입주, 차량 매각, 아이들 학원 중단, 식료품비 절감 등 비용을 대폭 줄이고, 새벽 우유 배달 등으로 수익은 늘리고, 지인들을 통해 3,000여 만 원을 융통하여 금리가 큰 대출금을 갚을 수가 있었다. 이러한 노력으로 J로부터 1억 원의 추가 조달은 하지 않았지만 J가 없었다면 그 당시 어려움을 극복하지 못하여 회사를 그만두고 다른 길을 모색했거나 파산 선고를 받았을 것이다. 나는 J를 나의 평생 친구이자 선배로 가슴 깊이 새기고 있다.

PART
3.

일 그리고 성과

염원, 2019년 作, 40×20×4㎝

염원(물고기 1), 2019년 作, 53×45.5㎝

조직에서 일 잘하기

나는 고등학교를 졸업하고 입사를 했기 때문에 위탁교육을 제외하면 한 회사에서 약 32년을 재직했다. 어떻게 하면 일을 효율적이고 효과적으로 할 것인가에 대해 고민해 왔다. 나름대로 맺은 결론은 상사, 동료들과의 신뢰 관계와 내가 작성한 문서를 최고 결정권자에게 결재를 잘 받는 것이 중요하다는 점이다. 회사에서 대부분의 일은 결재를 통해 이루어지기 때문이다. 그러기 위해 평소 믿음을 쌓아야 하고 일에는 어떠한 사심을 반영하지 않고 조직을 위한다는 방향성이 있으면 남들보다 일을 수월하게 할 수 있다고 믿는다. 보고나 결재를 받기 위해서는 상사의 생각을 예측하고 예상 질의를 만들어 그에 맞는 답변을 갖고 있어야 결재권자도 망설이지 않고 결재를 한다. 대부분의 결재권자들은 몇 가지 질문을 했는데 제대로 답변을 못하면 결재를 망설이거나 반려를 한다.

결재를 잘 받는 것이 일 잘하는 것이다

결재를 잘 받기 위해서는 보고에 대해 잘 알아야 한다. 보고의 형태는 구두 보고, 서면 보고로 나눌 수 있는데, 구두에 의한 보고는 면담, 전화 및 시각화된 브리핑 차트 등의 형식을 취하는 것이 좋다. 구두 보고는 시간적으로 긴급하여 문서로 작성할 시간적 여유가 없거나, 내용이 간단하여 기록의 형식으로 남길 필요가 없을 때, 상급 부서 또는 상급 관리자가 신속히 알아야 할 필요가 있을 때 그리고 보안 또는 인비와 관련되어 문서화가 부적합할 때 보고하는 형태이다. 서면 보고는 계획 보고, 실시 보고, 결과 보고, 상황 보고, 연구 보고, 조사 보고, 출장 보고, 참가 또는 수강 보고 등이 있다. 보고서 작성 시에는 다음 사항을 고려하는 것이 좋다. 보고 받는 자의 다양한 요소를 충분히 고려하여 작성되어야만 의사전달 과정이 왜곡이나 모호함을 피할 수 있으며, 보고서는 상대방의 눈을 통한 시각적 인지도를 높이기 위해 일목요연해야 하며, 상대방의 귀를 통한 부가적인 청각적 이해도를 높이기 위해 논리적이어야 한다. 보고서는 가능한 한 별도의 설명이 없이도 이해할 수 있도록 쉽게 작성하고, 보고(결재) 후 회사, 사업소, 이해관계 부서에 미치게 될 영향도 사전에 고려해야 한다.

보고 시 내용이 가장 중요하겠지만 태도도 매우 중요하다. 우선 상사의 입장을 고려하는 자세로 상사가 바쁠 때는 양해를 구하고 보고 시점(타이밍)을 잘 맞춰 보고한다. 장황한 보고가 되지 않도록 복잡한 내용은 도표 등을 이용하여 핵심 중심으로 간략하게 보고하는 것이 좋다. 장황한 보고 및 실패에 대한 변명, 보고 요구나 지시에 대한 무시, 상사의 권유가 있기 전에 착석하는 행동은 보고 시 지양해야 할 태도이다. 비교적 큰 자료를 사용해서 설명할 때는 손바닥이 위로 향해 손가락을 가지런히 모아서 가리키고, 상대가 자신의 우측에 있을 때는 좌측 손, 좌측에 있을 때는 우측 손을 사용하여 포인트를 지적해야 한다. 이 경우 연필, 지시봉 등으로 자료를 가리키는 것은 가급적 피하는 것이 좋다. 일과 그 성과는 결재를 통해 나타난다. 따라서 일을 잘한다는 것은 결재를 잘 받는 것이 된다.

결정권자를 통해 하고 싶은 것을 한다

나는 간혹 하고 싶은 업무를 상사가 하도록 만든다. 회사에서 사업소장의 경우 보통 2년 주기로 바뀌어 부임한다. 나는 신임원장의 취임사를 자발적으로 작성하곤 하였다. 내가 하고 싶은 일 그리고 조직에서 해야만 하는 일을 취임사에 반영하여 신임 원장이 전 직원들 앞에서 약속을 하도록 하는 것이다. 이뿐만이 아니라 취임사는 월간 발행 소식지에 실어서 필요시 원장께 약속 이행을 촉구하기도 하였다. 새로 원장이 부임하면 많은 직원들이 안면을 내세워 원장을 만나서 많은 이야기를 전달한다. 그리고 대부분의 원장들은 부임하기 전에 전임자 또는 지인들에게 누구를 중용해야 하는지, 누구에게 물어보고 지시를 하면 좋은지 사전에 분석을 한다. 원장뿐만 아니라 상사를 적절히 활용하여 하고 싶은 일을 하면 좋다. 상사들에게 명분을 만들어 주고, 그분들의 업적이 되도록 하면 좋다고 본다.

일의 효율성과 효과성을 구분한다

나는 일을 하면서 일의 효율성을 추구할 것인가 아니면 일의 효과성을 추구할 것인가 고민을 해 보았다. 경영학을 공부하면서 효율과 효과가 어떻게 다른지 알게 되면서 궁금증은 커졌다. 내가 내린 결론은 직위가 높을수록 일의 효과를 추구하고 직위가 낮은 직원들은 일의 효율을 생각해야 하며, 정책 부서는 일의 효과를 그리고 프로젝트 부서는 일의 효율을 고려하는 것이 필요하다는 것이다. 나는 연구원 전입 이후에는 주로 정책 부서에 근무했기 때문에 당연히 일의 효과를 생각하면서 일을 하였다. 어느 날 새로 부임한 상사가 "그 업무가 왜 이리 지지부진한가?"라고 하며 매월 또는 주 단위 공정을 수립하여 일의 진척도를 체크하여 일의 효율성을 높이라는 지시를 했다. 그러나 나는 기획은 타이밍이고 정책은 효과를 고려해야 한다고 믿기에 상사에게 일의 목표에 대해 충분히 알고 있으니 알아서 하겠다고 말씀을 드렸다. 예를 들어 연초 업무계획에 연말까지 예산 10억 원을 확보한다는 목표가 있다면 매월 일정 금액씩 확보하는 것이 아니라 실천 가능한 전략을 수립하여 최종 목표인 10억 원을 확보토록 하면 된다는 것이다. 나는 이러한 생각에 본사 예산 담당자를 방문하여 우리가 필요한 예산을 설명하기보다는 그와 친분을 쌓고 신뢰를 얻는 데 주력한다. 예산 부서와 관련된 업무를 제때에 정확하게 처리하고, 예산 부서와 원하는 업무 품질과 시기를 미리 알아 그들을 만족시킨 다음 우리가 필요한 예산을 이야기하고 협조를 구하면 우리를 믿고 예산 편성에 반영해 준다.

입수한 정보를 내 것으로 만든다

인터넷과 스마트폰이 보급되면서 수많은 정보와 자료들이 홍수처럼 밀려온다. 어떤 경우는 내 의도와 관계없이 내게 유익한 정보가 되기도 한다. 나는 타인이나 다양한 매체로부터 입수된 유익한 자료는 그냥 컴퓨터에 저장하거나 출력하여 한 번 읽고 버리지 않고 내 방식대로 자료를 음미하면서 다시 재작성하여 저장한다. 입수된 자료를 나중에 필요하면 꺼내 보겠지 하고 그냥 컴퓨터에 저장하면 진짜 필요할 때는 그 자료가 내게 있는지조차도 기억이 나지 않을 수 있다. 그래서 좋다고 판단되는 자료는 반드시 출력하여 되새기고 재작성한 다음 나름대로 분류된 컴퓨터 폴더에 저장을 한다. 그리고 독서를 하면 가능한 한 책을 요약하고 느낌을 적어 저장하고, 여행을 갔다 오면 가능한 한 여행기를 작성하여 이도 컴퓨터에 저장한다. 또 유익한 강의를 수강한 경우도 반드시 강의 내용을 다시 요약하고 내가 느낀 생각을 첨가한다. 이렇게 입수된 자료나 내가 생성한 자료는 지인들이나 필요하다고 생각된 동료, 후배들에게 이메일로 전달해 준다. 만든 자료를 타인에게 배부하는 것은 그들과의 두터운 인간관계를 지속하기 위한 목적도 있고 타인들이 보기 때문에 보다 정성을 들여 요약하고 작성한다. 따라서 나는 집에 있는 컴퓨터와 회사의 컴퓨터에는 다른 이들보다 많은 자료들이 있다. 내게 자료가 많다는 것을 알고 있는 상사, 동료들은 수시로 자료를 찾아 보내 달라고 하거나 어떤 경우는 대용량으로 모든 자료를 보내 달라고 요청하는 경우도 있다. 그러면 나는 보안 자료나 지극히 개인적인 자료를 제외하고는 모두 제공한다. 많은 자료를 받은들 본인이 작성하지 않았거나 감명 깊게 읽은 자료가 아니면 시간이 지나면서 그 자료가 있는지도 모른다는 것을 나는 잘 안다. 그래서 요청하면 주저 없이 다 주려고 한다. 이것은 그들과의 인간관계를 더욱 끈끈하게 하는 동인이 되기도 한다. 나는 부서원들에 일 년에 최소 50건의 메일을 통해 유용한 자료를 제공하려고 노력한다. 가능한 한 직원들이 출근하기 전에 이메일을 보내 출근과 동시에 5~10분 정도 읽어 보도록 하여 마음의 양식과 업무에 필요한 지식을 쌓도록 도와준다. 어떤 친구는 내가 보내 준 메일을 별도의 폴더에 저장했다가 수시로 다시 읽어 본다는 말을 해 주기도 했다. 그래서 귀찮음을 뒤로하고 다시 용기를 내곤 한다.

아주 특별한 일

발전소 교대 근무자에게 따뜻한 식사 배달

다양한 분야에서 밤낮 그리고 주말 없이 교대 근무하는 직업이 많다. 병원의 병동 간호사, 요양병원 간병인, 주요 시설 경비원 등은 우리 주변에서 자주 접하는 교대 근무자들이다. 그러나 산업 현장에도 교대 근무자는 많이 존재한다. 전력을 생산하는 발전소에서는 운전원들이 3교대 근무를 하고 있다. 나도 약 5년간 발전소에서 운전원으로 교대 근무를 했다. 결혼을 한 직원들은 배우자가 싸 주는 도시락을 갖고 출근하지만 미혼자들은 구내식당에서 도시락을 준비했다. 이는 매일 도시락에 밥과 반찬을 싸 주는 식당 여사님들에게도, 도시락을 부탁하는 직원들에게도 고통스러운 일이었다. 1980년대에 대부분의 직원들이 미혼이었기에 동일한 도시락에 동일한 반찬을 들고 출근했다. 그래서 사무실에서 함께 먹은 도시락은 즐거운 식사라기보다 끼니를 때운다는 느낌이 드는 것이었다. 직원들은 밥과 반찬 품질에 대한 불만이 많았고, 구내식당 여사님들은 도시락 준비에 고통을 토로했다. 구내식당에서 싸 온 도시락은 먹을 때가 되면 모두가 식었고 밥에 반찬 국물이 번지곤 하였다. 많은 직원들이 노동조합에 찾아가 개선을 요구했지만 뾰족한 대안이 나오지 않았다. 우리보다 먼저 교대 근무를 시작한 모든 발전소에서도 대안 없이 그냥 감수하는 실정이었다. 이러한 상황은 나도 잘 아는 바였기에 불만과 불평을 하기보다는 대안을 찾아보기로 결심했다. 그러던 어느 날 자주 들르던 한식 식당에서 식사를 한 후에 사장님에게 교대 근무자들에게 점심식사와 저녁식사를 배달해 주면 안 되겠냐는 제안을 하였다. 사장은 출입 문제, 식사 양 부족, 추가 인력 등에 대해 어려움이 있다며 제안을 거절하였다. 나는 출입문제는 내가 풀겠으며 점심과 저녁 식수 인원은 매일 60명은 될 것이기 때문에 직원 한 명을 추가로 고용해도 충분하지는 않지만 일정의 고정 수익을 올릴 수 있는 일이이라고 설득했다. 또한 교대 근무자들에게 좋은 이미지를 주어 장사도 잘될 거라고 이야기했다. 식당 사장의 동의를 받은 후 노동조합에 협조를 요청하였고, 노동조합에서 회사에 공식적으로 제안하여 승인을 받게 되었다. 회사에서는 발전소에 출입하는 식당 종업원에게는 임시 출입증을 발급했고, 직원의 안내에 따라 건물 내부로 출입하도록 했다. 이렇게 하여 교대 근무자들은 따뜻한 밥과 국 그리고 맛있는 반찬을 먹을 수 있었다. 이후 교대 근무자 식사 배달은 모든 발전소로 확대 적용하게 되었고 지금까지 지속되고 있다. 식당 사장은 친딸을 배달에 동참시켰는데 이후 우리 회사 직원과 사귀다 결혼까지 했다는 사실을 나중에 알게 되었다.

발전소 주제어실에 공중전화를 놓다

발전소 주제어실은 발전소 운영과 안전에 매우 중요한 장소이다. 따라서 이곳 근무자들은 근무 시간 중에는 반드시 자리를 지켜야 한다. 지금은 스마트폰으로 전화는 물론 업무도 수행하고 있으나 1980년대 말 휴대전화가 보급되기 전에는 고정된 유선전화나 공중전화를 활용하여 통신을 해야만 했다. 주제어실에는 발전과장 전용 전화만이 시외전화가 가능했고 다른 직원들의 전화는 구내 또는 시내전화만 가능했다. 따라서 직원들이 고향 부모형제나 지인들에게 사외전화를 하려면 발전과장의 승인을 받아 모두가 보는 앞에서 통화를 하고 통화자, 전화번호, 통화 시간을 기록했다. 그러면 관리 부서에서 월급에서 전화요금을 공제하였다. 그런데 매번 관리 부서와 교대 근무자들 사이에 전화 요금에 대해 의견충돌이 일어났다. 관리 부서에서는 전화 요금이 부족하다는 것이었다. 이는 통화 시간 기재 오류 또는 통화 기록 누락 등에서 비롯된 것이라 할 수 있다며 부족한 금액은 회사의 경비로 지출해야 하기 때문에 관리 부서에서는 수시로 시외전화 통화기록을 정확히 기록할 것을 요구했다. 반면에 교대 근무자들은 매번 눈치를 보면서 부득이한 통화를 해야 하고 통화 요금도 공중전화보다 비싸다는 불만이 컸다. 나는 요금 징수자와 통화자 모두의 문제를 해결하는 방법은 공중전화를 주제어실에 설치하는 것이라 생각했다. 그러나 이는 누구도 생각지 못하는 것이었다. 이유는 중요 시설에 전화국(현재의 KT) 직원이 수시로 드나들어야 하고 통화 도수가 적어 무상 설치가 되지 않을 것이기 때문이었다. 나는 이 문제를 풀기 위해 쉬는 평일에 인근 전화국을 방문하여 공중전화 설치를 요청하였다. 전화국의 반응은 당초 생각했던 것과 같이 주제어실은 상주 인원이 적어 경제성이 없어 곤란하다는 것이었다. 이에 나는 전기는 경제성을 따지지 않고 누구든 원하면 산이든 들이든 공급하고 있고, 전력을 생산하는 일은 매우 중요한 공공적인 일이라며 담당자를 설득했다. 나의 논리적인 설득에 전화국에서도 동의를 하면서 한전으로부터 공식적인 협조공문을 보내면 조치하겠다는 이야길 들었다. 이렇게 하여 국내 최초로 내가 근무하는 발전소 주제어실 입구에 공중전화가 설치되었다.

정비 기간 중 수박, 떡 나누기

발전소는 매년 약 2달 정도 정기적으로 예방 정비에 들어간다.

공식적인 용어는 계획예방정비(O/H, OverHaul)로 이 기간에 핵연료 교체, 기기 교체 및 정비 업무를 수행한다. 나는 5년간의 교대 근무를 수행하고 통상근무 부서로 자리를 옮겼다. 교대 근무를 할 때는 우리가 가장 힘들게 일한다고 생각했는데 착각이었다. 일근 부서원들도 많은 고생을 하고 있음을 알았다. 특히 O/H 기간 중에는 교대 근무자에 비해 일근 부서원들의 고생이 많았다. 정비 계획을 수립하고 자재 조달, 기기 교체, 정비 등에 여념이 없었다. 무더운 여름날엔 찜통 같은 현장에서 굵은 땀을 흘리는 모습을 자주 접하게 되었고 나 또한 분주하게 움직여야 했다. 나는 고생하는 이들에게 뭔가 해 줄 수 있는 일은 없을까 생각하다가 시원한 수박을 부서마다 나누어 주면 좋겠다는 결론에 다다랐다. 발전소 인근 고창은 우리나라에서 수박으로 가장 유명한 곳이다. 정말 당도도 높고 맛이 좋았다. 나는 이러한 생각을 과장, 부장께 보고하였다. 보고받은 간부들은 한마디로 우습다는 표정을 지으며 젊은 친구가 하겠다면 말리지는 않겠다고 했다. 나는 바로 발전소장께 달려가서 말씀을 드렸다. "소장님, 드릴 말씀이 있습니다. 지금 무더운 여름에 직원들이 O/H를 하느라고 너무 고생이 많습니다. 그래서 소장님께서 노고를 치하하고 잠시 땀을 식히면서 부서별 간담회를 하도록 했으면 합니다". 소장께서는 원칙에는 동의하는데 그게 가능하냐고 되물었다. 예산은 어떻게 하고, 누가 사 오고, 누가 배부하느냐는 등에 대해 물으셨다. 평소 직원들의 의견을 경청해 주시는 분이기에 나는 자신 있고 당당하게 보고를 드릴 수 있었다. 이렇게 하여 모든 승인을 득한 다음 나는 예산부서를 설득하여 수박 비용을 조달했으나 문제는 차량이었다. 총무 부서에 가서 회사의 트럭과 기사 배치를 요청했으나 곤란하다는 말을 들어야 했다. 애걸과 설득으로 차량 제공을 허락받았지만, 기사 배치는 어렵다는 대답을 들었다. 나는 하는 수 없이 용기를 내어 2.5톤 트럭을 내가 몰고 가기로 했다. 같은 부서원 2명과 함께 겁도 없이 2.5톤 트럭을 몰고 고창 농협 공판장에 가서 엄청난 크기의 수박 50여 통을 샀다. 사 온 수박은 구내식당 대형 냉장고에 넣어 시원하게 한 다음 오후 3시 30분경에 부서마다 인원을 고려하여 배부하였다. 이렇게 하여 나는 발전소에 수박을 배달한 최초 인물이 되었다. 겨울에 O/H를 하는 경우에는 떡집에서 시루떡을 맞추어 배부한 기억이 난다. 그때 떡에 필요한 쌀이 한 가마니였다.

소장 전용 주차장을 족구장으로

내게 1990년대 초까지 회사에서 부장, 소장은 무척 높은 사람이었고 권위가 있어 직원들에겐 매우 어려운 존재였다. 그럼에도 나는 내성적인 성격이었지만 비교적 윗분들을 어려워하지 않았다. 발전소에 출입할 때는 직위 고하를 막론하고 발전소 정문 밖 주차장에 차량을 주차하고 신분증으로 보안문을 통과하고 들어가야 한다. 그러나 그 당시 발전소장과 부소장 전용 주차장은 발전소 정문 안에 있었다. 국기게양대 바로 앞이 소장 주차 공간이었다. 나는 어느 날 소장과 자유로운 대화를 할 시간이 있었다. 나는 그 자리에서 "소장님, 전용 주차장을 정문 밖으로 빼시면 좋겠습니다. 소장님께서 권위를 청산하고 직원들과 함께한다는 생각으로 하셨으면 합니다"라고 했다. 이에 소장님께서 "그러면 내 주차 공간은 어디에 쓰려고?"라고 물으셨다. 그래서 나는 "직원들 족구장으로 활용하면 좋을 것 같습니다"라고 했다. 그랬더니 소장님께서는 흔쾌히 승낙하시고 주차장을 정문 밖으로 옮길 것을 지시하셨다.

나의 건의로 주차장을 발전소 정문 밖으로 옮기신 소장은 부임 후 여러 가지로 이전과 매우 다른 놀랄 만한 지시를 했다. 그 당시 말단 직원이었던 나는 이것이 개혁이고 혁신이라는 생각을 했다. 그분이 실행한 혁신은 이런 것들이었다.

〈L소장의 혁신 방식〉

1. 부장 이상 간부는 가능한 발전소장실에 오지 말 것

당시 간부들은 업무와 무관하게 소장 집무실을 수시로 방문하여 사소한 업무나 잡담을 하는 경우가 많았다. 이는 소장에 대한 관심 표명과 자신을 홍보하기 위함이었기에 소장은 중요한 일이 아니면 오지 못하도록 지시한 것이다. 그러나 과장급 이하 직원들은 어떤 주제로도 방문을 언제든지 환영한다고 했다.

2. 아침 회의 시간을 9시로 늦출 것

발전소에서 매일 아침 8시에 간부 회의를 했다. 회의에는 협력사를 포함하여 부장급 이상 간부 전원과 부서별 주무 담당 과장이 참석하여 전날 문제점과 당일 해야 할 주요 업무에 대해 논의하고 업무를 공유하기 위함이었다. 모든 발전소가 8시에 동시에 회의를 개최하는데 L소장은 9시에 시작한다는 지시였으니 많은 직원들이 놀랐다. 소장은 '모두가 근무 시간에 열심히 하면 된다. 회의도 근무이니 9시부터 시작한다. 다만 회의 준비는 보다 철저히 하여 내실을 더욱 다지자'라는 주문도 곁들였다.

3. 부서장 회의 시 비서는 차를 준비하지 말 것

L소장은 외부 손님이 아닌 내부자인 부서장 회의 시 비서로 하여금 차를 준비하지 말라고 지시하였다. 회의 참석자는 본인이 원하는 차, 즉 커피, 음료, 물 등을 각자 필요시 준비하라는 것이었다. 비서가 많은 수의 차를 준비하고 배분하는 데 들이는 노력을 줄이고 회의 시간을 단축하자는 의미였다.

4. 결재 서류는 부서별 서류함에 놓을 것

일반적으로 소장께 결재할 문서는 과장이나 부장이 소장실을 방문하여 대면 결재를 하는 것이 관례였다. 그러나 L소장은 결재 문서는 갖고 들어오지 말고 별도로 비치된 서류함에 넣어 두면 비서가 수시로 가서 결재 문서를 갖고 올 것이고 결재한 문서는 부서별 서류함에 비서가 갖다 놓을 것이라 했다. 이는 업무 이해에 대한 확신이 있다는 증거였고, 불필요한 결재 대기 시간을 줄이고자 함이었다. 그러면서 가끔은 웃지 못할 일이 발생하곤 하였다. 비대면 결재를 하면서 문서에 대해 궁금하면 소장은 항상 처음 서명한 직원(최초 작성자)에게 전화를 하

여 물어보았다. 최초 작성자는 신입 직원도 있고 과장급 간부도 있었기에 소장으로부터 전화를 받은 신입 직원들은 어려워서 쩔쩔매는 모습도 보였다. 우리 부서는 발전소에서 바쁜 부서였기 때문에 과장이 직접 기안하는 경우도 많다. 그런데 우리 과장은 본인이 작성한 문서에 최초 작성자 직원 이름을 넣고 서명하라고 하는 경우가 종종 있었다. 과장은 직원을 부각시키기 위함도 있었으나 어떤 경우는 문서 내용을 모르는데 내 이름이 최초로 적혀 소장으로부터 전화를 받는 경우도 있었다. 이런 경우는 소장께 사실대로 이야기하고 과장을 바꿔 주어야 했다.

5. 회사 전용 게시판을 노조 게시판과 양분할 것

1987년 전국적으로 민주화운동이 일어나기 전에는 회사의 공식 게시판에 노조 소식을 게시할 수 있는 공간은 없었다. 노조 소식은 노동조합 사무실이나 그 입구의 게시판에만 전할 수 있었다. L소장은 어느 날 회사 전용 게시판을 반으로 쪼개 한쪽은 회사 게시판으로 한쪽은 노조 게시판으로 활용하도록 하였다. 파격적인 조치가 아닐 수 없었다. 그때부터 노조는 수레의 양쪽 바퀴라는 인식을 하였고, 노조 간부들과 대화를 즐기고 노조원들의 의견을 경청하면서 가능한 들어주려고 노력하였다.

불만과 건의사항은 뒷담화로 하지 말고 직접 하자

사람마다 일하는 스타일이 다르지만 우리 부장은 매우 독특했다. 다른 부서보다 일을 많이 하려고 하나, 소심하고 섬세하셔서 결재를 잘 해 주지 않았다. 업무는 대부분 결재를 통해 이루어지는데 잘 되지 않으니 모두가 어려워했다. 항상 일에 매달리다 보니 다른 부서와 같이 MV 대화나 체육 행사도 할 수가 없었다. 어쩌다 직원들끼리 회식을 하면 부장에 대한 성토가 대단했다. 불만이 어찌나 심한지 듣는 사람들도 듣기 싫어졌다. 그래서 나는 직원들에게 제안했다. 이렇게 불평불만만 하지 말고 부장께 직접 우리의 생각을 말씀드리자고 했다. 이에 모두가 동의하여 다음 날 내가 자리를 만들기로 했다. 다음 날 사무실에서 부장 집무실을 찾아가 직원들이 드릴 말씀이 있으니 시간을 달라고 했다. 부장께서 좋다고 하시어 자리를 만들었다. 내가 먼저 만남 취지를 말씀드리고 돌아가면서 하고 싶은 이야기를 하도록 유도했다. 그러나 나 이외엔 아무도 아무 말도 하지 않는 것이었다. 그렇게 부장과의 대화는 소득없이 끝이 났다. 몇 달 후 회식 자리에서 직원들이 부장에 대한 동일한 불만을 털어놓았기에 이번에는 각자 부장께 드릴 말씀을 정한 다음 모두가 돌아가면서 말씀을 드리기로 했다. 나는 적당한 시간에 부장께 직원들과 또다시 간담회를 요청하였다. 이번에도 모임 취지를 내가 설명하고 각자 준비된 건의사항을 말하도록 유도했으나 전과 같이 이번에도 아무 말도 하지 않았다. 하는 수 없이 내가 직원들이 하기로 한 건의 사항과 불만 사항을 부장께 모두 말씀드렸다. 모든 것을 다 들으신 부장께서 한 말씀 하셨다. "다른 직원들은 불만이 없는데 이근순 씨만 왜 그렇게 불만이 많나요". 나는 더 이상 부장과의 대화 시간을 만들지 않았고, 직원들이 불만을 이야기하면 "여러분들은 너무 비겁합니다. 불만을 이야기할 자격이 없습니다"라고 했다.

참여에 의한 혁신적인 사옥 설계

정부의 공공기관 지방 이전 정책에 따라 대부분의 공공기관 본사는 전국의 지방 도시로 이전하였다. 기관마다 이전 계획이 수립되고 본사 사옥이 지정 장소에 건립되고 직원들이 입주하는 과정을 거쳤다. 그중에서 본사 사옥을 아주 혁신적으로 설계하고 건축한 기업은 한국동서발전이다. 한국동서발전은 설계에 앞서 직원들을 대상으로 기존 사무실의 불편 사항과 희망 사항을 장기간 수렴하는 과정을 거쳐 설계에 반영하였다. 가장 혁신적인 것은 공기업 최초로 스마트 오피스를 구현했다는 것이다. 스마트 오피스에는 없는 것이 많아 오히려 직원들에게 쾌적함과 업무 편리성을 제공해 주고 있다. 첫째는 유연 좌석제 운영이다. 직원 개개인에게는 지정된 자리가 없으므로 출근하면 자신이 앉고 싶은 자리를 찾아 업무를 수행한다. 좌석은 직원 정수의 90%만 만들었는데 그 이유는 10년간의 통계를 검토하니 매일 10% 이상 직원이 교육, 출장, 휴가 등으로 출근하지 않는다는 통계치에 근거했다고 한다. 이에 따른 10%의 여분 공간은 직원들의 휴게 공간, 회의 공간 등으로 제공하였다. 두 번째는 사무실에 직원을 위한 전화기가 없다. 전화번호는 부여되되 전화기가 없어 근무 중 전화벨 소리가 들리지 않는다. 전화는 직원 개인의 휴대폰으로 송수신하도록 했고, 장시간 통화 또는 개인 통화가 필요할 경우 사용할 수 있는 공중전화 부스를 복도에 설치해 두었다. 세 번째는 개인 컴퓨터가 없다. 새 사옥으로 이

전하면서 클라우드 시스템을 도입하여 어느 자리에서든 모니터에 사번과 비밀번호를 입력하면 컴퓨터를 사용할 수 있고 개인 정보나 회사의 공용 정보는 메인 컴퓨터에서 불러오고 새로 생성된 파일은 메인 컴퓨터의 개인 계정에 저장된다. 또한 2~3명마다 설치된 프린터와 복사기도 별도의 라커룸에 비치하여 소음과 열이 직원들에게 전달되지 않도록 하였다. 라커룸은 대중목욕탕의 옷장과 같이 설치하여 누구나 이용하도록 배려하였다. 사옥 최고층에는 고급스러운 북 카페를 설치하여 직원들은 물론 시민들에게 주말과 휴일에도 개방하여 독서와 휴식을 즐기도록 배려하였다. 구내식당은 옥상 정원과 연결하여 식사 후 옥상 정원으로 가는 동선을 만들어 모든 직원들이 산책을 하도록 유도하고 있다. 이러한 사옥의 혁신적인 설계는 직원들을 배려한다는 전제하에 사용자인 직원들이 직접 설계에 참여하였기에 누구나 부러워하고 벤치마킹하고 싶은 사옥을 만든 것이다. 이는 직원들의 정서 함양과 업무 집중도 그리고 협업을 증진시키는 데 기여하고 있다. 동서발전 사옥은 디자인, 편의성, 연결성, 융합성, 개방성 등 모든 분야에서 완벽에 가깝다. 모든 직원들의 관심과 열정에서 이룩한 소중한 결실이었다.

혁신에 동참하다

TMI 사고 후속 조치를 이행하다

1979년 3월 28일, 미국 스리마일원자력발전소(TMI)에 사고가 발생하였다. 전기 생산을 시작한 지 채 1년도 되지 않아 발생한 상업용 원자로의 최초 사고였다. 이 사고는 원자력계는 물론 전 세계에 원자력 안전성에 대한 의구심을 갖게 하는 기폭제가 되었고, 미국원자력안전위원회(NRC)는 재발 방지와 안전성 향상을 위한 TMI 후속조치를 요구했으며, 모든 원자력 발전소는 TMI 후속 조치 계획에 따라 설비를 개선하도록 하였다. 우리나라도 미국에서 도입한 원전이기 때문에 TMI 후속 조치를 해야 했다. 이에 따라 많은 설계 변경과 설비 개선 그리고 제도 개선 작업이 이루어졌다. 1989년 말 원자력 발전소 「주제어실(MCR; Main Control Room) 인간공학적 설계방안 보고서」가 전문 기관을 통해 발행되었고, 본 보고서에 따라 모든 발전소는 개선 조치를 해야 했다. 그러나 개선사항이 너무 방대했기 때문에 우리 발전소는 물론 선행 발전소에서도 작업에 착수하지 못하고 논의만 하고 있었다. 1990년 4월 나는 발전소 교대 근무자(운전원)에서 일근 부서로 보직을 변경하였다. 이 부서는 교대 근무자를 포함하여 발전소 운영 전반에 대해 관리하는 부서로 '주제어실 인간공학적 설계방안'을 관련 부서와 함께 주도적으로 이행해야 하는 부서였다. 이 보고서는 수백 페이지나 되는 방대한 분량에 이해하기 어려운 용어들이 아주 많았다. 나는 교대 근무를 하면서 운전에 대한 많은 경험을 했고, 2년간은 주제어실에서도 근무를 했기에 운전원들이 불편한 것이 무엇이고 개선되었으면 하는 사항이 무엇인지 일부는 알고 있었기에 관심이 발동하였다. 일근 부서 경험은 없지만 용기를 내어 상사에게 내가 그 업무를 맡아 보겠다고 했다. 상사는 모두가 기피하는 업무를 기꺼이 맡겠다고 하니 기쁘게 받아들이고 적극 지원할 테니 열심히 해 보라고 하였다. 나는 먼저 보고서 내용을 면밀히 분석하고 잘 이해가 가지 않는 부분은 보고서 작성자를 찾아가 자문을 구했다. 어느 정도 이해를 한 다음 나름대로 이행계획서를 작성하여 결정권자인 발전소장 결재를 받았다. 설계방안의 주요 요지는 설비를 가능한 한 인간공학적으로 설계, 배치하여 운전원들의 인적 오류를 줄이는 것이었다. 따라서 흥미로운 사항들도 매우 많았다. 조명, 온도, 습도 등 환경 변수로 인해 운전원들의 피로를 가중시키지는 않는지, 책상과 의자의 높이, 폭, 쿠션, 등받이는 우리나라 성인 남성의 신체 구조를 고려한 것인지, 방향지시등, 경고등, 조작 스위치 배열은 한국인의 습성이 고려된 것인지, 주제어실의 모든 집기(책상, 책장, 서류함 등)는 불연성 또는 난연성 재료로 만들어진 것인지, 각종 인식 표시기 식별이 명확한지, 제어반의 계통흐름도 표시는 현장과 일치하고 식별이 쉽게 되어 있는지 등으로 인간공학적으로 고려해야 할 사항들이었다. 이행을 위해서는 많은 예산이 수반되었고, 발전소 운영 중 조치를 해야 하기 때문에 운전에 방해를 적게 받도록 해야 했다. 계측제어부, 기계부, 전기부 등 많은 부서의 원활한 협조도 전제되어야 했기에 실행하면서 많은 어려움이 있었다. 다행히 상사와 동료들의 적극적인 지원으로 계획대로 그리고 성공적으로 마무리할 수가 있었다. 이때 인상에 크게 남는 것은 운전원들의 책상과 의자를 교체하면서 생겼던 조달 부서(총무팀)와의 의견 충돌이었다. 내가 새롭게 선택한 책상과 의자는 그 당시 최고급 사양으로 일반 직원들의 비품보다 5~6배 비쌌기 때문이었다. 조달 부서는 형평성 차원에서 부당하다는 의견을 제시했지만 나는 운전원들은 편안하고 쾌적한 환경에서 근무해야 하고, TMI 후속 조치 보고서에서도 그렇게 권고하고 있음을 이야기했다. 또한 일근 근무자와 달리 교대 근무자들이 사용하는 책장과 의자는 쉬는 시간 없이 24시간 내내 사용되고 있고, 서로 다른 체격과 사용 패턴이 다른 5명이 돌아가면서 사용하기 때문에 일근 부서와 달리 적용해야 한다고 설득한 것이다. 이후 선행 발전소에서도 우리 사업소의 사례를 벤치마킹하면서 모두가 조치를 완료하였다. 본 업무를 수행하면서 기계와 인간관계(MMI, Man Machine Interface)에 대해 새롭게 알게 되었고, 한국방송통신대 경영학과에 입학하여 배운 학문들도 많은 도움이 되었음을 알았다. 뭐든 배우면 쓸 용도가 있다는 말이 맞는다고 생각되었다.

연구원 개혁 작업에 동참하다

1993년 8월, 발전소에서 연구원으로 자리를 옮겼다. 연구원 근무는 오래된 목표였기 때문에 어느 부서에서 무슨 일이든 할 용의가 있었다. 연구원은 발전소와 달리 말단 직원이 본연의 업무보다는 간부들의 업무를 보조하는 일을 담당했다. 현장에는 간부 한 명에 여러 명의 직원들이 있는데 본사와 연구원은 간부 여러 명에 직원 한두 명이 배치되었다. 나는 업무를 보조하면서 곁눈질로 업무를 파악하고 가능한 눈치 있게 간부들의 취향과 요구에 부응하려고 노력하였다. 1993년은 군사정부가 종식되고 첫 문민정부가 출발한 해였다. 창사 이래 처음으로 한전 말단 직원 출신인 이종훈 사장이 취임하였다. 이종훈 사장은 1961년 한전 전신인 조선전업 주식회사에 공채 5기로 입사하여 직원, 과장, 부장, 처장, 전무, 부사장, 사장까지 모든 직위를 경험한 유일한 분이다. 그분은 1993년부터 1998년까지 5년간의 사장을 역임하면서 많은 업적을 이루었다. 내가 기억하는 것은 5부문 개혁이었다. 개혁을 표방한 5개 부문은 통신사업, 해외사업, 연구개발사업, 방송사업, 해외자원개발 사업이었다. 내가 몸담고 있는 연구원 개혁 작업도 대대적으로 이루어졌기 때문에 큰 기대 속에서 변화를 실감할 수 있었다. 세계적인 경영컨설팅사 용역을 통해 「한전 기술연구원의 진단과 처방」이라는 보고서를 만들어 계획대로 개혁을 진행하였다. 이에 따라 한전 기술연구원이 전력연구원으로 개칭되고, 최초로 세계적인 석학을 원장으로 초빙하여 개혁을 주도하도록 하였다. 이후 연구 인프라 확대, 연구 인력 다수 선발이 이루어져 정말로 매일매일 달라지는 모습을 실감할 수 있었다. 개혁은 연구원 위상 제고, 연구원의 책임경영체제 구축, 연구개발 체제 혁신, 연구 인프라 확보, 신상필벌의 보상문화 정착 등으로 구성되었다. 이렇게 하여 연구원 명칭 변경, 별도의 전력연구원 운영규정 제정, 비전과 목표 설정, 연구개발제도 개선, 연구동 신축, 연구용 기자재 확보, 석박사급 연구원 확보, 새로운 보상 방안 등이 진행되었다. 내게는 정말 가슴 뛰는 일들이었고, 개혁 작업에 동참하고 싶다는 충동이 일었다. 1995년 11월 신임 원장의 부임과 1996년 1월 초급 간부(과장, 선임연구원) 승진과 함께 나도 정책개발부에 배치되어 개혁 함대에 동참하게 되었다. 이전까지 개혁 방안이 수립되었다면 그때부터는 신임 원장과 함께 개혁 방안을 실행하는 것이었다. 그때부터 1단계 개혁 작업이 완료된 1998년까지가 내게는 입사 후 가장 즐겁고 보람 있는 시간이었다.

산업구조개편 이후 안정적인 연구개발체계를 만들다

1998년 새로운 정권이 집권하면서 전력산업구조개편 논의가 본격화되었다. 전력산업구조개편은 한전 직원들에게는 엄청난 변혁이기에 모두가 촉각을 세우고 정책 방향을 지켜봐야 했다. 1999년 1월, 전력산업구조개편 특별법이 국회에서 가결되면서 구조 개편 작업이 시작되었다. 구조 개편 방향은 전력사업에도 경쟁을 도입하고, 민간에게도 전력 시장을 개방하는 방안이다. 구조 개편 1단계는 발전 부문을 한전에서 분리하여 여러 개의 자회사를 운영한 후 민영화하는 것이고, 2단계는 배전과 판매 부문을 한전에서 분리하여 여러 개의 자회사로 운영한 후 민영화하는 것이다. 3단계는 전력 시장의 완전한 자유화를 이루는 것이었다. 법이 통과되었기에 한전 소유의 모든 발전소는 한전에서 분리 독립하게 되었고 화력, 원자력, 송배전 등 전력 산업 전 분야에 대한 연구개발과 기술지원을 담당하는 전력연구원은 어떻게 해야 할지도 큰 고민거리가 되었다. 법 가결 후 본사에 구조 개편 이행 조직이 생기고 분할작업에 들어갔다. 화력발전 분야는 여러 개로 쪼개고 원자력은 한 개의 자회사로 분리되는 것으로 윤곽이 나왔다. 나는 부서장과 원장께 연구원도 관망만 하기보다는 적극적으로 대응을 해야 한다고 보고했다. 이후 연구원 내에 '구조개편준비팀'을 신설하고 운영에 들어갔다. 팀장은 우리 부서장이 나는 간사를 맡았다. 이후 본사에서 '전력연구원은 당분간 한전에서 운영 후 독립법인화'한다는 방침이 결정되었다. 발전 부문이 분리되면 연구원의 70% 정도가 한전이 아닌 발전회사가 고객이기 때문에 연구개발과 기술지원을 어떻게 할 것인가 고민을 해야 했다. 준비팀은 다양한 계층의 의견, 이해 당사자의 의견 그리고 법률 자문을 거쳐 '전력기술 연구개발 협약서'를 완성하였다. 내용은 발전 부문 분리 후 연구원 운영체제, 연구개발 및 기술지원 재원 조달, 연구 및 기술지원비 정산, 인력 교류, 지식재산권 권리 등에 대한 내용을 포함하고 있었다. 본 협약서는 공청회와 전문가 최종 자문을 거쳐 2001년 4월, 분사 시 사장 간 협약으로 체결하였다. 이 당시 화력발전 분야와 원자력발전 분야 연구원들은 분사와 함께 발전회사로 전적으로 강력히 요구하였다. 분사되면 연구개발이 어려울 것이라는 판단이기 때문이다. 그러나 정부와 본사 방침이 전력연구원은 당분간 그대로 운영한다는 방침이었기에 최선의 선택지를 만든 것이다. 협약에 의해 연구개발비를 나름대로 안정적으로 조달할 수 있었고, 기술지원 업무도 현행과 같이 전화나 문서로 수행하고 분기별 정산토록 하였다. 5개사로 분사되는 화력발전 분야 연구원들은 민영화되면 자신들은 고사될 것이 자명하다는 생각에 분사 전에 해당 발전사업소로 보내달라고 아우성이었다. 심지어 내게 늦은 밤에 부탁과 협박을 하는 직원들도 있었다. 원자력은 분사되지만 민영화는 하지 않고 공기업으로 그냥 유지한다는 방침에 따라 화력보다 동요는 적었지만 그들의 불만도 많았다. 나는 오랜 고민 끝에 화력발전 분야 연구원 중 발전사업소로 이동을 희망하는 직원들은 보내 주는 것이 좋겠다는 생각을 하였다. 억지로 잡아 두면 업무 효율도 떨어질 것이고 민영화되면 화력발전 분야 연구개발이 어떻게 진행될지 아무도 모르기 때문이었다. 이러한 내 생각을 원장께 말씀드리고 전직 희망자들을 분사 전에 보내 주는 것이 좋겠다고 강하게 주장하였다. 원장은 모두 간다고 하면 어떻게 할 것이며, 가고 남은 자리는 어떻게 메울 것이냐고 물으셨다. 나는 한전의 브랜드, 발전회사의 민영화 그리고 연구개발에 대한 흥미 등으로 전적 희망자가 많은 수는 아닐 것이고, 만일 너무 많은 직원들이 간다고 하면 우선순위를 정하고 빈자리는 분사 전 공모를 통해 충원하면 된다고 말씀드렸다. 그렇게 하여 원장의 승인을 받고, 화력발전 분야 연구원들을 대상으로 전적 희망자를 조사하였다. 그 결과 200여 명의 10% 수준인 20여 명이 전적을 희망하였다. 희망자 20명은 인사처에 발전사업장으로 이동 배치를 요구하고 원자력을 포함한 빈자리는 전국 사업소 직원을 대상으로 연구원 전입 희망자를 공개 모집하였다. 다행히 연구원 전입 희망자가 많아 심사를 거쳐 전입 대상자를 선정하였다.

구조 개편에 따른 전력산업기반조성사업의 틀을 갖추다

전력산업구조개편이 되면서 한전에서 수행하던 공익사업, 공공사업은 정부로 이관되었다. 이관된 사업에 필요한 자금은 진기사업법에 '전력산업기반기금'이라는 항목으로 반영되었고, 본 기금을 운영하고 기금사업을 전담하는 전력기반조성사업센터가 법에 의해 새로 신설되도록 되었다. 그동안 한전은 공기업으로서 이러한 공익·공공사업을 투명하고 공정하여 국민편익을 위해 잘 운영하였다고 자부하였다. 더구나 이러한 공익·공공사업에는 연구개발사업도 많은 부분 포함되어 이관될 계획이었다. 나는 전력산업구조개편이 이루어지더라도 이 기금과 기금사업은 당분간 한전에서 수행하는 것이 타당하다고 생각하였다. 이는 한전의 이기적인 발상이 아니라, 기금은 전기요금에 추가하여 국민이 부담하는 비용이기 때문이다. 자칫 다른 단체나 기관이 운영하게 되면 기금 목적이 다르게 해석되어 다른 목적 사업에 활용될 수 있고 그러면 국민 부담은 그대로인 채 전기사업자는 추가적인 부담으로 남을 수도 있기 때문이었다. 알기 쉽게 이야기하면 자금은 다른 곳으로 가고 한전에서 수행하던 공공·공익사업은 그대로 한전에서 수행한다면 엄청난 추가 부담이기 때문에 이렇게 되면 결국 전기요금 인상 요인으로 작용한다는 것이다. 나는 이러한 생각을 부서장과 원장께 보고하고 정부 담당자와 관계자에게 전력기반조성사업 전담기관으로 전력연구원을 지정할 필요성을 설파하였다. 정부로서도 전력산업구조개편 이후 안정적인 연착륙이 필요했고, 한전의 관리 능력을 인정하기에 결국 전력연구원이 기금관리전담기관 겸 전력기반조성사업 전담 기관으로 지정되었다. 이렇게 하여 전력연구원장은 새로운 직무를 부여받게 되었고 기금운영과 기반조성사업이 본래 목적대로 잘 정착되도록 노력하였다.

전력기술 혁신 마스터플랜을 만들다

2005년 3월, 나는 본사 기술기획실장의 요청으로 본사로 파견 발령을 받았다. 기술기획실장은 나의 정책개발부장, 구조개편준비팀장 등으로 오랜 시간 상사로 모셨던 분이었다. 그분을 신뢰하기에 부름에 망설임 없이 동의를 하였다. 그분이 하고 싶었던 일은 모든 전력그룹사 차원의 기술혁신 방안을 만드는 것이었다. 이렇게 하여 나는 '전력기술 혁신 마스터플랜' 수립 담당자 역할을 맡았다. 나는 외부에서는 경영관리, 마케팅, 재무회계, 기술혁신 분야 전문가 그리고 내부에서는 부서별·분야별 책임자를 자문위원으로 위촉하고 구성된 TF 팀원들과 함께 환경 분석, 이해관계자 의견 수렴, 혁신 아이템 도출 그리고 항목별 세부 혁신 방안을 수립하였다. 작성된 「전력기술 혁신 마스터플랜(안)」은 가장 영향을 받는 연구원 직원, 전력그룹사 실무 책임자, 본사 관련 부서 책임자 등을 대상으로 수차례 공청회를 열어 의견을 수렴하여 반영하였고, 다시 내외 자문위원회에 보고를 마치고 회사의 경영자문위원회와 이사회에 보고를 마치고 그해 12월 중 최종 사장 결재를 받았다. 많은 부분에서 계획이 잘 수립되었으나 실행이 잘 되지 않은 점을 고려하여 부서별, 일정별 이행 계획을 수립하여 이행을 촉구하고 본사 기술기획실과 연구원에 관리 부서를 지정하여 지속적으로 이행 상태를 점검하도록 하였다. 이때 많은 혁신 과제가 도출되었고 그 혁신 과제는 많은 열매를 맺었다. 대표적인 성과는 경영경제연구원 신설, 전문대학원 설립, 전력연구원 제2연구동 신축, 연구 인력 추가 확보, 전력그룹사 간 인력 교류, 전력그룹사 기술임원회의 정례화 등이다.

연구 조직의 장단점과 조직이 처한 외부의 도전과 기회요인 분석을 통해 ① 강점과 기회 활용 과제 13건, ② 강점을 활용한 위험 대응 과제 8건, ③ 약점 보완을 통한 기회 활용 과제 10건, ④ 약점 보완을 통한 위험 대응 과제 9건 등 총 40건의 혁신 과제를 도출하고 혁신과제별 실행 방안을 수립하였다.

훌륭한 연구 인프라가 연구 품질을 높인다

오래도록 연구기획 및 정책 업무를 하면서 '연구 조직의 경쟁력은 무엇일까?' 하는 고민을 자주 했었다. 우수한 연구 인력, 잘 갖춰진 연구 인프라, 선진화된 연구 시스템, 연구 문화, 일관성 있는 연구 정책, 연구개발 지원 시스템 등이 연구조직의 경쟁력이라고 판단했다. 한전 전력연구원은 개혁 작업을 하면서 이러한 것에 대해 정확히 진단하고 처방(안)을 만들어 순차적이고 체계적으로 이행하고 있었다. 그러나 그중 하나인 연구 정책에 있어 1998년 새로 부임한 최고경영자의 경영철학에 따라 180도 바뀌게 되고, 연구원의 위상과 역할은 엄청난 변화를 맞이했다. 2003년 초 나는 내 의사와 관계없이 기획관리부에 발령을 받았다. 당초 업무는 경영개선 관련 업무였는데 시간이 지나면서 기획 업무, 국회 업무 그리고 예산 업무까지 담당하게 되었다. 예산 담당 과장을 맡으면서 훌륭한 연구기자재가 훌륭한 연구 성과를 낼 수 있다는 신념으로 매년 100억 원 정도의 연구기자재 구매 예산을 투입하기 위해 노력하였다. 좋은 장비는 고품질의 연구 성과와 현장 기술 성과를 만드는 데 크게 기여하였다. 1998년 말 연구원 개혁 작업이 중단되면서 제2연구동 신축 계획도 백지화되었다. 이는 모든 연구원들에게 좌절감을 주기에 충분했다. 약 7년이 지난 2005년 말 '전력기술혁신 마스터플랜'에 제2연구동 신축을 반영하였다. 나는 2006년 1월 본사 파견이 종료되고 다시 연구원에 복귀하면서 제2연구동 신축 작업에 착수하였다. 이를 위한 '전력연구원 제2연구동 신축 타당성 기획조사'를 수행하고 이를 근거로 신축 기본계획을 수립하여 CEO 보고, 이사회 승인 과정을 걸쳐 연구원들의 오랜 꿈을 실현할 수 있었다. 보고 과정에서 수차례 본사 예산 부서, 감사 부서를 방문하여 설득하고 보완하고 부탁하는 절차에도 많은 신경을 썼다. 나는 기본 계획이 최종 확정되고 본사 사옥 건설 부서에 적기에 잘 건설될 수 있도록 협조를 요청하였다. 연구원들에게 편의성을 제공하고 연구 효율을 높이는 데 필요한 공간이 되도록 설계 기본 요건을 만들기 시작하였다. 이를 위해 연구원들의 희망사항을 접수하고 사무 공간, 실험 공간, 회의 공간, 휴게 공간을 조화롭고 편리하게 구성하고, 배치하는 설계 기본 요건을 작성하여 사옥 건설 부서에 반영해 달라고 요청하였다. 설계 기본 요건에는 중량물을 고려한 층별 배치, 고전압, 고압가스, 크레인 등 장비 설치 계획도 반영되었다. 또한 사옥 건설 담당직원들의 눈높이를 높이고 보다 적극적인 건설 업무를 위한 선진연구소 건물 벤치마킹 계획도 수립하여, 관련 부서원 4명을 일본으로 3박 4일간 출장도 보냈다. 이렇게 하여 2011년 4월, 5,800평 규모의 멋진 제2연구동이 신축되었다. 전력연구원 제2연구동 준공이 되고 2개월 후 나는 정부 정책에 따라 한전 자회사인 한수원으로 전적을 하였다. 2012년 4월, 나는 한수원 중앙연구원 연구정책팀장으로 발령을 받았다. 이곳은 전력연구원에 비해 연구 인프라가 매우 열악했다. 근무 인원은 전력연구원의 70% 수준인데 부지면적은 1/6 수준으로 아주 좁았다. 근무 공간이 부족하여 100여 명을 다른 회사 건물을 임대하여 근무케 하였고, 전력연구원으로부터 이관된 실험 시설 및 장비도 가져올 수가 없었다. 그래서 나는 부지 및 연구 공간 추가 확보 필요성을 상사들께 보고하고 확보 준비에 들어갔다. 전문성과 객관성을 위해 외부 전문 기관을 컨설팅 업체로 선임하여 함께 인근의 대전광역시와 세종특별자치시의 토지를 물색하였다. 이렇게 하여 후보지 6곳 중 인접 부지(약 15,000평)를 최적지로 확정하고 부지 매입에 들어갔다. 물론 이전에 CEO 보고 및 이사회 승인 과정을 모두 밟아야 했다. 이후 2015년 부지 매입, 2016년 건설기본계획 확정 및 건설 착수, 2019년 5월, 연구동 한 동과 실험동 한 동을 준공하였다. 비로소 원자력 R&D 통합 8년 만에 모든 연구원들이 한 단지에 모이게 되었다.

올바른 감사가 되고, 조직의 필요사항을 얻는다

조직원들이 개선을 요구하는 많은 것 중 일부는 여러 가지 이유로 부결되거나 지연되는 경우가 종종 있다. 이런 경우 종합감사 등에서 지적을 받으면 오히려 쉽게 해결되기도 하였다. 2002년 기획관리 부서로 자리를 옮겼는데 이 부서에는 연구원 자체 감사 기능도 갖고 있었다. 중요 업무에 대한 일상 감사 업무를 주로 하는데 감사원이나 본사 감사실에서 정기 감사를 나오면 이를 지원하는 일도 한다. 감사원이나 본사 감사실은 다른 사업소에 비해 연구원은 업무도 다양하고 비정형적인 일도 많고 내부 규정도 복잡하여 많이 힘들다는 이야기가 많았다. 나도 기획관리 부서에 오면서 이러한 사실을 알게 되었다. 나는 당시 감사 과장과 협의하여 감사를 나오기 전에 내가 방문하여 연구원에 대한 전반적인 현황을 상세하게 설명해 주고, 감사를 진행하면서 궁금한 사항이 있으면 언제든지 나를 찾으라고 했다. 이렇게 하여 그들의 감사 업무를 보다 효율적으로 하도록 지원하였고, 지적 사항 발굴에 치중하던 것을 연구원에서 개선이 요구되는 사항을 발굴하여 개선을 요구하도록 하였다. 물론 잘 지켜지지 않는 관행적인 문제점은 적극 지적하여 강제적으로 시정되도록 하였다. 이러한 피동적인 감사수검에서 능동적이고 함께 하는 감사수검 공로로 나는 2003년(한전 전력연구원)과 2015년(한수원 중앙연구원)에 두 차례 감사 추천 사장상을 받았다.

경험과 실적을 기록으로 남기다

사내 소식지 활용하기

역사는 모두 기록으로 남는다는 말이 있다. 우리 선조들도 많은 기록을 남겨 후손들이 역사를 인식하도록 했다. 나는 1993년 8월, 영광원자력발전소에서 대전에 있는 기술연구원으로 발령받았다. 기술연구원 근무는 나의 오래된 목표였고 이 목표를 이루기 위해 많은 노력을 했다. 1994년 초부터 최고경영자의 강한 의지로 연구원 개혁 작업이 이루어졌다. 세계 최고 수준의 경영컨설팅사에게 '한전 기술연구원의 진단과 처방'이라는 용역을 발주하여 개혁 방안을 수립하였다. 그렇게 하여 1995년 7월 1일 회사 창립 기념일을 기해 한전 기술연구원이 전력연구원으로 거듭났고, 1996년 1월 세계적인 석학을 초대원장으로 초빙하여 개혁 작업을 하도록 하였다. 나는 개혁을 이행하는 모습을 옆에서 지켜봐야 했고 부분적으로 참여하기도 하였다. 그렇게 하여 비전이 만들어지고, 새롭게 제도가 정비되고, 위상이 바뀌는 것을 실감하게 되었다. 1996년 1월 초급 간부가 되어 신임원장의 개혁 작업에 동참하면서 많은 조직이 새롭게 거듭나는 데 일조하였다. 신임 원장님은 옳은 연구 개발과 좋은 성과도 중요하지만 기록을 남기고 이를 홍보하는 것도 매우 중요하다고 하였다. 이를 위해 월간 소식지 《KEPRI NEWS》가 발행되기 시작하였고, 기술동향지와 논문집도 월간 및 계간으로 발간되었다. 많은 연구원들이 이에 대한 원고를 작성하느라고 고생했지만 기고문, 논문 등 글쓰기 실력이 향상되었고 연구원의 주요 활동과 연구 성과도 널리 홍보되었다. 나는 《KEPRI NEWS》 연구 기획 칼럼에 연구원 개혁 현황, 새로운 규정 제정, 제도 개선 등에 대해 기고하였다.

개혁백서 만들기

우리 부서는 1998년 초 원장으로부터 '전력연구원 개혁백서'를 작성하라는 지시를 받았고, 나는 개혁백서 작성 담당을 맡았다. 그때까지 솔직히 백서의 의미가 뭔지도 몰랐기 때문에 어떻게 해야 할지 어리둥절했다. 이후 나는 국가에서 발행한 국정백서와 각 기관에서 발행한 연사(年史), 기록지 등을 보면서 개혁백서의 프레임을 만들고 원장께 보고하여 수차례 수정 과정을 거친 끝에 목차를 완성했다. 그리고 백서 작성 태스크 포스(Task Force)을 구성했다. 개혁 배경, 개혁 과정, 개혁 성과, 앞으로 할 일 순으로 개혁백서는 완성되었다. 백서 작업을 통해 기록의 중요성을 알았고 개혁 작업의 부족한 점과 앞으로 강화해야 할 일도 가늠할 수 있었다. 그러나 아쉽게도 전력연구원 개혁백서는 원고만 작성되었을 뿐 공식적으로 발행하지 못했다. 이는 새로운 CEO가 취임하면서 개혁 작업이 중단되었고 연구원의 위상도 많이 격하되면서 초대원장도 해임되었기 때문이었다. 나는 어렵게 만든 소중한 기록을 책으로 발간하지 못함을 무척 안타깝게 생각하며 언젠가는 반드시 공식적으로 발간하겠다는 다짐을 했다. 그 후 5년이 지난 시점인 2003년 새로 부임한 원장께 전력연구원 개혁백서의 공식 발간을 건의하여 승낙을 받았다. 발간된 백서의 특이점은 발간사를 두 분의 원장이 썼다는 것이다. 하나는 초대 원장으로 개혁을 주도하고 백서 작성을 지시하신 분이고 다른 하나는 2003년 공식 발간 당시 원장이었다.

행정 업무 가이드 북 만들기

2003년 초 나는 불가피한 사정에 의해 연구직임에도 불구하고 사무직이 근무하는 기획관리부에 근무하게 되었다. 처음 내가 맡은 업무는 경영개선 관련 업무였으나 근무 기간이 길어지면서 예산 업무도 함께 하게 되었다. 한국방송통신대학에서 경영학을 전공한 경영 학사이나 예산 업무와 회계 업무는 내게 낯선 업무였다. 그리고 예산과 회계 업무가 전산화되면서 모든 직원들에게 이에 대한 업무 처리 능력이 요구되었다. 이러한 사정을 깊이 인식한 나는 직원들에게 유용한 '예산 및 회계 안내서'를 만들기로 했다. 이를 위해 행정 부서, 연구 부서의 실무자들과 함께 수차례 합숙 작업을 통해 '예산 및 회계 안내서'를 완성하였다. 예산과 회계 관련 용어를 정리하고 업무마다 필요한 예산과 회계 업무를 도출하고 업무 처리 방법을 기술한 것이다. 업무 처리 과정의 컴퓨터 화면도 순서대로 캡처하여 반영함으로써 직원들이 예산 및 회계 업무를 처리하는 데 도움이 되도록 했다.

2008년 초 처음으로 연구 부서에서 일을 하게 되었다. 물론 직접 연구하는 부서가 아니라 연구 부서의 연구행정을 총괄하는 팀장이었다. 연구원들과 자주 이야기하다 보니 연구행정 업무가 너무 복잡하고 어렵다고 하는 것이다. 연구지원 부서 직원들은 매일 동일한 업무이기 때문에 어려움이 없었으나 연구원들은 특허 출원, 논문 게재, 예산 신청, 정산, 보고서 작성, 용역 발주, 기성고 지급 등의 업무를 간헐적으로 해 왔거나 처음 하는 것이어서 어려워했다. 나는 이러한 문제를 해결하기 위해 직원들과 함께 회사 역사상 처음으로 「연구개발 행정 업무 가이드 북」을 만들었다. 또한 전력 산업에 몸담고 있는 전력인으로서 우리나라 전력 산업 전반을 이해할 수 있도록 「전력산업 유관기관 현황집」 그리고 「일본 전력산업 유관기관 현황집」을 발간했다. 「일본 전력산업 유관기관 현황집」은 2002년 일본 전력산업 벤치마킹을 다녀온 후에 자료를 수집하여 작성한 것이다. 그 당시 전력산업구조개편 이후 전력연구원은 일본전력중앙연구소(CRIEPI)와 비슷한 형태로 운영되는 것을 검토했었다. 「일본 전력산업 유관기관 현황집」에는 9개 전력 회사가 공동으로 운영하는 전력중앙연구소(CRIEPI), 해외전력정보조사회, 전력사업자협의회 등에 대한 자세한 현황을 기술하였다.

50년 역사를 한 권의 책으로 만들다

2011년은 한전과 함께 전력연구원이 설립된 지 50년이 되는 해였다. 전력연구원은 전력시험소, 기술연구본부, 기술연구원을 거쳐 1995년 7월에 개칭되었다. 2010년 초 나는 전력연구원의 50년 역사를 상세히 기록해 보자고 결심했다. 이러한 생각을 부서장과 원장께 보고 드리고 승인을 받았다. 나는 '전력연구원 50년사 발간계획'을 수립하고 연사 작업팀과 자문위원회를 구성하였다. 이렇게 하여 50년사는 2011년 4월, 통사와 부문사로 800여 페이지 분량으로 완성되었다. 통사는 1961년부터 현재까지 연대기와 발전사를 중심으로 작성하였고, 부문사는 연구개발사, 기술지원사, 연구원

경영사, 사회공헌사 등 4개 부문으로 상세하게 기술하였다. 연사를 작성하면서 기록으로 확인이 어려운 것은 퇴직하신 선배들을 찾아 인터뷰를 통해 확보했고, 현재 재직 중인 모든 연구원 직원들을 대상으로 한 설문조사를 통해 현재 상황 인식과 미래의 바람도 수렴하여 실었다.

성공 사례는 백서로 남긴다

2011년 10월부터 본사에 파견되어 '2012 서울 원자력 인더스트리서밋' 행사준비사무국에 합류하였다. 나는 약 6개월간 행사 담당 부장으로서 행사 전반을 준비하여 2012년 3월 23~24일에 성공적으로 행사를 개최하였다. 행사의 성공 여부는 행사준비사무국의 자체 평가가 아니라 조직위원회, 정부, 참석자, 언론의 평가로 알 수 있다. 나는 대형 행사를 잘 마쳤다고 박수치고 팀을 해체하기보다는 행사 전반에 대해 기록을 남기는 것이 좋겠다고 생각했다. 20여 명의 행사준비팀원들은 각자 소속부서로 복귀를 희망했지만 그들을 설득하여 함께하기로 했다. 성공적으로 개최된 국가행사의 기록지를 벤치마킹하고 나름대로 목차를 구성한 다음 세부 목차별로 담당자를 지정하여 작성토록 했다. 목차별 담당자는 행사 준비 시 각자 맡은 부분이었고 행사 과정에서 대부분 기록이 있기 때문에 큰 어려움은 없었다. 각자 작성한 원고를 내가 종합하고 다듬는 작업을 했지만 내게도 한계가 있었다. 글쓰기 요령도 그렇고, 제3자 입장에서 볼 필요가 있기 때문이었다. 그래서는 나는 전력연구원 50년사 제작 시 알게 된 작가를 만나 일정 부분의 수고료를 지급하고 원고 전체를 첨삭하도록 요청하였다. 이렇게 하여 나름대로 훌륭한 「2012 서울 원자력 인더스트리서밋 백서」를 발간하게 되었다.

PART

4.

새로운 도전

생명(물고기와 매화), 2019년 作, 32×32㎝

최연소 노조위원장을 만들다

무능한 집행부를 바꿔야 한다

바닷가 오지에 건설되고 운영되는 발전소 근무 환경은 참으로 열악했다. 발전소 주변은 시골이라 직원들이 살 만한 집들이 없었다. 그래서 회사에서는 발전소 주변에 사택을 짓고 직원들을 입주시키고 있는데 사택 증설이 직원 증가를 충족시키지 못해 작은 공간에서 여러 명이 살든가 임시 콘테이너에서 지내야 했다. 개인용 자동차가 없던 시기라 출퇴근은 통근버스를 이용해야 했다. 또한 병원, 식당, 슈퍼마켓 등 편의시설도 절대적으로 부족하여 여러 가지로 불편을 감수해야 했다. 이러한 직원들의 고충을 확인하고 개선해 주는 데는 회사의 적극적인 역할도 필요하지만 노동조합에서 관심을 갖고 회사와 함께 노력해야 된다. 나는 이러한 환경 개선과 불편 해결에 많은 관심을 갖고 해결하고자 했지만 개인 자격으로 하기엔 한계가 많았다. 노조위원장과 조합 간부들은 대부분 퇴직을 몇 년 남겨 둔 고참 직원들로 직원들의 고충 해결보다는 자신들의 권익과 권한 확대에 관심이 많은 것 같았다. 노조위원장의 위세는 대단하여 선거 때 반대편에 섰던 직원들은 강제로 다른 사업소로 전출을 하도록 회사에 압력도 넣었고 여러 가지 불이익도 주는 것을 보았다. 그리고 매점, 자판기, 마을금고 등 이권에도 많은 영향력을 발휘하고 있었다. 나는 노동조합을 젊고 유능한 사람으로 바꾸면 되겠다는 생각을 하게 되었다.

선거를 두 달여 남겨 두고 친하게 지내던 동료들과 이러한 이야기를 했더니 모두가 동의를 하였다. 그래서 우리는 노조위원장 후보를 물색한 다음 한 명을 선정하여 노조위원장 출마를 요청하였으나 평소에 활동을 하지 않았는데 당선이 가능하겠는가, 괜히 출마했다가 관여한 모두가 불이익을 보는 것은 아닌가 하는 등의 의구심을 피력하였다. 보통 노조위원장에 출마하려면 1년 전부터 조합원 관리를 통해 표를 확보해야 하고, 현재의 위원장은 영향력이 막강한 존재였기에 도전 자체가 어려운 상황이었다. 그럼에도 불구하고 우리는 비밀리에 선거 전략을 수립하여 후보의 동의를 이끌어 내고 뜻을 같이 하는 직원들을 비밀리에 모으기 시작했다. 선거 공고가 나기 전까지는 현재의 집행부가 모르도록 해야 그들의 어떤 방해 공작도 막고 탄탄한 필승 전략을 만들 수가 있기 때문이었다. 나는 스스로 선거대책본부장을 맡고 뜻을 같이 하는 몇몇 친구들과 함께 공약 개발과 일정 관리 그리고 반응도 조사 등을 차질 없이 진행하였다. 우리가 선택한 선거 전략은 '변화와 전진'이라는 구호 아래 직원들이 함께 공감하고 실질적으로 혜택을 부여받을 수 있는 공약으로 직원들을 움직이자는 것이었다. 선거를 3주 앞두고 노조위원장 선거 공고가 게시되었다. 우리는 가장 먼저 입후보를 하여 현 집행부에게 경쟁자가 있음을 선포하였다. 단독 출마 또는 복수 출마라도 싱겁게 생각했던 선거판에 갑자기 만 28세의 젊은 친구가 노조위원장으로 출마했고 선거원 대다수가 20대 후반 30대 초반의 젊은 층이었기에 엄청 놀라는 분위기였다. 놀라기는 현 노조집행부는 물론 모든 간부들과 노조원들도 마찬가지였다. 우리는 4차례에 걸쳐 공약을 발표했다. 선거 자금이 부족했고 또 스스로 돈을 쓰지 않는 선거를 표방했기 때문에 마음에 와 닿는 공약과 일대일 접촉을 통해 공략하는 차별화 전략이었다. 그 당시 노조위원장에 출마하면 부서별, 동호별, 동문별 등 모든 공식, 비공식 조직을 찾아다니면서 식사와 음료를 제공하기 때문에 엄청난 선거 비용이 들었다. 그러나 우리의 선거 비용은 대부분 유인물 비용과 선거준비요원들의 기본적인 식사비와 음료비 정도였다. 선거 비용도 준비 요원들의 자발적인 모금으로 충당했다. 투표 1주일 전까지 선거 공약을 두 차례 발표하고 평소 회사에서 인정받는 젊은 직원들로 구성된 선거운동원들의 활약으로 백중세까지 도달하고 있음을 직감할 수 있었다. 우리의 선거운동원들은 선거 전날 밤을 새워 가며 마지막 선거 공약과 조합원에게 드리는 글을 담은 유인물을 조합원 개개인의 봉투에 담았다. 그리고 선거 당일 새벽에 그 봉투는 조합원 개개인의 책상 위에 놓았다. 이는 아주 획기적인 전략이었다. 조합원이 1,000여 명이 되기 때문에 선거 포스터 게시나 복도에서의 공약서 배부 방식을 택하고 있으나 우리는 개별 봉투를 개개인 책상에 직접 배부하는 방식이었기에 모두를 놀라게 한 것이다. 이렇게 하여 우리는 기존 집행부를 물리치고 당당하게 노조위원장 선거에서 승리하였다. 회사의 수많은 사업장 중 우리 사업소에서 만 28세의 최연소 노조위원장을 배출한 것이다. 선거를 두 달여 앞두고 선거판에 뛰어들어 승리하게 된 성공 요소는 조합원들의 생각과 욕구를 알고 이에 맞는 선거 전략과 공약을 개발한 것 그리고 밥과 술이 아닌 진정성이라 할 수 있었다.

창조적 공약 개발과 전략으로 승부하다

그때 우리가 제시한 선거 공약은 총 4가지 분야였다. 첫째는 직원 복지 분야였다. 사내보험제도와 유류티켓제도 도입, 한일병원 분원 설치, 사택 및 독신자 숙소 증설, 건설 직원들의 초과근무수당 현실화, 교대 근무자 불편 해소 등이었다. 사내보험제도는 20여 년이 지난 시점에서 대부분의 공공기관과 대기업에서 실행하고 있고, 유류티켓제도는 회사와 인근의 주유소와 협약을 맺어 이용하는 직원들에게 마일리지를 부여하고 그에 맞는 상품권 지급이나 요금할인을 해 주도록 하는 제도이다. 현재 신용카드가 확대 보급

되면서 많은 분야에서 활용되고 있다. 한일병원은 한전 부속병원으로 서울에 위치하고 있어 지방에 근무하는 직원들은 이용하는데 어려움이 많았다. 지금은 인근의 대형 병원을 협력 병원으로 지정하여 의료혜택을 받도록 하고 있다. 건설 직원들의 초과근무수당 현실화는 노조에서 많은 자료 수집과 지방노동청의 협조로 관철할 수가 있었다. 두 번째는 자긍심 갖기 분야였다. 태극기 달기 운동, 양담배 추방 운동, 지역 농산물 애용하기, 지역 주민들과 함께하기 등이었다. 어떻게 보면 노동조합과 무관한 업무라 생각할지 모르나 인간의 근본을 자극하고 자긍심이 느끼도록 하기 위함이었다. 우리는 3월 취임 후 광복절을 한 달 앞두고 노동조합 사무실에서 태극기를 다량 구입하여 구입가에 팔았다. 광복절 같은 국경일에는 모두 태극기를 달도록 노조가 권장을 하였다. 그때 노조에서 판매한 태극기는 무려 1,000개를 넘었다. 지방의 자치단체는 재정 자립도가 보통 20% 이내로 매우 열악하다. 나는 업무를 하면서 지자체 세수의 30%에 해당하는 것이 담배 판매 수익에 있다는 것을 알았다. 그렇기 때문에 그 당시 지자체에서 담배는 우리 고장에서 사기라는 표어를 붙이곤 했다. 국산 담배 한 갑이 팔리면 가격의 50% 정도가 지자체 수익으로 들어가는데 양담배의 경우는 지자체 수입에 전혀 도움이 안 된다는 것도 알았기 때문에 그러한 공약을 걸고 운동을 펼친 것이었다. 그래서 영광군청과 전매청(현재의 담배인삼공사)에서 무척이나 좋아했고 감사패까지 수여했다. 이후 1998년 김대중 정부에서도 태극기 달기 운동을 펼치는 등 국민

자긍심을 위해 노력했던 기억이 난다. 세 번째는 투명성 확보 분야이다. 노동조합비의 투명한 집행과 공개, 수익사업 철폐 또는 회사로 이관 등이다. 조합원들은 매달 조합비를 부담하고 있지만 제대로 집행되고 있는지 알 수가 없었다. 매년 집행 내역을 공개하나 현실성이 없었고 노조집행부도 자신들의 활동비로 여기는 경향이 컸다. 우리는 노동조합비 집행 기준을 명확히 재정립하고 많은 부분은 경조사비 지급, 부서별·동호회별 간담회비 보조 등으로 조합원에게 다시 돌려주었다. 그리고 매 분기 조합비 집행 내역을 감사를 거쳐 공개했다. 그리고 노동조합에서 관여하던 매점, 자판기, 마을금고 운영 등 수익 사업에 대해선 모두 손을 떼고 회사에서 운영하도록 하였다. 다만 제대로 되는지 관리 감독을 노동조합도 할 수 있도록 하여 그동안 끊이지 않던 구설수를 완전히 차단하였다. 네 번째는 일하는 노조 분야로 젊고 유능한 집행부 구성, 직원들의 실질적 혜택 실현, 투쟁보다 실리 추구 등이다. 새로 구성된 노조 간부들은 대부분 20대 후반에서 30대 초반으로 자신이 맡은 업무를 충실히 하고 회사와 직원들 사이에서 평소 평이 좋은 직원들로 구성하였다. 이들은 젊은이답게 투명성을 강조하고 열심히 회사와 노조를 위해 일을 하였다. 우리들은 선거 공약을 걸었던 사항들은 모두 지키려고 노력했다. 부득이한 경우는 노조원들에게 이해를 구하거나 향후 일정을 알려 주었다.

이렇게 열심히 노력한 결과 회사에서도 노동조합을 굳게 믿고 도와주었다. 지역 사회에서도 좋은 평가를 해 주었고, 당시 회사의 사업소장(영광원자력 본부장)은 회사의 어려움을 노조와 상의하기까지 하였다. 그러한 노사의 돈독함은 노조위원장의 결혼식에서 확인되었다. 노조위원장은 회사의 강당에서 결혼을 하고 주례는 사업소장이 맡아 주셨다. 나는 결혼식 사회를 보아야 했다. 우리들의 노동조합이 출범하고 나는 계획대로 6개월이 지난 시점에 대전에 있는 연구원으로 이동하였다. 약 8개월간의 노조 활동은 많은 것을 배우고 느끼는 계기였다.

노동조합위원장 선거 공약(1993.2.)

1. 직원복지: 사내보험제도, 유류티켓제도, 한일병원 분원 설치, 사택 및 독신자 숙소 증설, 건설 직원 초과근무수당 현실화, 교대 근무자 불편 해소
2. 자긍심 갖기: 태극기 달기 운동, 양담배 추방 운동, 지역 농산물 애용하기, 지역 주민들과 함께하기
3. 투명성 확보: 노동조합비의 투명한 집행과 공개, 수익 사업 철폐 및 회사로 이관
4. 일하는 노조: 젊고 유능한 집행부 구성, 직원들의 실질적 혜택 실현, 투쟁보다 실리 추구

공돌이에게 경영학을

경영학을 접하다

나의 어릴 때 꿈은 교사였다. 그러나 가정 형편상 인문계 고등학교를 가지 못하고 취업이 보장되는 실업계 고등학교에 입학했다. 고등학교 졸업과 동시에 회사의 위탁교육생에 선발되어 전문대학 원자력과에 입학했다. 고교 기계과와 전문대 원자력과를 다니면서 전공적성이 맞는지 몰랐다. 기계과는 내게 가장 쉽게 와닿는 것 같아 선택을 했고, 원자력과는 위탁교육이 원자력에만 국한하여 선발했기 때문에 고른 것이었다. 나는 전문대를 졸업하고 발전소로 발령을 받아 일을 해야 하지만 대학을 다니고 싶었다. 그래서 나는 일과 공부를 함께 할 수 있는 한국방송통신대학에 입학하기로 결심했다. 방통대는 공학은 거의 없고 주로 인문사회 관련 학과였다. 나는 평소 관심이 있던 경영학과에 입학하였다. 전문대학 졸업과 동시에 대학에 입학한 것이다. 경영학은 생산관리, 회계 및 재무,

조직 및 인사관리, 마케팅, 품질관리, 노사관계 등으로 매우 흥미로웠다. 이러한 과목을 공부하면서 시야도, 생각도 넓어짐을 느꼈다. 발전소 교대 근무와 함께한 5년간의 경영학 학습은 경영 학사가 되어 새로운 눈을 뜨게 되었다. 회사 업무를 하면서 생각이 달라지고 창의력이 좋아지고, 보고서 완성도가 높아져, 이는 인정을 받게 되고 더욱 난이도가 높고 중요한 업무를 부여받음으로써 다른 동료들보다 점점 업무 능력의 격차가 벌어짐을 느낄 수가 있었다. 이렇듯 내게 경영학 공부는 경쟁력을 높이고 자신감을 갖는 데 큰 작용을 했다.

회사의 배려로 경영자 과정을 수강하다

1996년 1월, 초임 간부(과장, 선임연구원)가 되어 연구원 핵심 부서인 정책개발부에 배치를 받았다. 정책개발부는 연구원 정책을 만들고 연구전략과 운영전략을 수립하는 중요한 업무를 담당하였다. 부서장은 기획 능력을 키우라는 뜻으로 나에게 충남대에서 운영하는 연구관리자 과정에 등록하도록 하였다. 이 과정은 매주 2회 퇴근 후 저녁 10시 30분까지 연구원 운영 및 연구개발과 관련한 학문을 익히는 것이었다. 나는 한 학기 동안 한 번의 결석도 하지 않고 모든 수업을 수강했다. 연구기획, 과제 관리, 연구비 관리, 연구

조직 관리, 지식재산권 관리, 연구 인프라 등에 대해 전문가들의 가르침을 받을 수 있었다. 이 과정은 내게 연구기획 관리 능력을 한층 높이는 계기가 되었다.

2005년 1월 부장(책임연구원)으로 승진을 한 후, 2007년에, 나의 오랜 꿈인 서울대 경영자 과정에 입학하게 되었다. 이는 한 해 동안 업무에서 벗어나 전일제로 학교 수업만 받을 수 있는 꿈같은 과정이었다. 약 10개월 동안 수준 높은 교수들의 강의를 들으면서 경영이 무엇인지 점차 깨닫게 되었다. 회사 업무의 부담에서 벗어나 공부만 할 수 있다는 사실은 내게 엄청난 행운이었다. 그래서 누구보다도 열심히 공부를 했다. 학우들은 부장 이상 간부들이기 때문에 나보다 10년 이상 선배님들도 많았다. 과목별로 수업을 마치면 시험을 보았는데 이는 회사와 학교에서 수업에 충실히 응하도록 유도하기 위함이었다. 나는 학부에서 경영학을 전공했고 나름대로 관심도 많은 분야이었기에 시험에는 큰 부담이 없었으나 50대 중후반의 선배들은 시험에 대해 걱정을 많이 했다. 시험 점수가 낮으면 재시험을 봐야 했고 성적이 회사에 통보되기 때문이었다. 그래서 나는 시험 전에 과목마다 알기 쉽게 요약서를 만들어 선배들께 제공하고 궁금한 것에 대해 상세하게 설명을 해 주었다. 이것은 그분들을 위한 것이기도 했지만 내 나름의 복습이고 정리였다. 그리고 학생들은 수료 전까지 개인별로 논문을 써야 했다. 나는 방송통신대를 졸업한 후 원자력공학 석사학위를 받았고, 연구원에서 근무를 했기에 논문을 어떻게 쓰는지 알고 있었고 평소 쓰고 싶은 논문도 있었기에 부담도 없었다. 경영자 과정에 입교하기 전에 부서에서 검토 사항으로 미루어 놓았던 주제이기에 업무 복귀 후 회사에 도움도 될 것 같았다. 그러나 논문을 한 번도 써 보지 못한 분들은 교수님이 쓰는 요령을 가르쳐 주었지만 큰 부담을 느꼈다. 학생들의 논문은 수료 시 동기생 논문집으로 공식 발간도 되었다. 나는 남들보다 일찍 논문을 완성하고 어려워하던 동기 3명의 논문 작성 지원을 했다. 이렇게 하여 모두의 논문이 완성되었고, 논문 심사에서 나는 「연구소 책임회계를 위한 관리회계 시스템 구축에 관한 연구」라는 주제의 논문으로 최우수 논문상을 수상했다.

학문과 경영 환경은 계속 바뀌고 진화한다. 따라서 계속 공부하지 않고 변화된 환경을 인식하지 않으면 남들보다 뒤처질 것이다. 2016년 나는 자의 반 타의 반으로 고려대 품질경영자 과정에 입교하게 되었다. 이 과정은 한국품질협회가 주관하여 고려대학교가 위탁받아 진행하는 과정으로, 연구원에서 매년 1명씩 의무적으로 보내고 있었다. 평일 업무를 마치고 수업을 들어야 하기 때문에 희망자가 많지는 않았다. 특히 1직급 간부들을 대상을 하기 때문에 더욱 그러하다. 나도 처음에는 크게 내키지는 않았지만 아주 즐겁게 공부를 하였다. 이 과정에서는 심도 있는 학문보다는 현업 분야의 전문가들 이야기를 많이 들을 수 있었고 일부는 변화된 경영 지식도 있었다. 또 한 가지 특이한 점은 부부가 같이 수업을 듣게 하는 것이었다. 나는 이 과정도 아주 흥미롭게 수강하였고 아내와도 가능한 한 같이 가고자 했다. 그 덕에 새로운 대화거리가 생겼다. 또 하나 특이한 점은 수강생들의 다양성이었다. 몇몇의 공무원과 공기업 직원 이외 나머지는 중소기업 대표와 중소·중견기업 임원들이었다. 환경이 다른 분들과 대화하는 것도 흥미로웠다. 이 과정에서도 논문을 자율적으로 작성하도록 하였다. 나는 회사의 대표성을 생각하여 「연구개발조직에서 개방형 혁신 도입에 관한 연구」라는 논문을 작성하였고 심사에서 우수논문상을 받았다.

기술경영학 박사에 도전하다

2010년 나는 좀 더 공부를 해야겠다는 생각으로 기술경영학 박사 과정에 입학하였다. 이 과정은 토요일에만 수업을 하기 때문에 직장인들이 공부하기 좋은 환경이었다. 대신 토요일 오전 9시부터 저녁 9시까지 3과목을 수강해야 했다. 회사 선배님과 같이 입학하여 3년 동안 매주 토요일마다 대전에서 천안으로 학교에 갔다. 박사 과정은 연구 업무에 필요한 심도 있는 학문이었다. 사례 발표와 토론을 통해 많은 것을 배우고 익힐 수 있었다. 아쉽게도 논문을 완성하지 못해 박사 과정은 수료 상태에 머물고 있다. 기술경영 관련 지식을 전수하고 논문지도에 열과 성을 다한 K교수의 지도에서 중도에 이탈한 것이 정말 죄송스럽다. K교수는 대부분의 학생들이 직장인이기 때문에 수시로 논문 지도를 받기 위해 학교로 방문하는 번거로움을 줄여 주고자 서울, 대전, 대구, 광주 등을 직접 방문하였다. 또한 K교수께서는 매년 여름 자신의 전원주택에 학업 중인 제자 20여 명을 초대하여 음식을 함께 나누고, 석박사 과정에서의 어려움과 극복 방안에 대해 교감을 나누도록 하셨다.

엉뚱한 옷을 입다

사람마다 자신에게 맞는 옷이 있듯이 회사에서도 직군, 직무, 전공에 따라 업무를 할 수 있는 직원들의 범위가 정해진다. 따라서 이 자리는 사무직, 이 자리는 기계직, 이 자리는 통신직 등으로 정원 관리와 인사 관리가 되어 왔다. 그러나 최근에는 일부 기업에서 이러한 직군, 직무, 전공 등이 과업 중심으로 변경되거나 아예 파괴되는 인사 제도를 운영하는 기업도 있다.

연구직 최초로 사무 부서로 가다

2002년 12월, 나는 연구원에서 일반직들로만 구성되어 일하는 기획관리부에 발령을 받았다. 그 당시 나는 연구 부서와 연구정책 부서에서 근무하는 연구직 직원이었기 때문에 많은 이들이 의아해

했다. 기획관리부는 연구원에서 정원, 직제, 경영기획, 경영평가, 예산, 국회 업무, 감사 업무 등을 수행하는 나름대로 핵심 부서라 인식되는 부서였다. 전력산업구조개편 이후 연구원이 새롭게 해야 할 경영개선 업무가 많았다. 이 업무는 통상적으로 연구전략 및 연구정책 부서에서 수행했다. 연구원 운영 책임자인 원장은 여러 가지 인적 구성상 본 업무를 연구전략실에 부여하는 것보다 행정지원실 기획관리부에 부여하는 것이 좋겠다고 판단하여 기획관리부에 경영개선 담당 기능을 부여하여 나를 경영개선 담당자로 발령 낸 것이었다. 연구직 직원이 일반직 부서로 발령 난 것은 내가 최초였다. 나는 연구전략 업무를 하면서 기획관리부와 많은 업무 협력을 하였기에 그 부서와 내가 해야 할 일을 짐작할 수 있었다. 이렇게 하여 나는 내게 맞지 않는 옷을 입고 새로운 부서에서 일을 하게 되었다. 경영개선 담당직은 신설 당시 한시직제였으나 지속된 현안 업무에 따라 2005년 2월까지 무려 2년 3월 동안 그 자리에서 업무를 맡아야 했다. 그 대신 나는 함께할 직원과 함께 기획 업무, 국회 업무 그리고 예산 업무까지 맡게 되었다. 나는 평소 경영 업무에 관심이 많았고, 대학에서도 경영학을 전공했기에 업무에 대한 부담보다는 즐거운 마음을 가지고 업무 수행을 할 수 있었고, 연구직 직원으로서 연구원 특성을 고려한 업무 수행과 경영개선 업무로 많은 성과를 내기도 했다. 연구원의 예산편성 및 운영체계를 대폭 개선하였고, 연구과제에 편성되어 운영되던 계약직 연구원들의 인건비도 경상비로 변경하여 그들이 자신의 급여를 고민하지 않고 연구에 전념하도록 했다. 국회의원실 자료 요구에 대해 가능한 연구 부서 직원들을 활용하지 않고 보유하고 있는 시스템 자료를 활용하는 방안과 유사 요구사항에 대한 데이터베이스를 구축하여 국회대응을 신속하고 효과적으로 하도록 했다. 많은 경영개선사항도 발굴하여 전파하였고, 2004년 실시한 전사 경영혁신경진대회에 참가하여 금상을 수상하는 쾌거도 만들었다. 부서 내에서 감사 업무도 이루어지기 때문에 감사원, 본사 감사실 그리고 부서 내 감사담당자들과도 충분한 교감을 갖고 연구원의 특성을 이해시키고, 그들의 업무도 적극적으로 도와주었다. 내게 기획관리부 근무는 성장의 발판이 되었고, 연구직 직원들에게도 새로운 시각을 갖도록 했다. 나는 지금까지도 그때 기획관리부에 근무한 것을 보람있고 자랑스러운 일이었다고 생각한다. 일도 열심히 재밌게 했지만 동료들과 회식도 여행도 많이 하면서 우의도 충분히 다졌다. 그 증거로 당시 같이 근무했던 간부 6명(실장, 부장, 과장 4명)은 지금도 '서호회'라는 모임으로 매년 2회 이상 정기적으로 만나고 있다. 6명 중 4명은 퇴직을 한 상태이고 2명만이 현직에 있다.

연구직 최초로 본사에 발령받다

2005년 3월, 평소 잘 알고 지내던 분의 부름을 받고 본사로 발령을 받았다. 그 부서는 회사의 기술개발 정책을 담당하고 연구원 운영에도 직접적으로 영향을 미치는 부서로 부서명은 기술기획실이었다. 당시 P실장은 연구직으로 재직 중 회사의 필요에 의해 일반직으로 전환되어 본사 요직에 중용된 것이라 할 수 있다. 회사에서 기술의 중요성을 그리고 연구원 역할의 중요성을 누구보다 잘 아는 분이었다. 그분은 전력산업구조개편에 따른 발전 부문의 분리 독립으로 전력 사업 전체의 기술개발체계가 붕괴되고 있음을 알고 있었기에 한전을 넘어 전력그룹 차원의 기술혁신 마스터플랜을 만들고자 하였다. 마스터플랜을 수립하는 실무 책임자로 나를 부른 것이다. 나는 평소에 그분을 크게 신뢰하기 때문에 부름에 전혀 망설이지 않고 발령에 동의했다. 발령을 받아 기술기획실에 배치된 자리를 찾았다. 나의 자리와 지급된 비품을 보고 나는 많이 놀랐다. 나는 비록 초임이지만 부장이었는데 과장 아니 말단 직원들의 자리보다 못한 자리였고, 책상, 의자 그리고 전화기는 아주 낡은 것들이었다. 또한 부서에 있는 대부분의 직원들은 나를 반갑게 맞이하기보다는 나를 슬슬 피하고 있음을 느낄 수가 있었다. 아마도 실장이 부임하자마자 자신의 측근을 데리고 왔다고 생각했고 자신들의 이야기가 실장에게 전달될 거라 생각하는 것 같았다. 기분이 상했지만 일만 잘할 수 있으면 된다고 생각하기로 했다. 그래서 나는 입사 20년이 넘었는데도 마치 신입 사원과 같았고, 본사에 처음 근무하다 보니 모든 것이 낯설었다. 며칠 후 나는 전화기 상태가 너무 좋지 않아 동료 직원들을 통해 교체 요구를 하지 않고 전자

상가에 가서 2만 원 정도를 지불하고 전화기를 사 왔다. 그리고 일주일 정도 지나면서 업무를 하다 보니 연필, 볼펜, 칼, 자, 결재판, 스테이플러, 바인더 등 필요한 문구들이 많았다. 옆에 있는 직원들도 분명 이를 알 텐데 갖다 주는 이가 없었다. 나는 할 수 없이 연구원 기획관리 부서에서 즐겁게 함께 일했던 B직원에게 전화를 하여 회사에서 일하는 데 필요한 물품을 보내 달라고 했다. 며칠 후 나는 B씨가 보내 준 박스 두 개를 받았다. 박스를 열어 필통, 펜류, 풀, 칼, 자, 포스트잇, 각종 봉투, 결재판, 바인더, 펀치, 복사 용지 등 필요한 용품들이 다 있음을 확인하였다. 이렇게 하여 본사 입성 2주 만에 일할 환경이 만들어졌다. 동료 직원들은 자신들이 주지 않았는데 소포로 배달받아 활용하는 것을 보고 많이 놀란 듯하였다. 이렇게 소 닭 보듯 하는 상황이 한 달 이상 지속되었으나 나는 내게 맡겨진 일을 충실히 하면서 후배 직원들과 조금씩 친분을 쌓아 갔다. 특히 입사 경력이 짧은 직원들에게 필요한 사항들과 궁금한 사항들에 대해 잘 설명해 주었더니 따르는 직원들이 점점 늘어났다. 날이 갈수록 해야 할 일은 많은데 실장을 포함한 팀장, 동료 직원들은 내가 하는 업무에 큰 관심이 없었고 도와주려고 하지 않았다. 각자 본연의 업무가 있기에 마스터플랜을 실장과 내가 하고 싶어 하는 일로만 생각할 수 있겠다는 생각이 들었다. 이러한 상황이 지속되자 나는 8월경 실장께 면담을 요청하였다. 일정에 맞게 일을 해야 하고 결과를 만들어야 하는데 실장을 포함하여 TF에 참여하고 있는 직원 모두가 너무 관심이 없으며, 사무실 또한 격리되지 않아 도저히 일을 할 수 없음을 보고했다. 왜 이제야 어려움을 이야기하느냐는 말에 나는 더욱 화가 났다. '정말 몰라서 묻나, 본인도 전혀 신경 쓰지 않고 방치하면서'라는 생각이 들었다. 실장께서 그러면 어떻게 했으면 좋겠냐고 묻기에 이런 상황이면 나는 계속 업무를 수행할 수 없으니 파견을 해제하고 연구원으로 복귀하고 싶다고 하였다. 실장은 무척 놀라는 눈치였다. 거창하게 계획을 수립하여 사장께서 보고를 한 상황이고 늦어도 연말까지는 결과를 내야 했기 때문이었다. 실장께서 어떻게 하면 일을 계속 할 수 있겠냐고 하여, 나는 별도의 사무실과 전담 직원을 한두 명 붙여 달라고 하였다. 실장은 이에 동의하여 작은 회의실을 TF 전담 사무실로 만들고, 과장급 전담 인력 한명도 배치해 주었으며, 실원들에게도 적극적인 참여와 지원을 지시했다. 이렇게 하여 외부 전문가, 내부 전문가, 퇴직 선배 그리고 연구원 실무자들의 의견을 반영하여 2005년 12월, 「전력기술 혁신 마스터플랜」을 완성할 수 있었다. 9개월간 본사 파견 근무 기간 중 어려운 가운데 내게 친밀감을 보이며 많은 것을 도와준 S과장은 정말 고마운 친구이다. 8월부터 12월까지 나와 전담 인력으로 함께했고 본사 그리고 서울 생활의 어려움을 해소하는 데 많은 도움을 주었다. 대전에 가족들을 놔두고 일주일 내내 서울 독신자 숙소에 있어 외로울 것이라며 일주일에 최소 한 번씩 저녁에 남아 식사나 술자리도 같이 해 주었다. 그리고 이후 같이 근무했던 기술기획실 모든 직원들도 많이 친해져서 오래도록 교분을 쌓고 있다. 연구직 직원의 첫 본사 근무는 많은 것을 경험하게 하고 큰 성과를 만들어 보람을 느끼도록 했고 S과장과 같은 좋은 친구도 만드는 계기가 되었다.

전깃줄과 빨랫줄을 구분하지 못해도 성과를 낼 수 있다

나는 고등학교 때 기계를 전공했고, 전문대학과 대학원에서는 원자력을 공부했으며, 학부 전공은 경영학이다. 따라서 전기는 아주 기초 상식 정도만 아는 정도이다. 기초 상식은 고등학교 때 전기기능사를 취득하기 위해 잠시 공부한 것이기에 전기 분야는 많이 어설프다. 2007년 회사의 배려와 나의 강한 의지로 서울대에서 전일제로 경영자 과정을 다녔다. 연구원으로 복귀하여 본래 자리인 연구전략실로 가고자 했으나, 다른 직원들로 새롭게 구성되어 가기가 어렵다는 판단을 했다. 그래서 연구원 내 조직을 살피다가 눈에 들어온 것이 배전연구소였다. 배전이란 발전소에서 생산된 전기가 송전선로를 통해 수송이 되면 최종적으로 공장, 사무실, 가정 등 최종 소비자에게 전기를 공급하는 분야이다. 따라서 전기를 전공하는 직원들이 업무를 하거나 연구를 하는 분야이다. 연구원에서 배전연구소는 그동안 규모가 작아 전력계통연구소 산하의 배전기술그룹으로 운영하다가 2006년에 발족된 신설 연구소였다. 그때 마침 배전연구소 B그룹장이 본사로 이동한다는 소문을 들어 그 자리에 가면 어떨까 하는 생각이 들어 평소 친분이 있는 배전연구소 S그룹장을 만나서 내 의향을 타진하였다. S그룹장은 나의 배전연구소 전입을 적극 찬성한다며 소장과 상의를 하겠다고 하였다. 그날 S그룹장과 P소장은 원장실을 찾아가 내가 배전연구소 전입을 희망하니 보내 달라고 건의를 하였다. 원장께서는 본인이 원하는 게 맞는지 본인을 불러 확인하겠다고 하셨다는 전화를 받았다. 당시 P원장은 나를 부장으로, 그룹장으로 그리고 본사 기술기획실로 불렀던 분이었다. 이후 P원장은 나를 호출하여 배전연구소로 왜 가려고 하느냐며 전기줄과 빨래줄을 구분할 줄은 아느냐고 웃으며 물으셨다. 나는 배전연구소는 신설 조직으로 내가 기여할 일이 많을 것이고, 맡고자 하는 S그룹은 전기기술보다는 정책적인 면이 큰 조직이라 잘할 수 있고 잘하고 싶다고 하였다. 그렇게 하여 나는 전기를 모르는 직원 최초로 배전연구소에 입성하게 되었다. 2008년 1월, 그러나 실제 발령은 배전연구소 현안 해결과 발전전략 수립이 더 중요하다는 P배전연구소장의 뜻에 따라 S그룹장이 아닌 배전기술총괄팀장이었다. 신설조직이라 운영체계를 만들고, 조직의 위상과 역할을 대내외에 알리는 것이 급선무라는 생각을 했다. 또한 내게 빠른 시일 내 배전분야 연구 및 기술 지원에 대한 업무 파악도 중요했다. 그런 다음 2008년도 업무계획 수립과 연구소 목표설정을 하였다. 나의 목표는 연말 부서평가에서 배전연구소가 우수한 평가를 받는 것이었기 때문이다. 모든 그룹은 가능한 한 달성이 쉬운 지표와 되도록 적은 목표량을 부여받고자 했다.

그래야 성과 평가(목표관리, MBO, Management by objectives)에서 쉽게 좋은 평가를 받을 수 있기 때문이었다. 따라서 그룹장의 영향력에 따라 부여받는 목표치도 달라지곤 했다. 나는 이러한 사항을 잘 알기에 그룹장들의 영향력을 차단하고 연구원에서 부여받는 단위업무별 목표에 대해 연구그룹별 업무 특성, 직원들의 전공 지식, 경력 등을 고려하여 그룹별 목표배분(안)을 만들었다. 그런 후에 소장을 포함한 모든 그룹장을 대상으로 설명회를 하고 수정사항, 건의사항, 개선요구사항 등을 들으며 가능한 합리적인 배분(안)을 완성하였다. 내가 그들에게 제시한 것은 그룹별 업무 특성과 능력을 충분히 고려했다는 점이었다. 동시에 특정 그룹에 우수한 성적을 받기보다는 배전연구소가 최우수 성적을 받는 게 목표라는 점을 분명히 했다. 그러한 치밀한 계획과 목표 관리로 연말 종합 MBO 평가에서 우리 배전연구소가 1위를 차지하는 쾌거를 달성했다. 소내 4개 그룹은 40여 개 그룹에서 2위, 3위, 7위, 10위를 기록했다. 그리고 우리 팀도 20개의 지원팀에서 당당히 1위 성적을 거두어 포상금 100만 원을 받았다. 우리 팀은 이러한 성과와 포상금으로 연말에 가족 동반 1박 2일 여행을 갔다. 본사 배전 분야 유관 부서와의 상호 신뢰 기반을 구축하고 우리 연구소가 하고 있는 연구 및 기술지원 업무를 소개하기 위해 매월 1회씩 유관 부서를 방문하여 수행 중인 연구 과제, 기술 지원 현황을 소개하고 협력 사항을 논의함으로써 본사의 이해와 지원도 받을 수 있었다. 연구원들의 행정 업무를 줄여 주고 업무 효율을 높이기 위해 「연구행정 가이드 북」을 만들어 배포하였고, 우리나라의 전력 산업 전반을 이해하기 쉽게 정부 관계 부서, 공공기관, 산업체, 협·단체, 대학, 언론 등의 상세한 현황이 담긴 「전력산업 유관기관 현황집」도 제작하였다. 경영평가 우수 성적 달성, 업무 외 성과 창출, 유관 부서와의 협력체제 구축 등을 인정받아 그해 배전연구소의 승진 대상자 전원이 승진하는 전무후무한 성과를 만들었다. 당초 내가 배전연구소 기술총괄 팀장으로 간다는 소문에 여러 배전 직군 직원들은 왜 배전이 아닌 원자력을 받느냐는 볼멘소리도 있었지만, 결과가 좋으니 나중에는 계속 함께하자고 이야기했다. 그러나 나는 연구 전략 분야에서 오래도록 몸을 담았고 그곳에서 기여할 부분이 있다고 판단하여 1년 4개월 만에 정든 배전연구소를 떠나야 했다. 이후 나는 명예 배전 직군이라는 칭호를 받으면서 지금까지 그들과 만나고 있다. 배전연구소 근무는 내게 잘 맞지 않는 옷을 입은 것 같았지만, 정말 잘 어울린다는 소리를 듣고 내게 정말 좋은 추억을 갖게 한 소중한 경험이었다.

엄청난 시련과 극복

나는 공학도이면서도 경영에 관심이 있어 대학에서 경영학을 공부했다. 언젠가는 회사를 떠나 창업을 하여 기업을 운영해 보고 싶다는 생각을 하곤 했다. 회사에서 대부분 바쁜 부서에서 분주하게 일을 하였지만 틈틈이 시간을 내어 사업(창업) 계획서를 써 보곤 했다. 치킨집, 문구점, 서점, 공구상, 분식집, 기술 거래 업체, 인력 공급 업체 등 참으로 다양한 사업계획서였다. 사업계획서는 대부분의 사람들이 하듯이 사업 분야, 취급 품목, 사업 장소, 예산 규모, 예산 조달 방법, 주요 고객, 판매 전략, 목표 매출액, 예상 수익 등이 포함된 3~4페이지 분량이었다.

엄청난 시련에 봉착하다

2000년 초 나는 엄청난 시련에 봉착했다. 지인의 권유로 투자한 사업이 망하면서 나는 그동안 모아 둔 돈과 퇴직금으로 정산받은 큰 금액을 모두 날리고 약 1억 3,000만 원 정도의 빚을 지게 되었다. 사업자의 장밋빛 환상에 부푼 미래에 대한 말만 듣고 공장 증설과 설비 도입에 많은 투자를 한 것이었고, 부족한 자금은 겁도 없이 대출로 조달했다. 나는 회사에 몸담고 있어 퇴근 후 또는 주말에 돌아가는 사정을 듣곤 했는데 대부분이 과장과 거짓임을 알았다. 사업주는 회사 폐업과 동시에 개인 파산이 된 상태이기 때문에 밀린 직원 인건비, 원재료 대금을 모두 내가 떠안아야 했다. 어하다 보니 이 지경까지 나도 모르게 끌려 들어간 것을 알았지만 이미 늦었다. 그 당시 월급이 250만 원 수준이었는데 이 금액으로는 이자 납부하기에도 부족이었다. 너무나 큰 절망적인 일이기에 아내와 함께 여러 날 울어야 했다. 그러던 어느 날 가깝게 지내던 선배 J가 만나자고 했다. 모든 상황을 알고 있기에 같이 돌파구를 찾자는 것이었다. J는 현재 나와 부모형제의 재산 상태, 현금동원 그리고 거래처별 빚의 규모와 이자 내역을 상세히 이야기하라고 하고는 나름대로 처방을 조언했다. 현실을 직시하고 자존심도 버리고 단계별로 찾으라는 것이었다. 첫째는 씀씀이를 줄이는 것이었다. 나는 1,500cc급 자동차를 팔고 경차 중고를 샀고, 자존심을 버리고 전월세(보증금 1,000만 원에 월세 40만 원)에서 사택으로 다시 입주를 하였다. 애들 학원은 모두 끊고 쌀과 부식은 모두 시골집에서 조달했다. 두 번째는 높은 이자를 물고 있던 카드빚, 제3 금융권 부채를 갚기 위해 아버지, 형님, 친구들에게 500만 원에서 1,000만 원씩 빌렸다. 입사하고 결혼한 지 얼마 안 되는 여동생에게는 차마 도와 달라는 부탁을 못했는데, 어느 날 여동생이 찾아와서 500만 원을 아내에게 전달했다는 이야기를 들었다. 이렇게 약 3,000만 원을 조달하여 급한 대출금을 상환했다. 이렇게 여러 지인들을 쫓아다니면서 구걸을 했는데 아주 친하다는 몇 명은 하소연에도 불구하고 도와주지를 않았고, 어떤 선배는 빌려 준 200만 원을 빨리 돌려 달라고 성화였다. 손을 벌리지 않아도 기꺼이 도와준 사람이 있는가 하면 정말 친하다고 생각한 사람이 나와의 만남을 회피하는 것을 보면서 많은 것을 느꼈다. 세 번째는 돈을 더 버는 것이다. 새벽 4시에 일어나 아내와 함께 우유 배달을 했다. 우유 배달은 생각했던 것보다 훨씬 어려웠다. 지정받은 곳이 아파트가 아닌 주택 단지였기 때문에 많은 계단을 오르내려야 했고, 집집마다 주문한 우유도 다르고 매일 먹는 집, 월수금 먹는 집, 화목 먹는 집, 휴가 등으로 며칠은 배달에서 제외해 달라는 집 등 배달 날짜도 달라서 참으로 복잡했다. 잘못 배달하면 배달 요금에서 제외했다. 나는 3개월 정도 우유 배달을 하고 아내에게 포기를 선언했다. 그 당시 전력산업구조개편이 진행되고 있었기에 회사에서 준비해야 할 중요한 업무가 매우 많았다. 또한 우유 배달은 힘든 노동에 비해 수입도 적었다(월 약 40만 원). 내가 회사에서 더 열심히 하여 승진도 남들보다 빨리 하고, 일 잘해서 인센티브도 더 받을 테니 우유 배달을 접자고 했다. 이러한 내 태도에 아내는 크게 화를 냈다. 본인이 일을 크게 저질러 놓고 그 정도도 어렵다고 포기한다는 이야기였다. 그때 나는 아내에게 빚은 5년 이내에 다 청산하겠다고 약속하였다. 이후 나는 회사 업무에 전념을 하고, 아내는 대신 동네 식당 주방에서 5년 정도 일을 해야 했다. 이러한 노력으로 약속한 대로 5년 만인 2005년 말에 모든 빚을 청산할 수가 있었다. 그리고 다시 일 년 동안 2,000만 원을 저축하여, 2006년 가을에 처음으로 32평의 아파트를 샀다. 아파트를 1억 4,000만 원에 매입했는데, 나는 은행에서 그 정도의 자금(담보대출과 신용대출)을 조달해야 했다. 그런데도 우리 집이 생겼다고 10여 차례 집들이를 했던 기억이 난다. 그때 적극적으로 도와준 분들에게 다시 한 번 머리 숙여 감사 인사를 드린다. 그리고 나를 믿고 많은 것을 희생한 아내와 아이들이 고맙고도 미안하다. 위기에서도 현실을 직시하고 긍정적인 마음으로 대응하고 노력한다면 극복할 수 있다는 확신을 가졌다. 특히 이러한 생각을 하도록 조언하고 도와준 J에게 진한 우정을 느끼고 평생 잊지 못할 고마움으로 여긴다.

끈끈한 우정이 나를 살리다

1999년 초 지인의 권유로 만두, 찐빵 사업에 참여하게 되었다. 나는 직장인이기 때문에 자금을 조달하고 그 지인이 사업을 운영하는 형태였다. 나는 평소 형제처럼 지내는 4명도 투자에 참여시켰다. 재미 그리고 혹시나 하는 마음으로 참여한 사업은 1년도 되지 않아 폭삭 망했다. 앞에서 언급한 바와 같이 그동안 모아둔 전 재산을 날리고 1억 원이 넘는 빚을 안게 된 것이다. 너무나 막막하여 매일 밤 잠을 이룰 수가 없었다. 잠이 오지 않아 매일 밤 뒤척이는데 자정이 넘은 시간에 전화벨이 울렸다. 사업에 동참하여 나의 사정을 누구보다 잘 아는 선배이자 친구인 J였다. "지금 못 자고 있지. 나와서 술 한잔 하고 자". 이러는 것이었다. 이렇게 하여 수시로 나를 불러내 위로해 주고 용기를 주었다. 아무리 생각해도 해결책이 나오지 않았기 때문에 답답해할 때였다. J는 내게 "나는 오래전부터 친구를 봐 왔기에 누구와 친하고 지인들에게 많은 것을 베풀었는지 잘 알아. 자존심을 버린다면 내가 적극 나서 보겠네"라고 말했다. 그래서 내가 어떻게 하려는 것이냐고 물으니 나와 아주 친한 친구 그리고 선후배 20명에게 나의 사정을 알리고 도와 달라는 편지를 자신이 쓰겠다는 것이다. 내용은 "지금 이근순이 매우 어려운 곤경에 처해 있으니 어렵겠지만 500만 원을 빌려 달라. 이근순과 자신을 믿고 빌려 주면 이자를 줄 수 없지만 반드시 갚을 것이다. 20명이 500만 원씩 빌려 주면 1억 원을 모을 수 있다"라고 했다. 나는 이 말을 듣고 너무 감동하여 눈물을 흘렸다. 자신도 나 때문에 많은 돈을 잃었는데 나를 위해 자신이 직접 나서서 목돈을 만들어 주겠다는 것이었다. 나는 고맙다는 말과 며칠 고민을 해 보겠다고 하였다. 며칠 후 우리는 다시 만나서 그가 제시한 현실 직시와 자구 노력을 토대로 대책을 만들어 보여 주었다. 그렇게 하여 J의 제안은 고마움으로 남았지만 아직도 눈물 겨운 우정으로 새겨졌다.

2,000만 원 쓰기 프로젝트

나만의 특별한 계획

나는 직장이 정해진 특성화 고등학교를 졸업했기 때문에 갓 20세에 회사에 입사를 했다. 물론 처음 2년간은 전문대학에서 위탁교육을 받았지만 그때부터 월급쟁이가 된 것이다. 입사 후 나는 크고 작은 많은 행사를 맡았다. 2012년 3월에 개최된 서울 핵안보정상회의와 연계한 '2012 서울원자력인더스트리서밋' 행사준비사무국에 발탁되어 행사 담당 부장을 맡았다. 행사를 여러 번 기획하고 준비했지만 늘 힘들다는 생각이 들어 그동안의 경험을 잘 정리하여 행사를 준비하는 후배들에게 도움을 주어야겠다는 생각을 하고 자료를 모으고 경험을 기록하고 있었다. 2017년 가을에, 2018년을 계획하면서 생각난 것이 '2,000만 원 쓰기 프로젝트'였다.

2018년은 내게 나름대로 의미가 있는 해라고 생각하면서 떠오른 것이었다. 2018년은 만 나이 55세, 입사 35주년, 결혼 25주년, 연구원으로 전입하여 대전에 온 지 25년, 퇴직까지 잔여 기간 5년 등 숫자 5가 5개 들어가는 해라는 것이었다. 물론 이것이 무슨 의미가 있겠느냐만 새로운 사업(?)을 시도하고자 인위적으로 부여한 것이기도 했다. 첫째 1,000만 원은 내 인생 처음으로 책을 출판하는 것으로 주제는 4~5년간 조금씩 준비한 행사에 관한 책을 내는 것이다. 글을 잘 쓰지는 못하지만 처음으로 저자가 되어 타인에게 도움이 되는 실용 서적으로 출간하는 것이 목표였다. 유명한 작가가 아니기에 출판에 필요한 비용과 일정량의 책자 구입비는 저자가 부담한다는 얘기를 들었기 때문에 우선 1,000만 원 정도를 책정하였다. 두 번째는 55년간 내게 도움을 주고, 사랑해 주고, 격려를 해 주신 은인을 찾아 모시고 감사 인사를 하는 데 1,000만 원을 집행하는 것이었다.

생애 첫 출판

30년 이상 돈을 벌었지만 말 못 할 곳에 지출한 것도 많았고, 어떤 이의 달콤한 말에 이끌려 많이 잃기도 했기 때문에 여유가 있지는 않았다. 이러한 계획을 아내에게 이야기하니 의외로 내 뜻에 동의를 해 주었다. 그렇게 하여 나의 책 쓰기 프로젝트는 탄력을 받아 본격적으로 미완성된 원고 작성, 원고 정리와 출판 작업을 수행하였다.

책을 쓰고 공식적으로 출판을 하려고 하니 모르는 것이 너무 많아 어떻게 해야 할지 고민이 많았다. 그래서 주위에서 먼저 출판한 사람들을 찾아 과정을 물어보며 하나씩 터득하였다. 원고 작성을 어느 정도 마치고 나니 편집을 도와줄 사람이 필요했고, 출판사를 선택해야 했다. 편집은 오래전부터 알고 지내던 사람으로 대전에서 인쇄기획사를 운영하고 있는 아내 친구에게 도움을 요청하기로 했다. 그분께 나의 계획을 설명하니 기꺼이 도와주겠다고 하였다. 이후 출판사를 선정해야 하기 때문에 많은 아는 지인들에게 출판사를 소개해 달라고 하니 마땅한 출판사를 알지 못한다는 것이었다. 그래서 나는 하는 수 없이 내가 보유하고 있는 책을 모두 꺼내 출판사를 정리해 보았다. 그중에서 어학 관련 서적, 이공계 서적을 제외하고 5개의 출판사를 추렸다. 그리고 5개의 출판사 홈페이지에 들어가 가장 맘에 드는 출판사를 대상으로 홈페이지에서 출판 가이드, 출판 절차 등 필요한 정보를 습득하고, 내가 계획하고 있는 책에 대해 사이버 셀프 견적을 받아 보았다. 이때가 2018년 2월 초였는데 연말까지 완성하면 되겠다는 생각을 하였다. 그리고 나는 작성한 원고를 편집 도우미(아내 친구)에게 보내 편집과 가제본을 요청하였다. 편집은 원고를 규격에 맞게 정리하는 것과 관련 사진을 해당 부분에 삽입하고 표를 재구성하는 것들이었다. 나는 가제본된 책자 4권을 받아 3권은 3명의 지인에게 제3자 입장에서 검토를 요청하였다. 1권은 개별 원고가 아니고 제본된 책자이기에 내가 다시 면밀히 보기 위한 용도였다. 내게 원고 검토를 부탁받은 3명은 자신의 일처럼 검토하고 의견을 상세하게 제시하여 책의 완성도를 높이는 데 큰 도움을 주었다. 그들의 검토 의견을 토대로 재편집과 2차 가제본을 만들어 평소 알고 지내던 작가에게 최종 검수를 요청하였다.

내가 출판하고자 하는 책은 실용 서적이기에 가능한 한 필요한 이들에게 알리고 싶었고 그들에게 도움을 주고 싶다는 생각을 하였다. 그래서 나는 우리나라 마이스산업과 관련된 3곳 대표와 2012년 서울 원자력인더스트리서밋 당시 홍보대행을 맡은 홍보기획사 대표 등 4인에게 추천사를 부탁해야겠다고 맘을 먹었다. 4곳은 사단법인 한국마이스협회, 사단법인 PCO협회, 대전마케팅공사, 홍보기획사 피알하우스였다. 이들의 접촉 창구를 수소문하던 중 한국마이스협회 H사무총장이 떠올랐다. 그는 2012 서울원자력인더스트리서밋 행사대행을 맡았던 행사기획사(PCO)의 전무로 평소에 자주 연락을 하지 않았지만 행사를 치르면서 많은 교감을 나누고 함께 고생했기 때문에 잘 아는 사람이었다. H총장에게 한국마이스협회장의 추천사를 받고 싶다고 전화를 하니 협회에서도 그리고 행사를 준비하는 많은 이들에게 필요한 책이니 회장께 잘 말씀드려 기꺼이 써 주겠다고 하였다. 두 번째인 한국PCO협회는 행사기획사인 PCO(Professional Convention Organizer)들이 만든 단체로 PCO들의 권익을 도모하고 국내 마이스산업 발전에 기여하고자 설립된 비영리단체이다. PCO협회장은 전혀 알지 못하는 사람이었기에 평소 친분이 있는 PCO대표로부터 연락처를 받아 전화와 메일로 추천사를 요청하였다. 그러나 업무도 바쁘고 글을 잘 못 쓴다는 이유로 거절을 하였다. 그러나 나는 수차례 설득을 하여 결국 추천서를 받는 데 성공하였다. 우리나라의 경우 정부는 물론 모든 지자체가 마이스 산업에 많은 관심을 갖고 자신의 지역으로 많은 행사유치에 심혈을 기울이고 있다. 이는 행사를 유치하면 많은 이들이 그 지역을 방문하여 지역경제 활성화에 도움이 되고 지역을 알리는 효과가 크기 때문이다. 따라서 모든 광역지자체는 물론 관심 있는 기초지자체도 지방공기업 형태로 마케팅공사, 컨벤션뷰로 형태의 조직을 설치, 운영 중에 있다. 나는 지금 근무하고 살고 있는 곳이 대전이기에 대전마케팅공사를 대표로 선정하고 추천사를 받고자 하였다. 그래서 가까이 있는 대전마케팅공사 컨벤션유치팀을 방문하여 행사 관련 서적 출판에 대한 설명을 하고 대표님의 추천사를 부탁드렸다. 마지막으로 홍보기획사는 평소 알고 지내던 피알하우스 대표였다. 그분은 평소 관계도 있고 행사에 대한 관심으로 기꺼이 추천사를 써 주기로 했다. 이렇게 하여 생각했던 네 분의 추천사는 받을 수 있었다.

출판사는 먼저 이메일로 질의를 한 다음 전화를 통해 책을 출판하고 싶다는 의사를 전달하였다. 출판사는 영리기업으로 출판을 통해 수익을 내는 곳이기에 내 책을 출판하는 데는 문제가 없었다. 다만 편집 및 디자인 그리고 출판 비용에 대한 의견을 좁히는 것이 관건이었다. 이 문제는 차차 좁히기로 하고 2018년 2월 중

순에 부분 완성된 원고를 이메일로 송부하였다. 출판사에서 원고를 재편집을 해야 하고 출판 스케줄이 있기 때문에 출간까지는 최소 3개월에서 6개월 정도 걸린다고 하였다. 그런데 문제는 다른 곳에서 나타났다. 한국마이스협회 사무총장이 추천서를 요청하니 책의 목차를 먼저 보내 달라고 해서 보냈는데 며칠 후 전화가 온 것이다. 우리 협회에서 출간했어야 하는 책인 듯하다며 우선 고맙다고 했다. 그리고 3월 15일, 인천 송도에서 개최되는 '아태 마이스 비즈니스 페스티벌'의 한 프로그램에서 강의를 해 달라는 것이었다. 나는 아직 책도 출판되지 않았고, 강의에도 자신이 없다고 고사했지만, 수차례 전화를 하여 강의 협조를 요청하였다. 그리고 그 전에 가능한 한 책이 출판되어 참가자들에게 홍보도 했으면 좋겠다는 것이었다. 하는 수 없이 강의를 수락하고 협회가 제시한 '주최자 입장에서 본 행사'라는 제목의 강의를 준비해야 했다. 이러한 내용을 출판사에 이야기하고 출판일을 3월 15일 이전으로 앞당길 수 있느냐고 질의를 하였으나 곤란하다고 하였다. 시간이 채 한 달도 남지 않았고 원고를 재편집하고 디자인도 해야 하는데 어렵다는 것이었다. 그러나 나는 이왕이면 행사일까지 출간이 되었으면 한다는 생각에 편집에 용이하도록 내가 도와주고, 특별한 디자인 없이 표지 디자인만 신경 써달라고 요청하고, 한국마이스협회가 주최하는 행사계획서와 나의 강의일정을 보내 주었다. 이렇게 하여 출판사도 가능한 한 행사일까지 책을 출간하는 데 노력하겠다는 약속과 함께 출판 계약을 맺었다. 이렇게 하여 나는 외부 환경에 의해 출판 계약 후 1개월 이내에 책을 출간하는 성과를 거두었다. 출판사에서 기증용 도서를 몇 부 할 것인가 하여 300부라 했더니 출판사에서 너무 많다고 하였다. 나는 출판사에 300분에 상응하는 비용을 지불한다고 약속하여 동의를 얻었다. 초판 인쇄 부수에 대해선 나와 출판사 간 이견이 너무 컸다. 출판사는 내게 초판 인쇄는 몇 부로 할 것인가 물어왔다. 나는 출판사에 초판 부수는 500부 정도는 되어야 한다고 했는데, 출판사는 50부에서 100부가 좋겠다고 했다. 대형 서점에만 전시하고 나머지는 인터넷으로 판매하기 때문에 필요시 그때마다 50부 단위로 추가 출판하면 된다는 것이었다. 나는 오기가 생겼다. 가끔 인터넷으로 도서를 구입할 때 품절도서가 나타나면 특별한 도서가 아니면 구매를 포기하는 경우가 많았기 때문이었다. 그리고 인쇄의 경우 500부까지는 비용이 거의 같다고 생각했기 때문이었다. 그러나 최근에는 인쇄기가 좋아 한 권부터 수십 권, 수백 권 관계없이 찍어 낼 수 있기 때문에 초판을 너무 많이 발간하면 재고 비용과 처분 비용이 많이 들어 손해라고 하였다. 그러나 나는 1년 내에 500권이 팔리지 않으면, 내가 전량 구매하겠다고 설득하여 초판 인쇄량을 500부로 결정했다. 그러한 오기를 부렸지만 과연 1년 내에 500부가 팔릴지 걱정이 되었다. 수시로 출판사 홈페이지에 들어가 판매량을 확인해 보았다. 출판 후 처음 6개월까지 400부 정도가 팔렸는데, 이후부터는 판매량이 급속하게 줄어들었다. 인맥과 일부 홍보 효과를 본 것이었다. 그러나 조금씩이나마 한두 권씩 판매가 되어 출간 1년 만에 550부 정도가 판매되어 목표를 달성했다.

책을 출판하면서 인지한 사실이지만 책을 내는 데도 보통 3가지 유형이 있음을 알았다. 첫째는 저자가 원고 작성, 교정, 편집, 디자인을 모두 하고 출판사는 그대로 인쇄만 하는 경우, 둘째는 저자가 원고만 작성하고 출판사가 교정, 편집, 디자인을 담당하는 경우, 셋째는 저자가 메모, 일기, 구술로 내용을 전달하면 출판사에서 저자에게 작가를 붙여 이를 원고화하고 출판사가 편집, 디자인을 하는 경우이다. 세 번째의 경우는 보통 유명한 사람들로 회고록, 성공기 등을 책으로 출판하는 경우이다. 나의 경우는 두 번째 경우로 발간된 것이라 할 수 있다. 그리고 많은 저자와 출판사들이 자신의 책을 팔기 위해 다양한 마케팅 활동을 전개하고 있다는 것을 알았다. 예를 들어 서점 DID·매대 광고, 언론 보도자료 작성 및 배포, 타깃 메일 전송, 북트레일러 제작, 나만의 노트 제작, 책 명함 인쇄, 포스터 인쇄, 각대봉투 제작 등이다. 이러한 마케팅에는 수십만 원에서 수백만 원씩 부담을 해야 한다. 나는 필요한 사람이 찾는다는 이야기를 믿고 책 명함과 지인들에게 보내 주기 위한 대봉투만 제작하였다. 그럼에도 불구하고 추천사를 기꺼이 써 준 홍보기획사 S대표가 평소 알고 지내던 기자들에게 홍보메일을 보내 크고 작은 10여 곳의 언론에 기사화 되었다. 나는 최근 평소 친한 지인들에게 책 쓰는 것을 두려워 말고 공식 출판에 도전해 보라고 권하고 있다.

다음은 당시 내 책의 보도자료 내용이다.

행사길잡이, 7가지만 알면 완벽하게 할 수 있다
행사 전문가가 아닌 행사 주최자가 말하는 행사 노하우
『행사길잡이 이제 행사가 보인다』

행사 노하우와 인프라 그것만 잘 활용해도 성공이 눈앞에
행사를 바로 보는 서로 다른 구성원의 서로 다른 불편한 시선 이해하기

마이스(MICE: Meeting, Incentives, Conventions, Event & Exhibitions) 산업을 선도하고, 이 분야의 노하우와 인프라 활용의 중요성을 알리기 위한 책 『행사길잡이, 이제 행사가 보인다』가 출간됐다.
이 책은 행사 진행 과정에서 지켜야 할 원칙과 사례를 통해, 모든 행사 준비 팀이 지금도 겪고 있을 고충이 조금이나마 줄어들기를 바라는 마음으로 쓰였다. 행사에 관한 지식은 물론 경험 사례를 통해, 행사 담당자들, 특히 행사대행(PCO) 업체에 처음 입문한 신입 직원들의 교본으로 활용될 수 있도록 실무자의 관점에서 다양한 시선을 가감 없이 담아 흥미를 더했다.
이 책을 집필한 이근순 저자는 "아는 만큼 보이고, 아는 만큼 쉬운 게 행사다"라며 "마이스 산업이 우리나라 융복합 산업의 플랫폼으로써 매우 중요한 자리매김을 하고 있는 시점에, 이 책은 대형 국제컨퍼런스를 성공적으로 완수한 공공기관 실무 책임자로서, 행사 주최자의 관점에서 준비해야 할 내용을 세밀하게 다뤄 실무자들에게도 도움이 되길 기대한다"고 말했다.
지금까지 우리가 지켜본 많은 책들은 행사 전문가들이 말하는 행사 노하우를 주로 다뤘지만, 이 책은 대형 국제행사를 총괄 운영한 실무 책임자의 행사를 총책임지고 있는 행사 주최자의 시각에서 전체를 운영한 과정과 그 과정에서 발생하는 수많은

변수들, 난관을 보다 완만하고 보다 쉽게 헤쳐 나갈 수 있게 사례를 통해 제시하고 있다.
행사의 길라잡이가 되어 줄 원칙으로 저자는 다음의 7가지를 들었다.
첫째, 아는 만큼 보이고, 아는 만큼 쉽다. 어떤 행사이고, 왜 하는지, 어떻게 기획하고 준비해야 하는지를 알고 이해하는 것이 제일 먼저 해야 할 기본 업무다.
둘째, 행사는 언제나 난관이 있다. 난관은 항상 있다. 원칙은 달라지지 않지만 유연하게 대처하고, 좀 더 치밀하게 사전 준비를 한다.
셋째, 그때 왜 그랬을까. 행사 참가자들이 가질 만한 의문들을 미리 찾아 보완하자.
넷째, 공연에서 실수를 관객은 알아채지 못해도 연출자는 알아야 한다. 성공으로 인정받는 행사에도 미흡한 점은 있다. 그 부족한 부분을 찾고 원인을 분석한다. 이러한 사례별 원인 분석은 행사의 최종 결과 보고서나 백서를 참고하면 도움이 된다.
다섯째, 행사는 최소화하고, 의전은 간소화한다. 행사 규모는 목적에 부합하도록 하고, 의전은 상대방을 배려하는 마음으로 격에 맞도록 한다.
여섯째, 주위의 훌륭한 인프라를 적극 활용하면 준비가 훨씬 쉽다. 우리는 행사 관련 인프라가 잘 갖춰져 있다. 정부, 지자체, 협회, 훌륭한 PCO 업체, 후원 시스템 등을 최대한 활용하면 준비가 쉽다.
일곱째, 전임자의 실패에서 배운다. 유사한 사례, 선례, 및 전문가들의 조언을 충분히 활용한다.
이 책은 행사에 대한 지식이 없는 상태에서 행사에 도전하는 행사 발주사(주관사)들의 현실에 대해서도 행사 주최자로서 냉정하게 꼬집고 있다. 행사를 발주하고 무조건 업체들에게 일을 시키면 된다는 생각을 한다든가, 방향성이나 일관성보다는 높은 사람의 생각과 눈높이를 맞추려 한다든가, 모르는 것을 인정하지 않고 전문가의 의견에 귀 기울이지 않는다든가 하는 현실적이고 신랄한 고민이 담겨 공감의 폭을 넓혔다.
한국수력원자력(주) 중앙연구원에서 기술센터장을 맡고 있는 이근순 저자는 "1983년 한전에 입사하여 연구기획과 기술정책 업무뿐만 아니라, '2011 KEPCO 연구개발 성과발표회', '2012 서울원자력인더스트리서밋', '원전안전 결의대회'등의 국내외 대형행사를 운영하면서 본인이 직접 겪고 터득한 노하우를 후배들과 함께 나누고자 이 책을 쓰게 됐다"며 "이 책을 통해 우리나라 마이스(MICE) 산업 발전을 위해 작은 힘을 보탤 수 있기를 기대한다"고 말했다.

'더 새로운 네트워크를 위한 감사의 밤'을 개최하다

나는 어려서부터 가족, 친구, 은사, 직장상사, 직장동료 등 많은 이들로부터 수많은 도움을 받았다. 그분들의 도움으로 별 탈 없이 성장했고, 어려움에 봉착했을 때도 잘 이겨낼 수 있었다. 언젠가 그분들에게 감사의 자리를 만들고 싶다는 생각을 하곤 했다. 다만 언제 어디서 하는 것이 좋을까 고민을 하였다. 그러던 중 2018년 3월 31일이 좋겠다는 생각을 하였다. 앞에서도 언급했지만 그날은 퇴직까지 정확히 5년이 남은 시점이었고, 2018년은 결혼을 한 지도 25년이 되는 해였다. 다행히 3월 31일은 토요일이어서 멀리 계신 분들을 초대하는 데도 좋았고, 날씨도 완연한 봄날이라 이동하는 데도 무리가 없었다.

2018년 1월 말 대전에 마땅한 장소를 알아보기 위해 주말에 여기저기 돌아다녔다. 대전컨벤션센터, 세종컨벤션센터 등과 대전 소재 여러 개의 호텔을 대상으로 적합한 곳을 찾고자 함이었다. 행사에서 장소의 중요성을 알기에 품격, 가격, 접근성, 서비스 수준 등을 고려하여 유성에 있는 중저가 호텔 연회장을 행사 장소로 확정하였다. 내가 생각한 비용은 대략 1,000만 원으로 이는 대관료, 저녁 식사, 공연료 등을 감안한 것이었다. 그동안 회사에서 많은 행사를 주관했으나 여러 명의 동료들과 행사를 준비하고 치렀다면 이번엔 혼자 모든 것을 완벽하게 준비하고 싶었다.

장소를 확정한 다음 초대 대상을 만들었다. 가족은 친가와 처가로 직계로 한정하되 대전에 계신 사촌 누님 가족을 포함하였고, 초등학교 친구 중 골드 멤버로 분류된 7명, 고등학교 친구 중 절친으로 수시로 연락하는 5명과 같은 사업소에 근무 중인 고교 동창 10명, 오래 근무했던 한전 전력연구원 선배 직원 및 상사 등 20여 명, 고교 은사님 3분 그리고 매월 회비를 내며 만나고 있는 동호회원들로 빈채모, 정이랑, 서호회, 연석회, 생기회, 현주회, 방이파, 아싸모, 전동기, 더연구회, PTP, AMQP 등이었다. 대략적으로 초대 대상은 160명 정도였다. 이분들에게 초대장을 만들어 발송하고 참석 여부를 받은 결과 127명으로부터 참석하겠다는 연락을 받았다. 나는 평소 인간관계를 중시하고 만남을 좋아하여 월회비를 내는 모임이 15개나 되었다. 참석 인원이 생각했던 것보다 많아 긴급하게 행사장을 동일 호텔 내에서 좀 더 큰 곳으로 바꿔야 했다. 그리고 지인 중 인쇄소를 운영하는 분께 초대장 디자인과 함께 행사 프로그램 책자 제작을 요청하였다. 프로그램은 ① 등록과 만남(참가 등록, 물품 수령, 다과 및 네트워킹), ② 오프닝(환영인사, 참석자 소개, 축하 인사, 출간 배경과 저자 소망, 축하 케이크 절단), ③ 즐거운 식사(식사 초대 인사, 건배 제의, 뷔페 식사), ④ 작은 음악회(오프닝, 거문고 연주, 색소폰 연주, 피아노 연주, 가요 등), ⑤ 사진 촬영 및 폐회(맺음말, 사진 촬영) 순으로 기획하였다.

사회자는 평소 친하게 지내는 한전의 K지사장으로, 나와는 서울대 경영자 과정을 같이 수료하였고, 빈채모라는 모임도 같이 하고 있는 친형과 같은 분이었다. 시작 음악(Opening Song)은 회사의 '복면가왕전'에서 우승한 직원에게 부탁하였고, 거문고 합주는 회사의 직원 부인이 운영하는 가야금 연주단이 해 주셨고 색소폰과 피아노 연주는 사회를 맡은 K형님이 해 주셨다. 마지막 공연인 노래는 1984년 강변가요제에서 특별상을 수상한 정혜경 님으로, 이분은 초등학교 친구 C의 대학 동기로 그로부터 추천을 받았다. 행사에서 너무 많은 연사는 행사를 지루하게도 하지만 의미가 부여된 각계층의 지인들의 인사는 필요하다는 생각을 하였다. 축하 인사는 내가 가장 오래 근무했던 한전 전력연구원 전임 Y원장과 친구 중 가장 오래도록 만난 초등학교 친구 중 C에게 맡겼다. 내가 왜 책을 쓰고 이러한 행사를 하게 되었는지에 대해선 고교 선배이자 친구처럼 지내는 J에게 부탁하였다. 축하 케이크 절단식에는 회사에서 가장 오래 동안 상사로 모셨던 P선배, 가장 자주 만나는 고향 친구이자 고교 동창인 친구, 나의 책 발간을 자신의 일처럼 기뻐하고 여러 언론 매체에 기사를 제공한 피알하우스 S대표 그리고 유일한 처남 등 4명이 참여토록 했다. 식사 중 건배 제의는 고교 시절 2년간 담임을 맡으셨던 Y선생님과 큰형님께 부탁을 드렸다. 나는 사회자, 작은 음악회 출연자, 연사, 케이크 절단자, 건배 제의자 등을 선정하는 데도 의미를 부여하고 대표성, 나와의 친밀도 등을 충분히 고려하였다.

행사를 하고자 했을 때 반신반의하던 아내도 좋은 기획이라며 적극적으로 도와주려고 노력하였다. 참석한 모든 분들께 처음 발간한 책자를 무료로 제공하였고 어떠한 축의금, 격려금은 받지 않

겠다고 사전에 공지하고 실천하였다. 참가자 등록, 책자 및 프로그램북 제공, 자리 안내는 아들과 조카들이 하도록 했다. 행사는 참석한 모든 분들에게 큰 공감과 감명을 주었고 이러한 행사 개최를 부러워했다. 내가 기획한 '더 새로운 네트워크를 위한 감사의 밤'은 생각했던 것보다 훨씬 성공적이었다.

만물이 샘솟는다는 화창한 봄입니다.
사람들은 많은 인간관계와 다양한 네트워크 속에서
삶을 유지하고 발전시킨다고 합니다.
그 동안 많이 부족한 사람을 아껴주고, 격려하고,
응원하고, 지도해 주신 고마운 분들에게
감사한 마음을 전하고자
「더 새로운 네트워크를 위한 감사의 밤」의
자리에 귀하를 초대합니다.

2018. 2. 28.

이 근 순 올림

❙ 일시 : 2018. 3. 31(토) 오후 5시 30분 ~ 8시

❙ 장소 : 대전 유성 「라온호텔컨벤션」 2층 아라홀

참석해 주신 고마운 분들께 신간서적 「행사 길잡이, 이제 행사가 보인다(저자, 이근순)」, 「저녁식사」, 「작은 공연」을 제공합니다.

화한, 축의금/격려금 등은 일체 받지 않습니다.

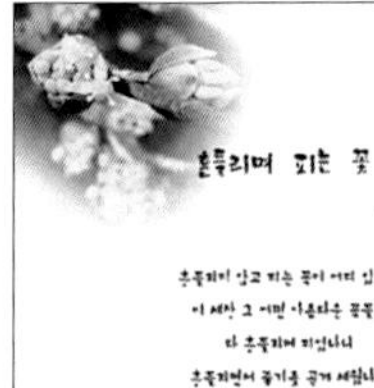

흔들리지 않고 피는 꽃이 어디 있으랴
이 세상 그 어떤 아름다운 꽃들도
다 흔들리며 피었나니
흔들리면서 줄기를 곧게 세웠나니
흔들리지 않고 가는 사랑이 어디 있으랴

젖지 않고 피는 꽃이 어디 있으랴
이 세상 그 어떤 빛나는 꽃들도
다 젖으며 젖으며 피었나니
바람과 비에 젖으며 꽃잎 따뜻하게 피웠나니
젖지 않고 가는 삶이 어디 있으랴

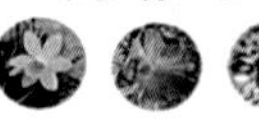

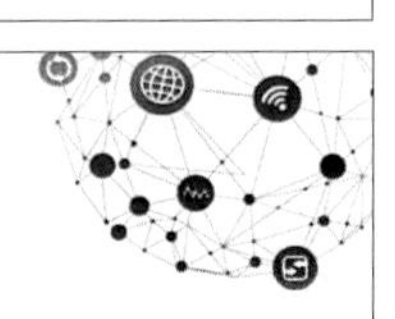

더 새로운 네트워크를 위한
감사의 밤

❙ 일시 : 2018. 3. 31(토) 오후 5시 30분 ~ 8시
❙ 장소 : 대전 유성 「라온호텔컨벤션」 2층 아라홀

PART

5.

엉뚱함과 가치

공空(달항산수풍경), 2019년 作, 72.7×72.7㎝

공空(비취 달항아리 1), 2019년 作, 72.7×72.7㎝

애들과 친하면 사춘기가 없다

아이들이 자라면서 부모들이 힘들어하는 것 중 하나는 사춘기에서의 갈등이다. 그동안 말을 잘 듣고 얌전했던 아이가 부모에게 반항하고 언행에서 거칠어진다. 아마도 이제 자신도 컸고 자존감이 있으니 나를 인정해 달라는 표현에서 비롯된 것이라고 본다. 자녀가 사춘기일 때 힘든 모습을 본 부모는 우리 아이가 사춘기만 잘 지나갔으면 하는 바람이 있다. 부모는 성장하면서 많은 경험을 했고 어떻게 하는 것이 자신에게 도움이 되는지를 알기에 아이의 생각보다는 부모의 생각으로 강요한다. 2007년 어느 교수가 강의 도중에 아이들 사춘기 이야기를 하면서 "아이들이 사춘기에 부모와 갈등 없이 사이좋게 지나가는 방법은 아이와 친해지는 것이다"라고 했다. 나는 이 말을 듣고 옳다는 생각을 했고 어떻게 하면 아이와 친해질 수 있는지 고민을 해 보았다. 어린아이일 때는 쉽지만 사춘기에 접어든 초등학교 고학년, 중고생이 된 아이들과 친하게 지내는 것은 그리 쉬운 일이 아니다. 내가 나름대로 내린 결론은 아이가 좋아하는 것에 대해 이야기하고 같이 행동하려고 노력하는 것이었다.

컴퓨터 게임에 열중인 아들

아들이 중학생이 되면서 컴퓨터 게임에 몰입하였다. 내가 퇴근하고 집에 가면 언제나 게임에 열중하고 있었다. 어떤 때는 땀을 흘리며, 어떤 때는 소리를 지르며 열심히 게임을 하고 있었다. 내가 집에 오면 눈을 마주치지도 않고 게임을 하면서 "아빠, 다녀오셨어요?" 하고는 게임을 계속했다. 나는 주변의 선배들로부터 애들이 컴퓨터 게임에 미쳐 공부도 안 하고 잠도 자지 않고 밤을 샌다는 말을 듣곤 했다. 아이가 컴퓨터 게임에 중독되어 아이를 컴퓨터로부터 격리시킨다고 회사를 그만둔 선배가 있는가 하면 퇴근 후 아이와 꼭 붙어 같이 놀거나 공부를 한다는 이의 얘기도 들었다. 아내는 아들이 게임을 못하게 하려고 많은 노력을 했지만 허사였다. 자신이 말릴 수 없으니 내게 게임을 하지 않도록 설득을 하든가 혼을 내 주라고도 했다. 아내는 가능한 한 게임을 억제하려고 수많은 방법을 동원했지만 말릴 수는 없었던 것이었다. 심지어는 컴퓨터를 부수어 버리겠다, 없애겠다는 말로 협박도 하곤 했다. 나는 교수가 말씀하신 "애들과 친해지면 된다"는 말을 되새기고 함께 아이의 생각을 이해하자고 맘을 먹었다. 어느 날 퇴근 후 집에 갔는데 그날도 거실 컴퓨터에서 아들이 게임에 열중하고 있었다. 게임을 열심히 하다 보니 온몸에 땀이 뒤범벅이었고 게임이 재미있는지 소리도 지르고 있었다. 무슨 게임을 하는가 살펴보니 싸움하는 게임이거나 야구 경기, 축구 경기였다. 나는 아들에게 "아들아 게임 재미있니?" 물으며 대화를 시도했다. 아들은 "아빠! 무척 재밌어요. 아빠도 해 보실래요?" 하는 것이었다. 나는 선풍기를 꺼내 땀을 흘리며 게임에 열중인 아들을 향해 틀어 주었다. "아빠! 고마워요"라는 아들의 반응이 돌아왔다. 그러면서 나는 게임하는 아들과 게임에 대해 "무슨 게임이니? 어떻게 하는 거니? 게임에서 이기면 어떤 보상이 있니?" 등을 물어보며 대화를 나누었다. 나는 이제는 게임 중인 아들에게 빵과 우유를 갖다주면서 "아들! 게임도 먹으면서 해"라고 했다. 이를 지켜본 아내는 어이가 없다는 표정이었다. 나는 개의치 않고 게임 중인 아들과 대화를 하면서 가끔 컴퓨터 중독의 문제점도 이야기해 주었다. "웅석아! 며칠 전 뉴스를 보았는데 어떤 학생이 PC방에서 여러 날 밤새 컴퓨터만 하다가 쓰러졌단다. 난 아들이 컴퓨터 오래 하다 쓰러지면 어쩌나 걱정도 되고 그러길 원치 않는다"는 말 등이었다. 이렇게 대화를 주고받으니 "아빠! 걱정 마세요. 저도 다 알아요. 조심할게요"라는 반응이 나왔다. 아내는 이렇게 놔두면 아들이 게임에 중독된다고 걱정이 많았다. 엄마로서 당연한 반응일 것이다. 아내도 게임에 대한 부정적인 뉴스나 지인들로부터 들었을 것이기 때문이다. 나는 그때마다 "조금 기다립시다. 말리면 더 하고 싶은 게 사람의 심성이니 이해하면서 조금씩 변화를 시도하면 2년 이내에 게임을 크게 줄이거나 중단할 거예요"라고 설득했다. 그렇게 하여 내가 생각했던 대로 아들은 1년 정도는 게임에 몰입하다가 서서히 시간을 줄이더니 얼마 지나지 않아 게임을 하지 않는 것이었다. 물론 아들이 좋아하는 프로 야구 경기장에 가끔씩 데리고 간 것이 효과를 보인 덕도 있다.

험난한 과정을 체험시키고자

딸이 초등학교 6학년이고 아들이 4학년이던 여름 방학 기간에 나는 어느 단체가 시행하는 국토횡단대장정에 애들을 보내겠다는 생각을 했다. 그 당시 초등학생부터 대학생까지 방학을 이용한 극기 체험 행사가 유행이었다. 신문, 방송에서 자주 나오고, 주변에서도 보냈다는 이야길 했다. 나는 애들에게 이런 프로그램이 있는데 힘은 들지만 재밌고 보람 있는 행사이니 참석해 보겠느냐고 제안했다. 애들은 아직 어린 나이이기에 상세한 내용을 모르고 참가하겠다고 했다. 우리 아이들은 아들 또래의 조카와 함께 2006년 여름 방학 가장 더운 8월 1일부터 15일까지 15일간 강원도 고성에서 서울까지 350㎞ 국토대장정을 떠나게 되었다. 아직 어린 애들에게 너무 가혹하다는 생각도 했고, 주변에서도 많이 말렸다. 어떤 사람은 아동 학대라고도 했다. 그러나 나는 애들 수준에 맞추어 안전하게 행사를 진행할 것이라고 믿었고, 필요한 경험이라 생각했다. 15일 동안은 면회도 안 되며, 보급품은 편지와 함께 중간 지역으로 보내야 했다. 통화는 중간에 한 번 가능했기에 많이 궁금했다. 어느덧 15일이 지나고 우리는 대장정의 마지막 종착지인 서울 한강고수부지에 가서 애들을 기다렸다. 많은 고생 속에서도 질서와 절도를 배운 애들을 보니 무척 안쓰러웠다. 애들은 폭염과 장마 속에서 계획된 350㎞ 행군을 하느라고 고생이 심했다는 얘기를 했다. 딸은 6학년으로 체력이 어느 정도 받쳐 주고, 매사를 열심히 하는 아이였으나 아들은 4학년으로 몸이 많이 약하고 먹는 것도 시원치 않았기 때문에 몇 번 실신하여 몇 구간은 응급차로 실려 갔다는 얘기를 듣고 가슴이 아팠다. 늠름해진 애들의 모습을 보았지만 괜히 보냈다는 후회를 했다. 애들도 주기적으로 그때 그 어려움에 대해 이야길 했다. 고된 국토대장정이 애들에게 어떤 영향을 주었는지 아직도 궁금하다.

자기주도학습법을 가르쳐 주려다가

부모들은 자신보다 자식들이 더 잘되길 희망한다. 모든 부모들의 바람이고 소망이기 때문에 애들을 위해 많은 노력은 물론 엄청난 희생도 감수한다. 따라서 애들의 성적이 예상하거나 희망했던 대로 나오지 않으면 크게 실망하며 애들을 다그친다. 정도는 차이가 있으나 우리 집도 마찬가지였다. 아이들에 대한 기대는 대체적으로 아버지보다는 어머니가 크다고 한다. 그래서 애들의 성적은 엄마의 노력, 아빠의 무관심, 할아버지의 재력에 달려 있다는 얘기가 떠돈다고 한다. 나는 자라온 환경 탓에 중학교 1학년 때부터 대부분을 내가 스스로 했기 때문에 내가 나서서 애들 교육이나 진로를 신경 쓰지는 않았다. 성장하면서 자유보다는 억압과 강박관념 속에서 살았다는 생각이 컸기 때문이기도 했다. 딸은 모든 일을 스스로 잘하고 성적도 상위에 있어 걱정을 하지 않았지만 아들은 놀길 좋아하고 용돈이 생기면 금액의 규모와 관계없이 하루 이틀이면 모두 소진하는 성격이었다. 아이들과 놀고 컴퓨터 게임에 열중하다 보니 성적은 생각했던 것과는 동떨어진 수준이었다. 아들이 설날 고향에서 제법 큰 세뱃돈을 받으면 금방 없어지는 것을 보고 어디에 쓰는지 궁금했다. 아들의 행동에 대한 관찰과 질문을 통해 자신의 용돈은 마음껏 쓰는 것을 알았다. 좋아하는 친구들이나 동생들에게 그들이 원하는 것을 사 주거나 함께 어울려 먹고 싶은 것을 실컷 먹는 데 소비하는 것이었다. 그러면서 친구들 사이에서 자신의 입지를 굳건히 했다. 나는 나 자신은 그러지 못했는데 아들이 하는 것을 보니 오히려 다행이고 자랑스럽다고 생각했다. 이러한 생각은 아내와는 많이 달랐다. 저축이나 계획이 없이 생기면 금방 탕진한다고 여기는 것이었다.

아들의 성적이 오르지 않자 아내는 좋다는 학원을 물색하여 등록하고 잘한다는 과외 선생을 추천받아 개인 과외를 시도했지만 결과는 신통치 않았다. 어느 날 퇴근하고 집에 왔는데 아내가 할 말이 있다고 손을 잡고 방으로 들어갔다. 아들이 게임만 하고 공부에는 관심이 없으니 자기주도학습법을 가르치자는 것이다. 모 신문사에서 주관하는 프로그램으로 방학 때 2주 동안 합숙을 시키면서 자기주도학습이 뭔지 그리고 어떻게 하는지 실제 생활을 통해 알려 주는 프로그램이었다. 나는 가기 싫은 것을 억지로 보내면 부작용이 크고 부모와 사이만 멀어진다며 동의하지 않았다. 그러나 아내에게는 한 번 맘먹었으니 접을 수 없는 일이었다. 아들이 안 간다고 하니 아빠인 내가 설득을 하라고 내게 집요하게 이야기했다. 아내가 "웅석아! 자기주도학습 엄마가 신청한다. 가면 좋은 거야" 하니, 우리 아들이 "난 안 간다니까요. 그렇게 좋으면 엄마나 가세요" 하는 것이었다. 나는 아들이 원치 않으면 보내지 말자고, 정 보내고 싶으면 아들을 설득하여 반드시 동의하에 신청을 하라고 했다. 며칠 후 퇴근했는데 아내가 아들이 자기주도학습에 참여하기로 했다는 것이다. 나는 아들이 동의한 것이냐, 어떻게 설득했느냐 다급하게 물었다. 아들도 동의했는데, 설득은 용돈 5만 원을 준다는 달콤한 말이었다는 것이었다. 이렇게 하여 아들은 대전의 모 대학에 개설된 자기주도학습 프로그램에 2주간 합숙 형태로 참여하게 되었다. 프로그램은 참으로 살인적이라 할 수 있었다. 새벽 6시에 일어나 저녁 9시까지 쉴 틈 없는 일정들이었다. 아침에 하루

계획을 세우고 자기 전에 이를 확인하고 일기를 쓰는 것으로 아이들이 견디기 힘든 것이었다.

나는 학습이 끝나고 수료하는 토요일 오후부터 3박 4일간의 여름휴가 일정을 수립했다. 수료식장에서 아들을 픽업하여 점심식사를 하고 여행지인 경주로 향한다는 들뜬 계획으로 아내와 딸을 데리고 집을 나와 수료식장으로 향했다. 나는 가면서 아내에게 아들 만나면 이 말만은 하지 말라고 부탁하였다. "웅석아 재밌었니?" 그리고 또 하나는 "또 갈래?"였다. 그럼에도 불구하고 아내는 아들을 만나자 마자 안고는 "아들 재밌었어? 다음에 또 가자" 하는 것이었다. 아들 표정이 그 순간 확 돌변하는 것을 느낄 수 있었다. 2주간 원치 않게 시달려 피곤한 기색도 역력했다. 아내도 이를 눈치 채고는 "아빠가 웅석이를 위해 멋진 휴가 계획을 만들었으니 좋은 데 가서 점심 먹고 출발하자"고 했다. 아들은 "난 안 가요, 엄마 아빠나 다녀오세요" 하는 게 아닌가? 우리는 순간 많이 당황했지만 근처에 있는 맛집에서 점심 먹고 출발하자고 설득해 보았다. 하지만 아들은 무조건 가지 않겠다는 것이었다. 그렇게 옥신각신하다가 우리는 발길을 돌려 집으로 돌아왔다. 일단 중국집에서 시켜 먹고 잘 달래서 조금 늦게 출발하려는 것이었다. 아들이 좋아하는 탕수육과 짜장면을 시켰는데 먹는 둥 마는 둥하였는데 특히 아들은 거의 먹지를 않고 방으로 들어갔다. 엄청 삐치고 짜증이 나서 만사가 귀찮은 표정이었다. 아내의 집요한 설득에도 아들은 움직이지 않았다. 나는 어떻게 할 것인가 고민이었다. 내가 생각한 방법은 세 가지로 첫째는 늦더라도 아들을 끝까지 설득하여 데리고 간다, 두 번째는 여름휴가를 포기한다, 세 번째는 아들은 집에 놔두고 세 명만 간다였다. 나는 아동심리학을 공부하는 친구와 문자를 두세 차례 주고받고 나름대로 정리하였다. 결론은 아들을 두고 세 명만 가는 것이었다. 아내는 다 같이 가지 말자고 했으나 나는 아들만 두고 여름휴가지로 떠났다. 내가 그렇게 한 이유는 다음과 같다. 아들 때문에 가족들의 정기 휴가를 포기한다면 오래도록 후회가 되고 아들을 미워할지도 모른다. 물론 이 경우는 미리 지불한 숙박비도 잃게 되는 것이다. 아들을 억지로 데리고 가면 계속 심기가 불편하여 진정한 가족여행이 되지 않고 서먹서먹한 일정으로 전락할 것이다. 그리고 아들을 두고 가면 아내도 아들도 서로 미안한 감정을 가지게 되고 반성을 한다는 것이다. 이렇게 하여 우리 가족들의 그해 여름휴가는 많은 여운과 느낌을 갖게 하였다.

단둘이 여행

나는 여러 명이 함께 여행을 가는 것도 좋지만 가끔은 누구든 둘이 여행을 떠나면 좋다고 생각한다. 특히 서먹서먹한 자녀와 단둘이 떠나는 여행은 많은 공감, 친근감을 갖게 한다고 본다. 물론 여행 시 내가 주문하는 것이 있다면 가능한 한 상대가 좋아하거나 관심 있는 것에 대해서만 대화를 나누라는 것이다. 특히 자녀와 갈 때는 더욱 그러하다. “공부는 때가 있으니 지금 열심히 해야 한다”, “지금 성적이 미래를 밝게 한다”, “너는 도대체 무슨 생각을 하느냐” 등의 대화는 관계를 단절케 하는 요인이 되기 때문이다. 자녀와 갈 때는 시기도 중요한데 나는 초등학교, 중학교, 고등학교 마지막 방학 때를 추천한다. 누구에게나 큰 변화가 있을 때이기 때문에 두려움과 설렘이 공존하는 시기다. 나는 중학교 졸업을 앞둔 아들과 통영으로 1박 2일간 단둘이 여행을 갔다. 단둘이 여행을 가자고 할 때 선뜻 가겠다는 얘들은 별로 없다. 나는 아들에게 “너와 여행을 하면서 맛있는 거 같이 먹고, 새로운 곳을 구경하면서 같이 놀고 싶은데 같이 갈래?” 하고 제안을 했다. 갑자기 둘이 간다고 하니 당연히 멈칫 했지만 “아빠의 부탁이니 들어 달라”고 애원을 곁들였다. 이렇게 하여 아들과 함께 첫 여행을 떠나게 되었다. 그때 아들이 가장 관심 있고 좋아하는 것은 프로 야구였기 때문에 종종 야구장에는 같이 가곤 했었다. 나는 운전을 하면서 아들과 오직 야구에 관한 이야기만 했다. 30~40분 지나 아들이 피곤해 잠이 들면 20~30분 더 달리다가 휴게소에 들러 아들이 좋아하는 것을 사 준다. 그리고 또 차를 타면 다시 야구 얘기만 나누었다. 가끔은 “아들, 하고 싶은 게 뭐야?” 하고 물었지만 공자님 말씀 같은 훈화는 일체 하지 않았다. 그렇게 하면 아들이 먼저 하고 싶은 이야기를 하고, 아빠에게 궁금한 것도 묻는다. 여행지에서도 아들이 관심을 가질 만한 곳을 주로 가거나 혼자든 둘이든 즐길 수 있는 놀이를 찾는다. 이렇게 하면 아들과 많이 친해질 수 있고 아들은 아빠를 더욱 신뢰하고 따른다. 저녁시간이 되어 수산 시장에 들러 아들과 함께 먹을 활어를 고르고 나는 소주를, 아들은 콜라를 마시며 즐거운 시간을 보냈다. 저녁식사 후 주변을 산책하는데 혼자 소주 한 병을 마셔서 그런지 취기가 올라 잠깐 비틀거렸더니 아들이 어느새 내 팔을 잡고는 "아빠 괜찮으세요?" 하였다. 그것은 내게는 큰 감동이었고 처음으로 아들이 든든하다고 느끼는 순간이었다. 이러한 단둘만의 여행 경험을 주변 동료들에게 전하고 자녀들과 단둘이 여행을 떠날 것을 추천했다. 추천받아 떠난 이들에게 나중에 여행 소감을 물으면 모두가 너무 좋았다고 했다.

연기를 배우고 싶어요

아들이 중학교를 졸업하고 고등학교 입학을 앞둔 2월 말 어느 날, 퇴근 후 집에서 쉬고 있는데, 아들이 방문을 노크를 하였다. 들어오라고 했더니 아들이 할 말이 있다고 하였다. 아들은 대뜸 "아빠! 저 연기 배우고 싶어요"라고 말하는 것이었다. 나는 아들의 연기를 배우고 싶다는 말에 많이 놀랐다. 나도 그리고 아내도 연기는 물론 남들 앞에서 노래도 잘 못 하는 성격이었다. 나는 어릴 적 교사라는 꿈을 가정 형편으로 접은 기억이 있고, 평소 지론으로 애들이 하고 싶은 것을 밀어 주어야 한다고 생각을 갖고 있었으나, 전혀 예측하지 못한 아들의 생각을 어떻게 받아들여야 할지 순간 망설였다. 나는 아들에게 "아빠가 긍정적으로 생각할 테니, 너도 충분히 생각해 보고, 생각이 정리되면 다시 이야기하자"고 하였다. 아들이 진지하게 이야기했지만 나는 일시적인 생각일 수도 있다고 생각했기 때문이었다. 내게 오기 전에 분명히 아들이 엄마에게 상의를 했을 것이다. 아마 아내도 아들의 생각이 어이없다고 생각했지만 반대한다는 말을 못하고 아빠와 상의하라고 했던 것이다. 그런 일이 있은 후 오랫동안 아들은 더 이상 연기를 하겠다는 말을 꺼내지 않아 나는 연기에 대한 생각을 접었다고 생각했다. 그런데 약 1년이 지난 후 어느 날 아들이 내게 상의할 것이 있다며 내 방에 들어왔다. 아들은 "아빠! 제가 오랫동안 생각해 보았는데 아무래도 연기를 배우고 싶어요"라고 말하는 것이다. 나는 "아들아, 혹시 공부하기가 싫어서 그러니 아니면 진짜 연기자가 되려고 하는 거니?"라고 물었다. 아들은 늦었지만 연기를 열심히 배워 연기학과를 가고 싶다고 했다. 나는 아들에게 네가 오랫동안 생각하고 내린 결론이라면 아빠가 허락하고 밀어줄 테니 엄마와 상의하여 연기 학원에 등록하라고 했다. 그러면서 연기 학원이 대전에는 없어 서울로 가야 되는 것은 아닌지 궁금했다. 다음 날 아들은 아내와 함께 대전에 있는 모 연기 학원을 찾아 그곳에 등록을 하였다. 대전에도 연기 학원이 여러 곳 있음을 알았고, 연기를 배우려는 학생도 아주 많다는 사실을 알게 되었다. 그렇게 하여 아들은 고등학교 2

학년 초부터 연기를 배우기 시작했다. 대부분의 학생들은 초등학교, 늦어도 중학교 때에 연기를 배우기 시작하는데 우리 아들은 다른 학생들에 비해 많이 늦게 시작한 것이었다.

아들이 연기 학원을 다닌 지 약 한 달 정도 지나고 나는 연기 학원에서는 도대체 무엇을 가르치는지, 아들은 잘 적응하는지 궁금하여 학원을 방문하였다. 학원장을 만나서 나는 몇 가지 물어보았다. 나는 보통 타인을 방문하게 되면 질문지를 몇 개 갖고 가곤 하였다. "원장님! 몇 가지 물어보고 싶습니다"라고 말을 꺼낸 뒤 "아들이 너무 늦게 연기 배움을 시작했는데 대학은 진학할 수 있나요?"라고 물었다. 내가 가정 형편상 정식으로 대학을 다니지 못해 아들은 캠퍼스가 있는 대학에 보내고 싶다는 생각을 했기 때문이었다. 이에 학원장은 "대학은 다 가죠. 어느 대학을 가는지가 문제지요?"라고 답했다. 나는 그때까지 연극영화과가 있는 대학은 서울의 4~5개 대학이라고 생각했었다. 학원장은 우리나라에 수도권 말고도 지방에서 연기 관련 학과가 있는 대학이 많고, 대전과 대전 인근에도 4~5개 대학이 있다고 하였다. 그래서 나는 "그러면 원장님! 대학에서 연기학과를 졸업하면 연기 분야에서 일할 수 있는 확률이 얼마나 되나요?"라고 두 번째 질문을 했다. 학원장은 웃으면서 대략 5% 정도만이 연기 관련 업종에서 일을 하고 나머지는 다른 일을 한다고 했다. 그래서 나는 다시 "그럼 원장님! 그럼에도 불구하고 연기를 가르치고 연기를 전공해야 하는 이유는 무엇인가요?"라고 세 번째 질문을 했다. 이에 학원장은 연기를 배우면 살아가는 데 필요한 지혜를 익히게 되며 나중에 피자집을 운영하든 통닭집을 운영하든 연기를 배우면 더 잘할 것이라는 말을 했다. 나는 학원장의 뜻밖의 대답에 놀랐지만 솔직한 대답에 감동을 받았다. 그래서 나는 학원장께 아들을 잘 부탁한다고 말을 하고는 학원을 나왔다. 이렇게 하여 아들은 학교 수업이 마치면 연기 학원에서 연기 수업에 전념하였다.

나는 아들에게 언제나 약속을 잘 지키라는 것과 선생님과 학원생들에게 열심히 노력하는 모습을 보여 줄 것을 부탁했다. 나는 '예쁜 사람은 항상 예쁘다'라는 생각을 갖고 있었기 때문에 좋은 태도로 잘 보이라는 주문이었다. 아들이 연기 학원을 다니게 된 뒤로 나는 시간이 나면 연기학과가 있는 대학 홈페이지를 방문하여 전년도 연기학과 모집 요강, 취업 현황을 분석했고, 연예인과 연극인들을 대학 출신별로 분류도 해 보았다. 연기 학습은 밤 11시가 되어야 마치기 때문에 가끔은 아들을 데리러 학원에 가기도 했고, 분기에 한 번 정도는 학원을 방문하여 상담도 했다. 아들에게 연기 배우는 것이 어렵지 않은지 물으면 늘 재미있다고 했다. 다행이라고 생각은 했지만 연기를 잘 따라가는지 궁금했다. 학원을 다닌 지 약 6개월이 지난 시점에 학원에서 원장을 면담했는데 아들이 아주 성실히 잘한다며 아들을 좋은 대학에 입학시키기 위해 최선을 다하고 있다고 하였다. 나는 학부모가 듣기 좋으라고 하는 얘기라 생각했다.

학생들에게 가장 인기가 좋고 입학하고 싶은 학교가 한국예술 종합학교(이하 한예종)라는 사실을 알았다. 한예종에서는 매년 여름 방학과 겨울방학에 전국의 고등학교 연기 지망생들을 대상으로 남녀 각각 20명을 선발하여 2주간 학교에서 숙식을 제공하면서 수준 높은 연기학습스쿨을 운영하고 있다. 많은 학생들은 한예종 학습스쿨에 선발되기를 희망하고 준비한다고 했다. 어느 날 아들로부터 원장님께서 한예종 학습스쿨에 응모해 보라는 이야길 들었다. 아들은 학원을 다닌 지 10개월 정도밖에 되지 않았고 연기 수준이 낮아 경험 삼아 응모를 했는데 높은 경쟁을 뚫고 합격했다. 그것도 대전에서는 처음이라는 사실에 믿겨지지가 않았다. 아들 덕분에 처음으로 아내와 함께 한예종을 방문하여 아들을 2주간 그곳에 맡기고 왔다. 아들도 아주 기뻐했고 자신감을 갖는 것 같았다. 이렇게 하여 아들은 연기학원을 지루해하거나 지치지 않고 열심히 다녔다. 학원장은 아들이 잘 따라오고 있다며 목표 대학을 정했으니 부모도 도와 달라고 했다. 나는 아들의 학교 성적과 예비수학능력평가 결과 그리고 대학별 연기 관련 학과 모집 요강을 토대로 대상학교 10여 곳을 선정하고 입시 전략을 수립했다. 대학마다 입학생 선발 기준이 달랐다. 학교마다 고교 내신 성적, 수능 점수, 실기 점수 반영 비율이 달랐고, 실기의 경우는 사전 제시 연기, 즉석 연기, 맞춤 연기 등 다양했다. 나는 이를 토대로 10개 대학에 대해 비교표를 만들어 학원장을 면담했다. 학원장은 어떻게 우리보다 잘 분석했느냐고 놀라워했다. 아들은 고등학교 3학년이 되어 수능과 연기 실기를 위해 열심히 노력하고 있었다.

그해 9월 초 늦은 시간에 퇴근을 했는데 아내가 심각한 표정을 지으며 말을 걸었다. 오늘 저녁에 아들이 학원을 마치고 나오는데 어느 여자가 부르더니 연기 오디션을 볼 생각이 없느냐고 물으며 생각해 보고 오디션을 보고 싶으면 연락을 하라고 했다는 것이다. 아내는 아들이 모르는 사람의 꼬임에 빠질까 두려웠던 모양이었다. 아내는 아들에게 모르는 사람이 만나자고 하면 절대로 따라가지 말라고 이야기를 했다. 나는 아들을 불러 자초지종을 물어보았고 모르는 여자에게 받은 명함을 확인했다. 명함을 보니 우리나라에서 가장 유명한 S연예기획사였다. 나는 아들과 아내에게 오디션을 보고 싶으면 봐도 되는데 먼저 학원장과 상의를 하라고 했다. 오디션장에는 부모가 동행하면 전혀 문제될 게 없다고 아내를 안심시켰다. 이렇게 하여 아들은 학원장의 승인을 받고 오디션에 참가하게 되었다. 나중에 안 사실이지만 공개 오디션도 있지만 연예기획사 직원들이 학원이나 학교 주변을 다니면서 후보들을 찾는 길거리 캐스팅을 한 후 개별 오디션을 보는 경우도 있다는 것이다. 우리는 기획사에서 오라는 날짜에 지정한 서울 압구정동에 있는 기획사로 갔다. 기획사에 도착하여 연락을 취하니 부모는 건물 출입이 안 되니 밖에서 기다리라고 하고는 아들만 건물 내로 데리고 갔다. 약 2시간 30분 정도가 지나자 그녀와 함께 아들이 건물 밖으로 나왔다. 오디션을 잘 마쳤고 결과는 약 2주 후에 나온다고 했다. 나는 내려오면서 아들에게 심사위원이 몇 명이었는지, 어떤 것들을 시켰는지 등에 대해 물었다. 심사위원은 한 명도 없고 데리고 간 누나가 시키는 대로만 했다는 것이다. 연기, 노래, 몸놀림 등에 대해 그녀가 촬영하고 편집하여 제출하면 심사위원들은 영상을 보고 결정하는 시스템이었다. 오디션 후 10일 정도가 지나 기획사로부터 연락을 받았는데 재심의로 결정되었으니 다시 오라는 것이었다. 이번에는 지난번 장소가 아닌 서울 삼성동 사옥이었다. 우리 회사 본사가 삼성동에 있는데 한 번도 눈 여겨 보지 못한 건물이었다. 아들을 오디션장에 보내고 아내와 함께 건물 내부를 둘러보았는데 이곳은 사무실이 아니라 상품을 팔고, 회사를 홍보하는 곳이었다. 연예인을 좋아하는 어린 외국인들도 많았다. 여기서는 유명 연예인들의 사진, 앨범, 기념품 그리고 차와 음료를 팔았고, 특정 연예인 머리를 흉내 내는 미장원과 춤을 가르치는 곳도 있었다. 모든 것이 돈을 버는 상품이고, 학원이라는 장소였기에 나는 매우 놀랐다. 우리나라의 엔터테인먼트 사업이 엄청 발달했다는 사실을 확인하는 순간이었다. 두 번째 오디션을 보고 며칠 후 연락이 왔다. 합격했으니 한 달 이내에 청담동에 있는 본사로 계약을 하러 오라는 소식을 들었다. 아들과 우리는 엄청 들어가기 어렵다는 유명한 연예기획사에 합격했다는 소식에 무척 기뻤다. 그러나 이곳에 들어가면 대학 진학을 당분간 포기해야 했다. 학원장은 오디션 보기를 승인했으나 대학에 진학했으면 한다는 말을 아들로부터 들었다. 그렇지만 우리 부부는 아들을 데리고 해당 기획사 본사를 방문했다. 계약서를 받고는 며칠 생각해 보겠다고 하고는 집으로 왔다. 아들은 대학을 가고 싶다며 기획사 입문을 포기하겠다고 했다. 이유를 물으니 우선 대학에 진학하고 싶고, 기획사에 들어가기에는 너무 늦은 것 같다는 것이었다. 이렇게 하여 꿈에 그리던 가장 유명한 연예기획사 입문은 접어야 했다. 기획사에서는 그 후 연락이 없었다. 희망자 그리고 후보자가 엄청 많다는 뜻이라 생각했다.

사소한 배려가 큰 은혜를 입는다

경미하고 단순한 일에도 정성을 다해야

어떤 이들은 복사, 청소, 커피 심부름 등과 같은 중요도가 떨어지거나 단순한 일은 대충 하는 경우가 많다. 이런 일이 자신에게 주어지면 부정적으로 생각하고 마지못해 하기도 한다. 그러나 나는 오래전부터 후배들에게 간단한 복사 작업에도 정성을 기울이고 요청자를 배려하라고 한다. 복사본에 빈 종이가 삽입되었는지, 거꾸로 바뀐 것은 없는지 확인하고 스테이플러 작업도 대충하기보다는 깔끔하고 넘기기 편하게 하면 좋다고 했다. 이러한 단순 작업은 첫인상이나 태도를 알 수 있는 척도이고, 여기에 성실하면 실수를 줄일 수 있다. 매사에 정성을 다하는 태도는 좋은 습관으로 이어져 타인에게 좋은 인상을 받도록 한다. 그리고 나는 단기 연수생, 일용직 근로자에게 단 하루를 하더라도 최선을 다하라고 한다. 나는 몇 시간, 며칠만 이곳에서 일할 것이라고 생각해 대충 시간 때

우기를 한다면 누구에게든 좋은 인상을 줄 수 없다. 그리고 세상사는 복잡하게 얽혀 있어 언제, 어디서 다시 만날지 모르기 때문에 누구에게나 항상 잘한다는 인상을 심어 주는 것이 좋다.

어느 날 신입 사원 면접 위원에 발탁되어 면접에 참가하면서 옆 부서에서 계약직으로 일했던 친구를 맞이했다. 면접에서는 많은 준비를 해서 그런지 대부분 질의에 잘 답변을 했고 열정적인 모습을 보여 주었지만 나는 좋은 점수를 줄 수가 없었다. 옆 부서의 계약직으로 일할 때 성실하지 못한 태도를 보았기 때문이었다. 2001년 초, 우리 부서에 계약직인 위촉연구원이 들어왔다. 처음에는 일이 서툴러서 잦은 실수를 하고, 실수에 대한 죄책감으로 식사도 제대로 못하는 모습을 보았다. 그러나 시간이 지나면서 일을 처리하는 속도와 업무 능력이 엄청 좋아졌다. 여기저기 선배들을 찾아다니면서 업무를 배우고 주말에도 몰래 나와 일 처리를 한다는 얘기를 들었다. 업무 처리 베테랑이 되고 인정받았지만 계약 기간이 종료되어 회사를 떠나야 했다. 퇴사 전에 나에게 인사를 온 그녀에게 이제 무엇을 할 거냐고 물었다. 그녀는 석사 과정에 입학하여 공부를 더 하고 싶다고 하였다. 연구원에는 대부분의 직원들이 석사 이상의 학력 소지자였기에 아마도 자극을 받은 것 같았다. 이후 대전에 있는 국립 C대학에서 석사 학위를 하면서 지도교수의 조교 역할을 맡았는데 너무 성실하고 일처리를 잘하여 지도교수로부터 인정을 받은 것 같았다. 선천적인 성실함도 있지만, 공기업의 행정 업무와 국립대학의 업무 처리가 유사한 점이 많았기 때문일 것이다. 석사를 마치고 그녀는 지도교수의 추천으로 그 대학의 정규직원으로 채용이 되었고, 교수는 자신의 제자 중 한 명을 그녀에게 소개하여 결혼도 했다. 그녀의 일화는 매사를 성실하게 하면 좋은 결과를 얻게 된다는 것을 입증한 사례이다.

대박 나는 이유가 있었네!

내 고향은 충남 천안시 병천이다. 언제부터인가 병천은 순대로 유명한 지역이 되었다. 고향이 병천이라고 하면 대부분은 '병천순대'를 이야기한다. 내가 어릴 때는 유관순 사당과 아우내 장터가 유명했는데 이제는 순대의 고장이 된 것이다. 그 많은 순대집 중에서 장사가 가장 잘되는 가게가 있다. 그곳은 식사 시간과 관계없이 오전 11시에도, 오후 3시에도 대기 줄이 길다. 나는 오래전에 그 가게의 주인에 대해 이야기를 들은 적이 있다. 어르신들이 보통 순대국밥을 먹고 싶어 가게에 오면 순대국밥만 먹지 않고 막걸리나 소주를 함께 드시곤 한다. 그런데 가난한 농부들은 술값이 없고 술을 주문하지 못하고 입맛만 다시는 모습을 주인아주머니가 목격했다. 주인아주머니가 그분들에게 "어르신 술 잡숫고 싶으세요? 한 잔 드릴까요?"라고 물으면 대부분은 미안하니 됐다고 했다. 그러면 이 주인분은 "이 술은 다른 손님들이 마시다 남긴 것인데 따라 마셔서 깨끗하니 술 드실 수 있으면 드릴 테니 드세요"라고 했단다. 이렇게 해서 대부분의 어르신들은 공짜 술을 마실 수 있었다. 주인 아주머니는 순대국밥이 부족해 보이면 추가로 더 주기까지 했다. 이렇게 오래전부터 넉넉한 인심으로 소문난 순대집이었다. 지금 주인은 부모에게 물려받은 나의 초등학교 선배로 60대 중반 남자이다. 물론 주방은 선배의 아내가 맡고 있다. 그 선배는 초등학교 동문 체육대회 등 행사에서 가끔 만났지만 나와 가까운 사이는 아니었다. 어느 날 선배께서 내게 어릴 적 살던 동네가 어디냐고 물어 나는 어디라고 대답을 하였더니 그 동네면 ○○○를 아느냐고 물으셨다. 그래서 나는 우리 큰형님이라고 말씀을 드리니 형은 잘 있느냐, 어디 사느냐, 뭐하고 지내냐 등 많은 것을 물으셨다. 우리 형님에 대해 좋은 기억이 많다고 했다. 얼마 후 나는 큰형님을 만나 그 이야기를 했다. 그랬더니 형님은 "내가 천안으로 시내버스를 타고 통학을 할 때 그분은 버스 차장(현재의 안내원)이었는데, 내가 버스를 타면 언제나 공부 열심히 하라며 버스요금을 받지 않았어!"라고 하셨다. 본인은 가난하여 중학교에 가지 못하고 일찍 취업하여 버스 안내원을 하지만 공부하는 친구, 후배들을 부러워하며, 가난한 애들에게는 요금을 받지 않고 공짜로 태워 준 것이었다. 몇 달 후 고향에 사는 친구에게 그 선배님에 대해 물으니 정말 대단한 분이라고 했다. 순대국밥을 하면서 어느 정도 기반이 잡히자 검정고시를 통해 중학교, 고등학교를 마치고 최근에는 대전에 있는 대학을 졸업하고 그 대학의 석사 과정에 입학했다는 것이었다. 아들보다도 어린 친구들에게 배우면서 어렵게 학업을 하고 계셨다. 더 큰 감동은 전공이 사회복지학인데 그 전공을 선택한 이유는 좀 더 나이가 들면 체계적으로 봉사활동을 하기 위함이라고 했다. 처음에는 아동복지를 생각했다가 세대 차이를 고려하여 노인복지를 공부하고 있다고 했다. 부모와 자신의 이러한 심정과 정성은 고객을 감동시켜 대박 나는 순대국밥집이 된 것이다. 성공하는 집은 뭔가 이유가 있다.

이익을 나누면 더 큰 이익이 온다

1990년대 말, 아는 선배가 나와 같은 회사를 다니다가 자신이 하고 싶은 것을 하기 위해 중간에 회사를 그만두었다. 당초 계획했던 것이 여의치 않아 그것도 접고, 대학교 앞 먹자골목에 호프집을 열었다. 많은 지인들이 경험도 없이 무모한 투자라고 걱정을 했지만 맥주집은 엄청 잘되었다. 방문하면 언제나 대학생들로 가게는 가득 찼다. 장사가 잘되는 이유를 물으니 생각지 못한 대답을 했다. 가게를 오픈하고 대학생 아르바이트생을 3~4명 채용하면서 학생들과 약속을 한 것이 있다고 했다. 가게를 오픈하면서 들어간 비용이 얼마이고, 나의 인건비로 얼마 정도를 가져가는데, 투자비용에 대한 이자, 그리고 사장과 종업원의 인건비를 제외하고 수익이 발생하면 그 수익은 얼마가 되든 사장, 종업원 구분 없이 1/n로 배분하기로 했다는 것이다. 아르바이트를 하는 학생들에게는 파격적인 제안이었다. 물론 장사가 잘되어 이익이 발생할지는 사장도 종업원도 모르는 상태였지만 매력을 느낄 만한 제안이었다. 그렇게 하여 사장과 종업원은 의기투합하여 열심히 장사에 임했다. 수익이 발생하자 학생들은 아는 친구, 선배, 후배들을 가능한 한 자신의 업소로 오도록 유도했다. 이러한 단감 정책은 사업을 성공으로 만드는데 큰 밑거름이 된 것이다. 모두가 아는 사실이지만 장사가 잘되면 원가도 줄어들고, 재료품질도 좋아진다. 나중에 이 선배는 호프집, 식당 등에 제공하는 부식 가게를 추가로 열어 신선하고 저렴한 재료를 납품함으로써 본인 가게에도 도움이 되었고 추가적인 수익도 올렸다고 했다. 내 이익만 극대화하기보다 동료들과 이익을 나누면 더 큰 이익으로 돌아옴을 증명하는 사례라 할 수 있다.

함께 소통하고 협업하니 수익이 된다

약 4년 전 어느 날 친척 모임에서 사촌매형을 만났다. 매형은 그동안 잘 지냈는지 안부를 묻고는 지금도 A동에 사느냐고 확인하셨다. 그렇다고 하니 우리 아들 A가 그곳에 커피숍을 오픈했는데 가보았냐는 것이었다. 요즘 커피숍이 우후죽순처럼 많이 생기고 있어 그 많은 커피숍을 알 수가 없었다. 어디에 있고, 상호가 뭐냐고 물으니 우리 집에서 아주 가까운 곳이었다. 주말에 시간을 내어 커피숍을 갔는데 특이한 점이 아주 많았다. 위치는 번화가가 아닌 좀 한적한 곳인데 내부 인테리어가 멋지고 분위도 아주 밝았다. 다른 점포에 비해 조명을 많이 달았고, 테이블과 의자도 다양했다. 여기서 아주 재밌다고 생각한 것은 조명과 가구에 가격표가 붙어 있는 것이었다. 내가 왜 가격표를 떼지 않았는지 물으니, 조명과 가구는 전시품이라는 것이다. 점포에 다양하고 특이한 조명이 많으면 밝기도 하지만 분위기도 매우 좋다. 반면에 조명과 다양한 가구들을 갖추려면 많은 비용이 발생하기 때문에 과한 투자는 망설이기 마련이다. 조카는 투자비용을 줄이기 위해 조명을 만드는 업체를 방문하여 커피숍 개업을 하려고 하는데 조명을 전시 판매해 주겠다고 설명을 했다고 한다. 대부분의 사장들은 조명을 공짜로 달라는 뜻으로 해석하고는 거절을 한다. 조명은 대리점, 소매점을 거치면서 가격은 납품 가격에 비해 3배 이상이 된다. 조카는 커피숍에는 손님들이 많을 것이고, 멋진 조명을 보면 사고 싶어 할 것이니 납품 가격보다 더 좋은 가격에 조명을 팔 수 있을 것이라고 오랜 시간 설득을 하였다. 그중에서 조카의 생각을 이해한 기업 대표가 밑지는 셈 치고 조명 제공은 물론 설치도 해 주었다. 같은 방법으로 가구 공장을 방문하여 설득하여 가구들도 공짜로 비치할 수 있었다. 손님들은 나처럼 조명과 가구에 가격표가 있다는 것에 놀라고, 중간중간에 상품 책자를 보면서 커피를 마신다고 했다. 실제로 그

곳을 통해 조명과 가구를 주문한 사례도 종종 발생하고 있다고 한다. 조카가 운영하는 그 커피숍 앞에 B사진관이라는 작은 간판이 추가로 걸렸다. 최근에는 디지털 카메라의 확산으로 많은 사진관이 문을 닫는데 조금은 이상해 보였다. 내가 조카에게 "커피숍 안에 무슨 사진관이야?" 하고 물었다. 커피숍 내 반지하에 활용 가치가 없는 공간이 있어 창고로 쓰고 있었단다. 그런데 어느 날 친하게 지내는 선배를 만났는데 사진관 운영이 꿈이라고 했단다. 선배는 사진 촬영, 사진 디자인, 사진 전시를 좋아하는데 가게를 내면 돈도 많이 들고 가게가 운영될지 의문이라고 했다. 조카는 선배에게 그러면 자신의 커피숍 반지하에 여유 공간이 있는데 관리비만 조금 내고 사용하라고 제안했다. 지하라서 햇빛도 들지 않아 암실을 꾸미기도 편했고, 사진관 운영으로 돈을 많이 벌겠다는 생각보다는 취미와 특기를 살리고 싶은 마음이 컸기에 조카의 제안은 선배의 마음을 움직였다. 그렇게 해서 커피숍 안에 작은 사진관이 생긴 것이다. 점포가 비싼 대도시 상권에 흔히 있는 '가게 안의 가게(Shop in Shop)'를 만든 것이다. 사진 수요가 많지는 않지만 사진을 찍으러 와서 기다리는 동안 커피를 마시고, 어떤 이는 커피 마시러 왔다가 "사진도 찍네" 하고 필요한 사진을 찍는다고 했다. 남들과 다른 독특한 창의성과 타인과의 소통 능력 그리고 서로가 좋은 협업을 통해 각자의 애로 사항을 해결하고 수익을 창출하는 것이다.

가치 높이기

가치가 중요하다

우리는 어떤 물건이나 상품에 대해 원가, 가격, 가치라는 표현을 쓴다. 일부는 이에 대한 정확한 뜻을 모른 채 혼동하여 쓰기도 한다. 원가는 사전적으로 '어떠한 목적으로 소비된 경제 가치를 화폐액으로 표시한 것'으로 재료비, 노무비, 경비로 구성된다. 즉, 제품 생산에 쓰인 직접 경비와 간접 경비의 합을 제조 원가라고 한다. 일반적으로 상품에서 제조 원가에 관리 비용과 판매 비용을 더한 것을 총원가라고 한다. 가격은 '총원가에 기업의 적정 이윤을 고려하여 생산사 또는 판매자가 책정하는 화폐액'이라 할 수 있다. 따라서 가격은 도매점, 소매점 등 유통 과정을 거치면서 점점 커진다. 일반적으로 가격은 그 상품의 가치로 표현하기도 하는데 나는 가치는 소비자가 느끼는 상대적인 값이라고 생각한다. 그러므로 원가와 가격은 생산자 또는 판매자가 책정하지만 가치는 상품이나 재화를 사용하는 고객이 결정한다고 본다. 예를 들어 아내와 함께 중국집에 가서 8,000원짜리 짬뽕을 사먹었는데 중국집을 나오면서 아내가 "괜히 먹었네, 그냥 컵라면이나 먹을걸"이라고 말하면 그 짬뽕의 가치는 편의점 컵라면 가격인 1,000원에 불과한 것이다. 반면에 추운 겨울에 한라산에 올라가 산장 편의점에서 컵라면을 먹었는데 함께한 동료가 "이 컵라면 엄청 맛있네, 어제 저녁에 먹은 갈비탕보다 훨씬 좋았어"라고 하면, 그 3,000원짜리 컵라면(산이라 더 비쌈)은 전날 먹은 1만 원짜리 갈비탕보다 높은 가치를 지닌 것이다. 나는 이러한 논리로 함께 일하는 직원들에게 어떤 업무든 고객이 느끼는 가치를 높이도록 노력하라고 주문한다. 물론 우리 부서 그리고 자신에게 고객이 누구인지 명확히 이해하는 것이 중요하다는 말도 전한다. 고객이 내가 수행한 업무에 대해 높은 가치를 부여하고 만족한다면 고객으로부터 더 많은 지원을 받을 수 있기 때문이다.

누가 더 많이 팔까?

나는 영업이나 장사를 할 때 어떻게 하면 남들보다 많이 팔 수 있을까에 대해 생각을 해 본다. 고객이 원하는 것을 알고 판매자 입장보다는 매수자 입장에서 영업 전략을 수립하고 행동해야 한다고 생각한다. 나는 그저 직장인이기 때문에 영업에 대해 감히 이야기한다는 것은 건방진 것일 수도 있다. 그러나 판매를 잘하는 영업원들의 언행을 지켜보면서 나의 생각과 비교해 보곤 한다. 자동차 영업 사원 두 명이 있는데 A는 바쁘지 않고 항상 여유가 있고, B는 항상 바쁘게 그리고 열정적으로 영업에 몰두한다. 그러면 과연 A와 B 중에서 누가 더 자동차를 많이 팔까? 결론부터 이야기하면 A가 B보다 자동차를 많이 판다. A는 나에게 차를 사 준 고객에게 최선을 다한다. A는 자동차 매매 계약을 하고 차량을 인도한 후에도 내 차를 사 준 고객에게 그들이 필요한 정보를 정기적으로 그리고 필요할 때마다 전화나 문자로 제공한다. 엔진오일 교체, 부품 교체 시점을 알려 주고, 계절이 바뀔 때마다 준비하거나 사전점검해야 할 사항도 알려 준다. 그러나 B는 어렵게 자동차 매매에 성공하면 다른 고객을 만나기 위해 언제나 분주하다. 새로운 고객을 만나 계약에 성공하기까지 많은 노력과 시간이 필요하고 기다려야 한다. 이렇게 6개월, 1년이 지나면서 두 사람의 자동차 판매 대수는 큰 차이를 보인다. A는 자동차를 직접 팔지 않아도 내 차를 사 준 고객이 또 다른 고객을 만들어 준다. 그러기 때문에 A는 본인이 직접 영업을 하지 않아도 부탁하지도 않은 고객들이 자동차를 사 준다. 이는 많은 영업 관련 서적에서 이야기하는 사항으로 고객이 고객을 불러 주고, 재구매율이 높아야 성공한다는 영업 전략이다. 그러나 B의 경우는 이미 내 차를 사 간 고객에는 관심이 없고 새로운 고객 찾기에만 열을 올리는 경우이다. 이는 정말 맨땅에 헤

딩한다는 말과 같다고 본다. 내가 근무했던 연구원에 1년에 20여 대의 자동차를 판매하는 영업 사원이 있었다. 그는 우리 연구원을 방문하거나 직원들을 찾아 자동차 영업을 하지 않는다. 그로부터 자동차를 구매한 직원들이 자동차 구매를 생각 중인 직원들에게 소개해 주기 때문이다.

우리는 관광지, 먹자골목을 방문하면 호객하는 상인들을 많이 접한다. 모처럼 식사하려고 갔는데 수십 명의 식당 종업원들이 부담스러울 정도로 자신의 식당으로 안내하려고 부단히 노력한다. 그런데 어떤 관광지는 상인회에서 일체의 호객 행위를 하지 않도록 결의하여 방문객들에게 부담을 주지 않는다. 이런 곳은 자주 들르고 싶은 장소이다. 두 개의 보석상이 있는데 C점포 종업원은 고객이 매장에 들어오면 고객에게 밀착하여 아주 친절히 설명해 주고, D점포 종업원은 고객이 매장에 들어오면 환영 인사만 하고 고객의 먼 발치에서 주시만 한다. 과연 C와 D 점포 중 어느 점포가 보석을 많이 팔까? 우리들이 매장 방문 시 수시로 겪는 일이기도 하다. 내 생각은 D점포가 C점포에 비해 상품을 더 많이 판다고 생각한다. C점포 종업원은 고객의 구매 목적, 구매 취향, 자금 사정 등을 고려하지 않은 채 판매자 입장에서 고객이 원치도 않는 얘기를 귀찮도록 하는 것이다. 어떤 이는 애인과의 커플링으로 저렴한 반지를 사려고 왔는데 전혀 생각지도 않는 보석에 대해 이야기하고, 어떤 이는 결혼기념일을 맞이하여 비싼 보석을 구매하려고 왔는데 중저가의 보석을 상세히 설명한다면 구매의욕을 상실할 것이다. 그러나 D점포는 방문 고객들이 모든 진열장을 둘러보도록 먼발치에서 바라보다가 특정 진열장 앞에서 멈추면 그곳으로 가서 "원하시는 상품은 고르셨는지요? 제가 도와 드릴까요?"라고 말을 건넨다. 그다음 왜 사려고 하는지, 언제 누구에게 줄 것인지, 생각하는 가격대는 어느 정도인지 고객 스스로 말을 하도록 하는 것이다. 이런 경우는 거래가 될 확률이 매우 높다. 이는 회사에서 업무처리를 하는 상황에서도 마찬가지이다. 고객 또는 상대가 원하는 것이 뭔지를 미리 알고 그가 부담스럽지 않게 하는 것이 중요하다.

나는 평소 지인들과 어울려 술 한잔 하는 것을 좋아한다. 신장개업한 호프집에 가면 '이 가게는 잘되겠다'고 생각할 때도 있다가 어떤 때는 '곧 망하겠다'고 생각한다. 식사 직후라 배도 부르거나 돈이 부족하여 생맥주만 시키고 안주를 시키지 않을 경우 어떤 가게는 흔쾌히 주문한 생맥주와 팝콘 같은 간단한 안주를 무료로 준다. 그리고 팝콘이 떨어지면 추가로 달라고 하지 않아도 계속 갖다 주고, 혹시 음료를 흘리면 요청하기 전에 걸레나 행주를 들고 와서 닦아 주는 가게는 번창한다. 반대로 안주 주문을 강요하거나, 손님의 상황에 아랑곳하지 않고 텔레비전을 보거나 휴대폰에 열중인 가게는 오래갈 수 없다. 영업인들은 고객이 원하는 것을 잘 파악하고 상황을 주시하여 요청하기 전에 불편함을 해소시켜 주어야 한다.

내 물건의 가치를 높이려면

우리들은 전업 영업 사원도 아니고, 점포를 운영하는 상인도 아니지만 자신이 갖고 있는 물건을 타인에게 팔아야 한다. 이사 또는 다른 목적으로 살고 있던 집을 팔 때가 있고, 사용하던 자동차를 중고로 팔 때도 있다. 미국 대통령 트럼프는 자신의 저서 『거래의 기술』에서 "차를 팔고 싶을 때 5달러를 주고, 광을 내고 반질반질하게 만들면 400달러를 더 받을 수 있게 된다"라고 하였다. 어떤 물건이든 첫인상이 매우 중요하다. 중고차든 아파트든 매수자에게 어떤 첫인상을 주었는지가 중요하다. 물건이 지저분하거나 찌그러졌으면 사고 싶은 마음을 떠나 더 이상 그 물건에 관심이 생기지 않는다. 2016년 평소 알고 지내는 제수씨가 아파트를 팔려고 내놓았는데 거래가 되지 않는다는 말을 들었다. 평소 친형제처럼 친하게 지내던 동생이 질병으로 세상을 떠나자 함께 살던 아파트를 처분하고 다른 곳으로 이사를 가려는 것이었다. 나는 그 말을 듣고 거래하던 부동산 중개 사무소를 방문하여 동생집이 주변 시세보다 싸게 내놓았는데 왜 거래가 되지 않느냐고 물었다. 그랬더니 중개사는 "집이 너무 지저분해요"라고 하는 것이었다. 나는 며칠 후 제수씨를 만나 집을 팔고 싶으면 깨끗이 청소를 하고 어두운 조명을 교체하여 집을 보러 오면 모든 조명을 켜서 환하게 하라고 했다. 본인이 청소하기 어렵거나 싫으면 청소업체를 부르라고 했다. 많은 사람들이 집을 팔려고 하면 정이 떨어져 청소를 하지 않거나 파손된 것을 고치지 않는 경우가 많다. 팔 것인데 돈을 들여 고칠 필요가 있느냐고 생각하기 때문이다. 제수씨는 내 말을 듣고 청소, 정리정돈 그리고 조명 정비를 하여 아파트를 적기에 쉽게 팔 수가 있었다. 나는 은퇴 후에 고향에 가서 전원주택을 짓고 자연과 함께 여유로운 생활을 하려고 한다. 그래서 평소 가깝게 지내는 지인들과 함께 전원주택지를 샀다. 나는 아름다운 집을 짓기에 앞서 토목공사에 많은 신경을 쓰고 있다. 토목공사를 통해 내 땅을 아름답게 그리고 용도에 맞게 만들 수 있기 때문이다. 흔히들 토목공사는 사람들에게 머리를 깎는 것이나 성형하는 것과 같다고 한다. 멋진 토목공사를 위해 적당한 비용을 지출하는 것은 땅의 가치를 높이는 새로운 투자가 되는 것이다. 어떻게 하는 것이 내 물건의 가치를 높이는 것인지, 불필요한 비용 지출은 아닌지 고민하고 투자한다면 내 물건은 필요한 이들에게 기쁘게 전달될 것이다.

온전히 쉬러 왔어요, 가게는 시스템으로 운영해요

2017년 2월, 자주 만나고 있는 '빈채모'라는 모임에서 9명이 일본 동경으로 3박 4일 여행을 갔다. 패키지여행이라 현지에서 5~6개 팀이 한 명의 가이드와 함께 숙식과 여행을 함께했다. 그런데 이상하다고 느낀 것은 20대 후반 정도로 보이는 남자가 혼자 패키지여행에 참가한 것이었다. 그는 복잡한 시내를 관광하거나 어느 정도 올라가는 곳은 따라 다니지 않고 버스에서 잠을 잤다. 온천이나 식사 때는 우리들과 함께했다. 나와 우리 동료들은 '젊은 친구가 왜 단체 관광을 왔지, 자유여행이 편할 텐데'라는 의문을 가졌다. 마지막 날 저녁식사는 삼겹살 파티라 좀 오랜 시간 식사 시간을 즐겼는데 그때 그 젊은 친구가 우리와 같은 테이블에서 식사를 하게 되었다. 나는 그에게 "왜 나이 든 사람들과 함께 패키지여행을 왔나요?"라고 물었다. 그랬더니 그는 "그냥 온전히 쉬려고요"라고 대답하였다. 우리는 그에 대해 많은 궁금증을 갖고 이것저것을 물었다. 나이는 28세, 하는 일은 쪽갈비집, 영업 장소와 사는 곳은 대전이라는 것이다. 말투로 보아 경상도가 고향인 듯한데 왜 대전에서 장사를 하느냐고 물으니 군대 생활을 대전에서 했는데 그냥 맘에 들어 대전에 가게를 열었다고 했다. 고등학교를 졸업하고 미국으로 가서 1년간 요리를 배웠고, 군을 제대하고 식당을 개업하여 약 2년이 되었다고 했다. 우리는 식당 사장이 이렇게 장기간 여행을 해도 되느냐고 물으니 그는 자신이 없어도 잘 돌아가도록 시스템을 갖추었다고 하였다. 종업원들이 필요하면 전화나 문자로 물어보고, 지시할 것이 있으면 원격으로 지시한다고 했다. 나는 그에게 명함을 달라고 했다. 내가 대전에 살고 있으니 한 번 꼭 찾아가겠다고 했는데 그는 명함은 만들지 않으니 궁금하면 네이버에서 찾아보라고 했다. 우리는 젊은 친구에게 큰 감동을 받았다. 사람 개개인이 아니고 시스템으로 한다는 말은 큰 충격이었다. 자신이 가게에 없어도 종업원들이 알아서 잘한다고 했다.

나는 몇 달 후 가족들과 함께 그의 가게를 찾아갔다. 종업원은 3명 정도였는데 가게는 손님으로 꽉 찼고 대기표를 받고 기다리는 사람도 제법 많았다. 우리도 약 30분 정도 기다리다가 자리에 앉아 주문을 하고 쪽갈비를 먹었다. 1인당 기본 요금을 내면 무제한으로 먹을 수 있고 메뉴는 두 가지, 그것도 양념 쪽갈비와 일반 쪽갈비뿐이었다. 나는 식사를 맛있게 먹고 종업원에게 사장은 어디에 있느냐고 했더니 휴가를 갔다고 했다. 다시 몇 달이 지나서 나는 다른 지인들과 식사를 하려고 쪽갈비집에 예약을 위해 전화를 했다. 내가 식수 인원이 5명이라고 하니 종업원은 미안한데 6명 미만은 예약을 받지 못하니 와서 기다리라는 것이었다. 그래서 나는 그럼 6명을 예약한다고 하니 종업원은 6명을 예약하면 4명이든, 5명이든 6명 식사비를 내야 한다고 했다. 그렇게 하여 우리는 5명이 식사를 하고 6명분의 식사값을 냈다. 아마도 이런 시스템은 우리나라는 예약을 하고 오지 않는 사례가 많아 다른 손님들이 피해를 본다는 생각에서 시행하고 있다고 보았다. 그때도 사장은 보이지 않았다. 종업원에게 사장은 어디에 있느냐고 물으니 사장은 교육을 받으러 갔다고 말했다. 젊은 친구는 식당 안에 매몰되지 않고 충분한 휴식을 취하기도 하고, 더 많은 정보와 지식을 얻기 위해 교육을 받으며 공부를 하고 있는 것이다. 젊은 친구에게 뜻깊은 감동과 배움을 얻었다.

나의 경영과 혁신 방식

경영과 혁신이 무엇인지 생각해 본다

나는 평소 '경영이란 무엇을 의미하는가? 그리고 혁신은 무엇을 말하는가?'에 대해 의문을 갖곤 했다. 용어 사전에 따르면 '경영(經營, Management)'은 '일정한 목적을 달성하기 위하여 인적·물적 자원을 결합한 조직 또는 활동' 또는 '어떤 일을 계획적 또는 체계적으로 운용·관리하는 것'이다. 그러나 나는 경영은 작은 조직이나 모임에서도 필요한 중요한 요소로 '경영은 내가 또는 조직이 해야 할 일을 또는 목표를 타인을 통해 이루어지도록 하는 것'이라고 생각한다. 그러므로 혼자 모든 것을 다하는 것은 경영의 범주가 아니라고 생각한다. 즉, 경영은 조직원이나 다른 조직원 또는 개인을 활용하여 하고자 하는 것을 이루는 것이라고 본다. 따라서 아무리 작은 조직이라도 그 조직의 장이 되면 혼자 모든 것을 하려고 하지 말고, 조직원들의 역량과 가능한 인프라를 활용하여야 한다는 것이다. 그렇기 때문에 조직장의 역할은 매우 중요하고 조직의 성과는 조직장의 경영 능력에 비례한다고 본다. 그리고 '혁신(革新, Innovation)'은 '묵은 풍습·관습·조직·방법 따위를 완전히 바꾸어 새롭게 함' 또는 '시대에 맞지 않거나 잘못된 제도를 시대에 맞게 뜯어고쳐 새롭게 개혁하는 것'이라고 한다. 그러나 나는 혁신을 아주 대단하고 어려운 것이라고 생각하기보다는 '자신 또는 조직의 목표를 이루고자 변화를 시도하고 그것을 성취하는 것'으로 생각하고 싶다. 따라서 원대한 목표나 큰 변화는 그에 걸맞은 큰 혁신이고, 작은 변화는 작은 혁신으로 보고 싶다. 나는 경영과 혁신에 대해 위와 같이 이해하고 실천하고자 하였다. 혁신을 한다고 방향성이나 조직의 이익이 없이 변화를 추구한다면 이는 혁신이 아니라 퇴보라 할 수 있다. 혁신의 결과는 조직이나 구성원에 반드시 어떠한 유무형의 이익이나 효과가 있어야 진정한 혁신일 것이다. 어떤 기관장이 새로 부임하면서 어떻게 조직을 이끌어야 하는지 조언을 달라고 하니 전임자는 세 개의 봉투를 주면서 난관에 부딪힐 때마다 순서대로 하나씩 열어 보라고 했다는 글을 본 적이 있다. 부임 후 첫 번째 봉투를 열어 보니 '전임자 정책을 부정하라'였고, 두 번째는 '마구 변화와 혁신을 추구하라'였다. 그래도 성과도 없고 조직원들도 잘 따르지 않자 세 번째 봉투를 열어 보니 '이제 그 자리를 버리고 떠나라'였다는 것이다. 이것이 경영과 혁신을 모르고 조직을 운영하려고 했던 것이 아닐까 한다.

많은 선배들은 책에서 '지식에 경험(일)을 더하면 지혜를 만든다'

또는 '경험이 곧 혁신이다'이라고 한다. 나는 이 말에 적극 동의한다. '머릿속에 있는 지식과 정보를 업무 등에 활용하지 않는다면 과연 필요한 것일까?' 그리고 '그 지식은 언제까지 유용할 것인가?' 라고 생각한다. 나는 본인이 체득한 지식 그리고 모은 정보를 일을 하면서 활용하고 그 일로 성과를 만든다면 지식도 더 쌓이고 더 깊어지리라 믿는다. 경험이 반영된 지식은 더 많은 지혜를 만든다고 확신한다. 그래서 어떤 작가는 보유 지식보다는 실행력이 더 중요하다는 내용의 책을 내기도 하였다.

당당하려면 준비해야 한다

나는 가진 것이 많고, 남다른 준비가 되어 있을 때 당당하다고 생각한다. 당당하다는 것은 목표를 정하거나 일을 함에 있어 강압이나 회유 또는 사적 이득에 맞서 기준과 절차에 따라 소신껏 하는 것이라고 생각한다. 그러기에 내가 맡은 업무는 누구 못지않게 숙지를 하고 혹시 닥쳐 올 불이익에도 대안이 될 만한 준비가 필요하다고 믿는다. 나는 업무를 통해 많은 경험을 하고자 노력했고 업무를 통해 경험이 어려운 것은 계획서를 작성하고 수정하면서 간접 경험을 하고자 하였다. 특히 회사에 대한 애정과 열정이 없어서가 아니라 자의든 타의든 언제든지 회사를 떠나게 된다면 할 수 있는 일 그리고 하고 싶은 일들에 대해 사업계획서를 매 분기마다 작성하고자 하였다. 사업계획서는 단순한 것이 아니라 산업 분석, 환경 분석, 경쟁자 분석, 창업 일정, 창업 비용, 매출 예측 등을 상세히 기술한 것이다. 이러한 노력은 단순히 뒷일을 위함이 아니라 당당함을 갖기 위함이었다. 이러한 생각으로 나는 일을 함에 있어 동료나 부하보다는 상사와의 논쟁을 많이 했고, 강도 높은 설득과 주장을 하게 되었다. 최근에는 나만의 퇴직 후 인생 2막에 대해 상세한 계획을 수립하고 준비하고 있다. 이 또한 미래를 대비하면서 회사에서 당당하게 업무를 하기 위함이다. 퇴직 후에 후배들을 찾아다니며 도와 달라고 하지 않고, 그동안 회사와 사회생활 속에서 터득한 지식과 경험을 활용하여 필요한 곳에 지식 나눔을 하고자 한다. 지금 생각하고 있는 지식 나눔과 봉사 분야는 기업이나 단체에서 개최하는 행사기획 컨설팅, 중소·벤처 기업의 조직 및 경영 컨설팅 그리고 취업을 준비하는 학생이나 취업 준비생들을 대상으로 한 취업 컨설팅 등이다. 특히 정보 입수와 자문 인프라가 취약한 지방의 기업과 취업 준비생들을 도와주고 싶은 소망을 갖고 있다.

나는 풍요로운 인생 2막은 '은퇴 후 자신만의 새로운 삶'이라고 생각한다. 그럼 무엇을 준비해야 하나. 첫째는 자신만의 일이고, 둘째는 즐거운 여가활동 그리고 셋째는 가족들과 편안한 삶이 아닐까 한다. 일은 생업을 위한 일, 취미로 즐기는 일, 남을 도와주는 봉사 또는 재능기부 등일 것이다. 그러나 많은 이들은 그 어느 것도 하지 못해 후배들과 지인들에게 일자리를 부탁하거나 무료하고 무의미한 생활을 하기도 한다. 나는 은퇴 후 가난한 부자가 되지 말아야 한다고 지인들에게 이야기한다. 내가 생각하는 가난한 부자란 '동산, 부동산, 현금이 많은 재정적 부자이나 자신이나 남을 위해 쓸 줄 모르고, 돈에만 집착하여 하루 1만 원도 아깝거나 없어서 쓰지 못하는 사람'이라고 생각한다. 이들의 대부분은 배우자가 모든 재산 관리를 하고 자신은 배우자로부터 용돈을 받아 쓰는 경우인데 부유함에도 용돈을 적게 주어 궁핍한 경우가 대부분이다. 이러한 문제는 평소 배우자와의 관계를 원활히 하면서 은퇴 설계를 함께 했으면 발생하지 않을 수도 있을 것이다. 따라서 부부가 함께 은퇴 후 설계를 같이 하는 것이 바람직하며, 많은 부동산이나 목돈을 보유하기보다는 매달 정액으로 수급받는 연금 자산을 적당히 확보하도록 설계하는 것이 좋다고 본다. 많은 부동산이나 현금 자산은 자식들이나 친인척들의 먹잇감이 되고, 그들이 도움을 회피하면 사이만 멀어지게 만들 수 있다. 어떤 이들은 '부모가 부동산과 현금 자산이 많을 경우 자식들이 어려움에 봉착할 때 부모가 빨리 죽기를 바라고, 매월 나오는 연금이 많으면 오래 사시라고 기도한다'라고 말한다. 우리들에게 은퇴 후 필요한 것이 있다면 무엇일까? 나는 첫째로 생각과 뜻을 같이할 수 있는 배우자 또는 가족, 둘째로 할 일과 놀거리, 셋째로 같이 놀 친구들, 넷째로 일과 놀거리를 함께 충족시킬 수 있는 보금자리, 다섯째로 적절한 생활비, 여섯째로 만일을 대비한 적절한 보험, 일곱째로 너그럽고 긍정적인 자세, 여덟째로 무엇보다 중요한 건강이라고 생각한다. 나는 은퇴 후 1주일에 약 2시간 일하고 40만 원 정도의 수입을 올리고, 나머지 시간은 전원생활을 하면서 텃밭 가꾸기, 예쁜 정원 만들기, 친구들과 놀기, 가족들과 여행 가기 등을 하려고 한다. 그리고 그동안 얻은 지식 정보와 경험을 필요로 하는 사람에게 나누어 주려고 한다. 이렇게 은퇴 후 인생 2막 설계를 하면서 아들에게는 무엇을 남겨 줄 건가도 고민해 보았다. 무엇보다 부모의 진실되고 성실한 삶의 모습을 남겨 줘야겠다고 생각했다. 그리고 각자의 인생을 존중하고 서로 기대지 않는다는 생각으로 결론을 맺었다.

내가 생각하는 성공 방정식

많은 경영자와 학자들은 현대 사회에서 경쟁력을 갖추기 위해 필요한 것은 창의성, 소통 능력 그리고 협업 정신이라 이야기한다. 내가 생각하는 성공 요소도 창의, 소통, 협업이다. 창의성을 통해 혁신을 이루고 관련인 그리고 고객들과 소통을 통해 생각과 의지를 알 수가 있으며, 나 혼자가 아닌 다른 이들과 협업을 통해 장점을 살리고 단점을 보완할 수 있기 때문이다. 최근 글로벌 초우량 기업들은 모두가 남들과 다른 창의성, 고객의 욕구 인식과 배려에 기반하는 소통 그리고 국경, 사업 영역, 경쟁 관계를 벗어난 협업을 바탕으로 탄생하고 성장하고 있다.

그래서 내가 생각하는 성공으로 가는 길은 태도, 신뢰, 고객 인식, 철학과 기준, 전문성, 도전 등이다. 예쁜 사람은 왜 마냥 예쁠까! 이는 예쁜 짓을 하기 때문이다. 여기서 예쁜 짓은 올바른 태도를 말한다. 올바른 태도가 체화되면 언제나 누구에게나 예쁨을 받을 수가 있다. 좋아하는 사람의 말은 항상 좋게 들린다고 한다. 내가 좋아하는 사람의 말은 다소 엉뚱해도 잘 좋게 새겨듣지만 좋아하지 않는 사람이 옳은 이야기를 하면 뭔가 다른 의도가 있을 것이라 생각하게 된다. 이는 관계에서 상호 신뢰가 중요하다는 의미다. 내가 받는 돈은 상대를 기쁘게 해 주고 받는 보상이다. 내가 열심히 일하고 받는 월급도 경영자, 주주, 고객에게 만족을 주었기 때문에 받는 것이다. 어떤 이는 한 시간 일하고 8천 원을 받고 어떤 이는 60만 원을 받는 것은 즐거움을 주고받는 횟수의 차이라 볼 수 있다. 따라서 강의를 하든, 자영업을 하든, 직장에서 일을 하든 고객을 즐겁게 해야 한다. 따라서 나의 고객이 누구인지 정확히 알고 고객이 원하는 바도 정확히 인식해야 한다. 고객도 관계와 중요도에 따라 1차 고객, 2차 고객, 3차 고객으로 나눌 수 있다. 나를 제외한 관계인 모두를 고객이라 생각하고 그들을 대하면 반드시 좋은 일이 생긴다. 식당에서 돈을 내고 음식을 사 먹을 때도 식당 사장과 종업원을 대할 때 '고객은 왕이다'라는 생각보다는 내게 맛있는 음식을 제공해 주는 고마운 존재라고 생각하면 내 언행이 바뀌고 그들에게서 돌아오는 피드백도 훨씬 좋아진다. 사람은 살면서 많은 갈림길에서 고민을 하게 된다. 그런데 평소 자신만의 삶의 철학과 기준이 있다면 선택의 고민도 줄고 방향성이 있어 긍정과 확신으로 살 수가 있다. 잘나가는 기업이나 조직은 모든 구성원들이 공유하고 실천하는 어떠한 원칙과 기준들이 있다. 따라서 자신만의 철학, 기준, 좌우명을 갖고 있으면 좋을 것이다. 이것들은 단순한 구호가 아니라 공감하고 함께 실천할 때 효과가 있고 의미가 있다. 직장에서든 아니면 자신만의 일을 하든 남들과 다른 전문성이 최소 하나는 있어야 한다. 프로가 되면 스스로 당당하고 다른 이들로부터 존중을 받을 수 있다. 따라서 하고 싶은 일에 또는 해야 하는 일에 전문성을 갖기 위해 최소 1만 시간을 투자하라고 전문가들은 조언한다. 1만 시간은 하루 3시간 동안 몰입하여 10년을 지속해야 하는 시간으로 그래야만이 전문가 소리를 들을 수 있다는 것이다. 다음은 새로운 것에 도전하는 것이다. 언제나 같은 것에만 안주하지 말고 새로운 일에 도전하고 주기적으로 변화를 시도해야만 변화무쌍한 세상에서 살아남고 경쟁력을 갖출 수 있다. 도전을 하다 보면 실패도 수반되고 다른 이들에게 의도치 않게 잘못을 저지를 수도 있다. 실패를 두려워한다면 도전을 할 수가 없다.

'일, 십, 백, 천, 만'을 생활화하다

내가 실제 매일 실행하며 다른 이들에게도 권하는 것이 있다. 이는 '일, 십, 백, 천, 만'이다. 이는 언젠가 어느 책에서 읽은 것을 습관화한 것이기도 하다. '일'은 매일 한 가지씩 또는 한 사람을 칭찬하는 것이다. 하루 종일 바빠 칭찬할 기회를 놓쳤다면 잠자리에 들기 전에 자신을 칭찬하면 된다. '십'은 매일 10명을 만나는 것이다. 일을 하면서 10명을 직접 만나는 것은 쉽지가 않다면 부모, 형제, 은사, 친구, 동료 등 누구를 가리지 않고 10명을 만나거나 전화하거나 문자를 주고받는다. '백'은 하루에 최소 100자를 적는 것이다. 컴퓨터 자판으로 100자를 적기보다는 연필이나 볼펜으로 종이에 직접 적는다. '천'은 하루에 최소 1,000자를 읽는 것이다. 전문 서적도 좋고 소설, 시, 만화 등 어떤 글도 좋다. '만'은 하루에 최소 1만 보를 걷는 것이다. 하루에 한 명씩 다른 이를 칭찬하면 마음이 풍요로워지고, 매일 10명과 연락한다면 엄청난 인간관계를 만들고 자신의 존재를 관계인에게 되새기게 된다. 하루에 100자를 직접 종이에 쓴다면 상상력과 창의력이 향상된다. 나는 컴퓨터로 기안하기 전에 먼저 종이에다 개략적으로 스케치나 설계를 한다. 하루에 최소 1,000자의 글을 읽으면 지식이 풍부해지고, 지혜로워진다. 마지막으로 하루에 1만 보를 걸으면 건강을 유지할 수가 있다. 따라서 이것 또한 성공에 이르는 길이다.

진정한 사과가 필요하다

사람은 살면서 누구나 고의든 과실이든 죄를 짓고 무수한 잘못을 한다. 자신이 범한 죄와 잘못을 모르는 경우도 많다. 이는 관심이 밖에 있어 그런 경우도 있고, 나는 모르는데 상대만 느끼는 경우도 있다. 관심 밖에 있다는 것은 무심코 내뱉은 말이 상대에게 상처를 주는 경우이고, 나만 모르는 잘못은 내 가방에서 떨어진 못이 어떤 이의 승용차 바퀴를 펑크 내는 것과 같다. 그래서 죄와 잘못을 한 행위보다 더 나쁜 것은 잘못을 인지하지 못하고, 인지하고도 사과나 사죄를 하지 않는 것이다. 사과와 사죄는 영어로 같은 의미(apology)이지만 우리나라에서는 조금 다르게 생각하기도 한다. 사과(謝過)는 '자기의 잘못을 인정하고 용서를 빎'이고 사죄(謝罪)는 '지은 죄나 잘못에 대해 용서를 빎'이다. 잘못이 윤리적인 측면이 있다면, 죄는 법률적인 측면이 있다고 볼 수 있다. 그러면 잘못과 죄를 범하고 인지했을 경우는 다음의 3가지를 반드시 지켜야 한다. 즉, 진정한 사과이다. 첫째는 사과나 사죄의 진실성(진정성)이다. 가짜나 상황을 모면하기 위해 대충 하는 것은 상대를 더욱 기분 나쁘게 하고 관계를 악화시킨다. 둘째는 시기이다. 잘못이나 죄를 인지했다면 그 즉시 해야 한다. 미루면 미룰수록 악화되고 용서받기가 더욱 어려워진다. 마지막은 동일한 잘못을 반복하지 않는 것이다. 사과나 사죄를 하고 동일한 잘못을 한다면 신뢰를 더욱 버리는 행위가 될 것이다. 우리는 사과하는 습관을 가져야 한다. 사과하는 데는 용기가 필요하다. 나는 회사에서 상사가 지적을 하면 즉시 잘못을 인정하고 사과를 한다. 그러면 더한 질책이 없거나 가벼워진다. 진정성 있는 사과는 상대가 아량을 베풀고 용서하게 하며 관계를 더욱 끈끈하게 만들어 준다. 서로 다투어 쌍방과실이 일어났다면 자신이 먼저 사과하길 권한다. 이러면 상대는 더욱 미안해하고 자신의 잘못도 인정하고 용서를 빌게 된다.

PART

6.

불면과 함께한 여정

공호(달항아리 4), 2019년 作, 91×91㎝

삶의 단상

나는 농사지을 땅 한 평 없는 가난한 집안 환경으로 인해 고등학교에 진학할 수 없는 상황이었다. 이렇게 가난한 가정 환경으로 인해 초등학교 시절 면 소재지에서 잘사는 친구들에게 심리적으로 위축된 상태에서 새로운 학교 생활에 적응하려고 노력하였다. 왜소한 체구에 예민하고 소심하여 겁이 많은 성격이었던 나는 친구들의 공부를 도와주며 친구들과 어울리는 데는 문제가 없었지만, 내세울 게 없다는 생각에 늘 주눅이 들어 있었고 자신이 없었다.

중학교 1학년이 된 나는 영양 부족으로 관절염을 앓게 되어 약 3개월여 동안 다리에 깁스를 해야 해서 학교에 가지 못했다. 다행히 집에 와서 매일 책을 읽어 주는 친구와 간식을 챙겨 주는 친구들의 도움으로 학업도 영양 상태도 좋아져 다시 일상생활을 할 수 있었고, 신체적으로도 이상 없이 잘 회복하였다. 중학교 시절 고등학교 진학 문제로 부모님께서 고민하는 소리를 들으며 학비를 지원해 주는 학교에 진학하기 위해 서울에 있는 B공고에 진학을 하였다. B공고는 한전에서 장학 지원을 하는 학교로 졸업과 동시에 한전에 전원 입사할 수 있는 좋은 조건이었고, 상위 10%의 성적을 유지하면 대학을 진학시켜 준다는 또 다른 조건이 허락된 학교였다. 나는 대학에 가고자 하는 새로운 목표를 세우고 난 뒤 학교 내 상위 10%의 성적을 유지하기 위해 기숙사의 취침 소등이 시작된 시간 이후 창문에 들어오는 빛으로 공부할 정도로 지독하게 성적 관리를 하였다. 나의 불면증은 이때부터 시작되었다. 성적에 대한 긴장과 불안도 있었지만, 군대식 기숙사 생활로 선배들과 실습 조교들의 엄한 규율도 크게 작용했다. 학교 생활은 힘듦과 긴장의 연속이었지만, 매끼마다 풍족하고 맛있는 음식, 고향 친구의 격려 편지 그리고 한 달에 한 번의 외출이 그나마 큰 위로가 되었다. 그러한 과정을 거쳐 나는 졸업과 동시에 취직된 상태로 한전에서 위탁한 공대에 입학을 하게 되었다.

나의 대학 생활은 고등학교 때까지의 생활과는 너무도 다른 시간이었다. 취업한 회사로부터 월급을 받았고, 학비는 장학생이었기에 처음으로 경제적으로 걱정이 없는 꿈과 같은 시간을 보냈다. 그동안 느껴 보지 못하고 누려 보지 못한 자유로움과 함께 경제적인 여유까지 소소하게나마 누릴 수 있었다. 대학에서는 내성적이고 수동적인 성격을 능동적이고 적극적인 성격으로 바꾸고자 노력하였다. 이를 위해 활동적인 서클에 가입하여 적극적으로 참여하고 인간관계, 리더십, 화술에 관한 책을 읽으며 연습과 실행을 하였다.

학교를 마치고 회사에 와서는 긍지와 보람으로 매사 열심히 하려고 노력하였다. 이러한 노력은 내게 많은 기회와 보상으로 돌아왔다. 적절한 때가 되면 승진도 하였고, 회사에서 운영하는 많은 교육 기회도 부여받았다. 결혼도 목표한 바에 따라 좋은 인연을 만나 31세 가을에 할 수 있었다. 그러나 형제들에 대한 관심과 사랑은 나와 가족에게 많은 어려움을 주었다. 아내에게는 형제들의 고충을 덜어 주는 데 동참을 강요하기만 하였다.

나는 지금도 여전히 불면증을 경험하고 있다. 수면제 부작용으로 약을 복용하지 못하는 탓에 자주 술을 수면제처럼 즐겨 마시고 있기도 하다. 이는 어린 시절부터의 긴장과 강박관념, 5년간의 발전소 교대 근무 등이 크게 기인했으며, 나에게 불면증을 더욱 가중시킨 요인은 사랑하는 사람들을 잃는 상실 경험이기도 하다. 또 하나의 요인은 자신의 욕심이라고 스스로 분석하고 있다. 그냥 버리면 될 것을 계속 취하려고 하는 태도이다. 그럼에도 불구하고 나는 여전히 파이팅을 외치며 생활하고 있다. 불면증으로 인해 신체적으로 고통의 시간을 보내지만 그래도 그 무엇인가에 의미를 두지 않으면 더 허무하기 때문이다. 불면의 밤을 보내고 있지만 나의 인생 여정에서 또 다른 목표를 정하듯 늘 새로운 일을 찾아 의미를 부여하는 것이 나의 존재 이유라고 생각한다. 회사에서도 늘 무엇인가를 만들어 내고 새로운 자극을 찾고 적극적이고 역동적인 삶을 살아 가려고 노력하고 있다.

불면증과 동행하는 삶

불면증의 여정

나의 불면증의 여정은 절대적 빈곤과 상대적 빈곤의 사이에서 자신의 정체성을 형성하는 과정에서 시작되었다. 또한 지속적인 상실의 경험과 함께 존재 자체를 위협하는 사건들을 많이 겪었다. 가정 내 불안한 환경은 나를 늘 긴장시켰고 공부를 하고 싶었던 내게 닥친 진학 위기를 공부를 통해 극복하며 더 치열한 삶의 테두리 안에 놓이기도 했다. 나는 자신의 삶 안에서 힘든 고통을 경험할 때마다 그러한 역경 속에서도 성장하는 모습을 보았다. 그러면서 마음 안에서 부정적인 것과 긍정적인 것들이 움직일 때마다 긍정적인 부분에 초점을 맞추려고 노력하는 삶을 살았다.

나는 불면증이 어린 시절부터 시작된 것이라고 스스로 분석했다. 친구들과 놀다 우연찮게 지붕을 깨트리는 일을 통해 스스로 불안한 하루하루를 보냈고, 그 불안감이 불면증의 첫 단추였다고 생각한다. 소심하고 겁이 많아서 혼날까 봐 자신의 실수를 말하지 않았던 내게 그 일은 비가 올 때마다 늘 긴장하게 만드는 일이 되었다.

나는 목표한 고등학교에 입학하기 위해 필사적으로 노력해야 했다. 불투명한 앞날에 대해 혹시라도 진학에 실패할 수 있다는 걱정을 하게 되었다. 걱정은 나를 노력하게도 했지만 긴장할 수밖에 없는 상황에 놓이게도 했다. 청소년 시기에 자신의 길을 혼자 개척해 나가야 하는 것은 외로운 일이다. 사람들에게 살아가면서 미래로 가는 길이 여러 가지 있다면 한쪽 길이 막힌다고 해도 삶이 막막하지는 않을 것이다. 그러나 한 가지 길밖에 없는 곳에서 막다른 길에 놓이게 된다면 새로운 길을 개척해 나가야 한다. 내게 진학의 위기는 막다른 길에 놓인 것 같은 위기의 순간이었다. 나는 위기의 상황에서 포기하지 않고 적극적으로 자신이 가진 자원을 활용하여 자신의 길을 개척하며 홀로 외로운 길을 걸어간 것이다.

어린 시절 평소 몸과 맘이 불편했던 엄마와 동생의 모습을 보면서 가족들을 보호하는 것이 나의 인생이 중요한 목표가 되었다. 삶의 의미나 존재라고도 하는 인생의 목표와 방향은 누군가에게는 헌신하는 것이고 또 누군가에게는 남에게 베푸는 것일 수도 있고, 다른 누군가에게는 권력이나 부가 될 수도 있다. 나는 가족들을 보호하고 누군가에게 도움을 주는 것이 자신의 삶의 의미라고 생각했다. 어린 나이에 심리적으로 독립한다는 것은 고통이 수반되기도 하지만 한편으로는 자신의 상황과 한계를 극복하는 원동력이 되기도 했다.

불면증과 동행하는 삶

나는 불면증을 치료하기 위해 수면 전문 병원을 찾아다니며 의사들을 만나 불면증을 학문적으로 접목하여 원인과 결과에 대해 분석하는 과정을 통해 치료하려고 노력하였다. 원인에 대해 공부하고, 생리적 요인, 심리적 요인에 대해서도 분석하면서 나의 불면증이 '어린 시절부터 오랜 시간 누적된 긴장과 불안의 결과'라고 생각했다. 원인이 있으면 해결책도 있다고 생각하지만 문제 해결적인 접근 방법은 나의 불면증에는 적용되지 않았다. 이러한 불안과 우울함은 내게 불면증이 되었고 불안한 마음은 무엇인가를 하지 않으면 안 된다는 생각을 만들었다. 그러자 그 생각은 깊이가 더해지면서 걱정이 되었다. 나는 현재 수면제를 복용하지 않고 있다. 수면제를 먹어도 수면에 도움이 되지 않고 두통이 심해 먹을 수가 없기 때문이다. 나는 대신 수면제 대신 술을 즐겨 마시고 있다. 술을 통해 잠시라도 잠을 잘 수 있기 때문이다. 나의 음주 행동은 수면제를 대신하는 불면증 치료제이자 의존 물질이다. 과한 음주로 인한 건강 상태를 주기적으로 살펴 음주의 양과 주기를 스스로 조절한다.

나는 그럼에도 불구하고 불면증이 일상화된 나의 삶에 대하여 부정적으로 생각하지 않는다. 자신의 신념과 가치관에 따라 누구보다도 열심히 살았으며 신체적인 고통이 심리적 고통으로 전이가 되지 않도록 가족에 대해, 일에 대해, 관계에 대해 몰입하였다. 나는 수면 장애가 오히려 가족과 지인들에게 긍정적인 영향을 주고자 끊임없이 노력하는 삶을 추구하고 있다.

사랑하는 사람을 잃고 심한 아픔을 겪으며, 이러한 상황이 반복되지는 않을까 걱정을 하고, 나의 가족과 지인들을 지켜달라고 매일매일 기도하고 있다. 상실 자체를 가능한 한 이해하고 상실 경험으로부터 나에게 도움이 되어 주는 요인을 찾고 정체성을 변화시키고자 하였다. 이러한 의미 찾기 과정을 통해 자신의 슬픔을 승화하고 싶었던 것이다. 내게 가족들에 대한 이야기는 보람이고, 살아가는 힘이고 방향이다. 나는 자신의 방향을 한 번도 바꾸지 않았다. 나는 결혼을 했음에도 불구하고 원가족에 대한 책임감을 놓지 않았으며, 오히려 자신이 가족을 위해 할 수 있는 모든 것을 더 하고자 노력했다. 나는 여동생의 보호자를 시작으로 다른 형제들의 보호자가 되었고 그들의 인생을 컨설팅하였다. 때로는 경제적인 위험을 감수하더라도 나의 방향을 멈추지 않았다. 나만의 울타리 안으로 형제들을 모았다. 외롭고 혼자 남았던 그때의 그 소년은 자신 안에 머물고 있는 마음속 깊은 곳에 자리 잡은 상처를 치유하였다.

나는 업무에 대한 철학과 매뉴얼을 정확하게 갖고 있다. 그러면서 동료, 부하들에게 아낌없이 적극적인 조언을 해 준다. 스스로 자신의 길을 걸어온 나는 힘든 고비마다 누군가의 조언과 격려로부터 따뜻한 힘을 얻었을 것이다. 내가 받아 온 도움들은 다시 동료들에게 향하고 있다. 사랑받았던 사람은 사랑이 어떤 것인지 아는 것처럼 나는 자신이 가진 가장 좋은 것들을 매뉴얼로 만들어 길을 잃고 헤매는 사람에게 등대가 되어 주고자 늘 노력하고 있다.

글을 써서 신문, 사내 소식지 등에 기고하는 것은 나의 생각을 소신 있게 표현하는 일이다. 나는 사내 소식지를 비롯해 언론 매체를 통해 소통하는 것을 즐거워하는 사람이다. 그동안 회사에서 맡은 분야마다 최선을 다했고 최고를 지향했다. 창의적인 사람은 바라보는 관점부터 다르다고 한다. 흔히 창의성을 말할 때 기존에 갖고 있던 사고로부터 벗어나야 한다고 말하는 것처럼 나는 새로운 일에 대한 도전을 겁내지 않았다. 스스로 전략가라고 말하고 새로울수록 도전하고 싶어 했다. 최고가 아니면 살아갈 수 없다는 자신만의 신념이 어느 분야이건 스스로 차별화를 추구하며 기획하고 전략을 짜는 삶을 살아가게 하고 있다.

나는 자신의 성격에 대해 소극적이고 소심하다는 생각을 가지고 있었다. 그러나 나는 성격을 바꾸기 위해 스스로 성격 개조 프로젝트를 세우고 실행에 옮겼다. 소심하고 소극적인 성격은 어린 시절 자신의 힘으로는 아무것도 할 수 없었던 것에서부터 비롯되었을 것이다. 나는 자신이 새로 만들어 가는 세계에서는 이전의 소극적이고 위축되었던 자신보다는 적극적이고 당당한 자신으로 살아가고자 하였다. 많은 고난과 어려움을 극복하고 성인이 된 시점에서 당당하게 자신의 세계를 만들어 갔다.

자신에 대해 이야기한다는 것은 자신의 의지와 선택 그리고 신념을 가지고 일관되게 이야기하는 것이다. 자신의 이야기를 통해 사람들은 자신의 경험을 자신이 만든 관점에서 이야기를 해 나가는 것이다. 사람들은 누구나 자신의 삶에서 어려움을 겪게 된다. 그 어려움 속에서 빠져나오기 위해 새로운 상황을 고려하고 새로운 상황에 맞추어 자신의 이야기를 이어 나갈 필요성을 느낀다. 그 과정에서 생각을 바꾸기도 하고 때로는 이전의 경험에서 새로운 사고를 더해 확장된 사고를 만들기도 한다. 나는 자신의 인생 여정에서 많은 일들을 겪으며 자신에 대해 늘 생각하며, 더 발전되고 확장된 자아를 꿈꾸는 사람이다. 어려울수록 일에 더 몰입하였고, 힘들수록 더 적극적으로 대처하는 삶을 살았다. 자신의 현재와 미래에 대해서도 계획을 세우고 있다. 퇴직 후 청소년 및 대학생을 대상으로 진로 컨설팅을 하기 위해 진로 코칭 교육과 워크숍에 참여하는 등 은퇴 후 삶에 대한 계획을 구체적이고 세부적으로 세워 놓았다. 나는 자신의 삶 또한 적극적으로 컨설팅을 한다.

생각날 때마다 사업계획서를 쓰는 나는 자신의 미래 사업계획서를 많이 가지고 있다. 지금도 시간 날 때마다 생각해 두었던 사업계획서를 작성하며 미래를 대비하기 위해 생각의 흐름들을 기록한다. 생각은 사업 아이템이 되고 지지하는 동료를 만나면 사업이 구체적으로 실현된다. 그 과정에서 잘못된 투자로 많은 경제적 손실을 넘어 자존심에 큰 상처를 입었다. 이로 인해 나는 사람에 대한 신뢰를 잃으며 경제적인 것으로부터 자유로워지고 싶었던 것이 마음의 욕심이었다는 것을 깨닫게 되었다.

친구를 통해 따뜻한 우정을 느꼈고 친구의 지지를 통해 형성된 그때의 경험은 내가 사람이 중심이 되는 가치관을 만드는 계기를 형성하였다. 자신의 주변에 있는 지인들도 가족 못지않게 살뜰히 챙기며, 자신의 가치관에 따라 지금의 삶을 연결 짓고 있는 것이다. 나에게 이벤트란 자신을 표현하는 방법이고 인정받고 싶은 욕구이다. 왜소하고 소심하고 조용한 성격의 소유자였던 나는 자신의 존재감을 끊임없이 표현하며 살아왔다. 나는 어떤 사람을 만나든 어떤 일을 기획하든 끊임없이 의미를 부여하고 새로운 문화를 만들어 간다.

수용하고 나의 삶과 통합

나는 지나온 삶을 돌아보며 자신의 가치관을 바탕으로 새로운 철학과 목표를 세웠다. 그동안 가족들을 위해 희생하고 늘 책임감에 자신을 돌보지 못했던 걸 새롭게 깨달았다. 어머니가 자기 자신을 챙기지 못하시고 고생만 하다 가신 것을 보며, 나 또한 어머니처럼 그렇게 살아야 했던 인생을 버리고 새롭게 다시 인생 2막을 시작하고자 한다. 나를 둘러싼 많은 일들이 이제는 제자리를 찾아가고 있다. 물질적인 것도 정신적인 것도 그러면서 심리적 탄력성을 되찾고 있는 중이다. 불면증에 대해서도 수용한 지 오래되었다. 어차피 잠을 잘 수 없다면 내가 할 수 있는 일을 찾아서 기꺼이 하기로 했다. 회사에서도 권위적인 직위에 머물기보다는 소외계층까지 돌보는 역할을 자처했고 나의 철학을 가지고 늘 새로운 의미를 부여하며 살아가고자 했다. 나는 누군가를 늘 컨설팅하는 사람이기에 컨설팅하고자 하는 것을 멈추게 하는 것은 오히려 부작용을 만들어 내는 일시적인 방법에 불과하다. 강점 중심으로 접근할 때

더 성장할 수 있고, 자신의 인생을 주도적으로 이끌며 행복하게 살아갈 수 있기 때문이다. 나는 타고난 성격과 기질대로 할 수 있는 것에 집중하며 살고자 더 깊이 넓은 시야로 새로운 선택을 했다. 내가 살아가고자 하는 방향으로 지금과 미래에 대해 의미를 부여하며 나를 새롭게 컨설팅하고 있다.

자기 몸이 아파도 남에게 나눠 주고 베푸는 게 행복한 사람이 있는데 나도 그런 사람이다. 나의 삶의 양식은 늘 누군가를 배려하고 베푸는 사람이다. 그래서 남들로부터 '왜 그렇게 피곤하게 사냐. 버려라'라는 말을 자주 듣는다. 그러나 나는 그것을 버리면 더 허무해지는 사람이다. 오히려 누군가를 배려하고 나눠 주고 베푸는 삶이 나를 살게 하는 힘이 되었다. 나는 자신이 그렇다는 사실을 인정하고 그렇게 사는 것이 자신을 살게 하는 힘이라고 생각하면서 지내왔다. 삶이란 양면성이 있어 자신에게 살아가는 의미를 주는 일이 때로는 자신을 신체적으로 고달프게도 한다. 나는 나의 삶에 새로운 철학을 적용하고자 했다. 지금껏 가족을 위해 희생을 하며 지나온 시간들은 내게 큰 의미가 있었지만 사랑에 대한 해석은 다시 하고자 했다. 내가 걸어왔던 길을 뒤돌아보며 인생의 의미에 대해 다시 생각하며 자신을 사랑하는 것이 결국 가족을 사랑하는 것이라는 철학을 만들었다.

나는 '뜻'이라는 단어와 의미를 많이 사용한다. 뜻을 이루기 위해 목표를 세우며 도전하던 시간들을 통해 나는 마음 안에 뜻이라는 나무를 심어 두었다. 나는 불면증을 경험하고 있는 사람들에 대한 메시지를 남기면서 새로운 삶에 의미를 부여하라는 말을 한다. 나 또한 불면증을 경험하며 한동안 무기력에 빠질 수밖에 없었던 지난 시간이 있었기 때문이다. 뭔가 하고 싶은 일을 찾아서 하는 것이 무기력하게 있는 것보다 낫다는 조언을 하고 싶다. 그래서 우리 집의 가훈은 '유지경성(有志境城)', 즉 '뜻을 펴면 반드시 이루어진다'이다. 가훈 족자를 집 출입문이 열리면 보이도록 걸어 놓았고 가끔씩 가족들과 대화에서 이에 대해 이야기를 나누곤 한다.

나는 사람과의 관계에 대한 관심이 많아 직원들에 대한 직무 교육에서도 자신의 철학을 담은 메시지를 강조한다. 나는 스스로 '연구원 지킴이', '연구원 도우미'라는 말을 하며 내가 속한 조직과 함께하는 사람들과의 관계에서도 늘 무엇인가 긍정적인 메시지를 주려고 노력한다. 조직과 사람과의 관계에 대해서도 사람과 사람 간의 관계에서도 나는 자신이 할 수 있는 범위 내에서 자신의 마음이 가는 것을 쉬지 않는다. 나의 마음과 철학을 나눠 주는 것을 쉬지 않는다.

나는 지나온 삶을 돌아보며 '풍요로운 인생 2막'이라는 제목의 새로운 철학을 세웠다. 그동안 가족들을 위해 희생하고 늘 책임감에 자신을 돌보지 못했던 걸 새롭게 깨달았다. 남이 우선이었던 자신의 삶에서 자신이 우선인 삶으로 바꾸고자 한다. 자녀에게도 나의 뜻대로 컨설팅을 하는 것이 아닌 그들이 원하는 방법을 고민하여 컨설팅을 하려고 노력한다. 약속과 신뢰를 중요시하는 나의 철학은 버리지는 않았지만 그러한 자신만의 철학을 바탕으로 더 확장된 사고로 컨설팅을 준비하고 있다.

불면증은 내 삶의 질을 떨어뜨리는 가장 부정적인 요인이었다. 상쾌한 기분으로 아침을 맞이하고 하루를 출발하고 싶었지만 불면증은 나의 아침을 늘 피곤하게 하였고 부정적인 감정을 느끼도록 하였다. 업무에도 지장을 주게 되자 불면증을 고치려고 적극적으로 노력해야 했다. 많은 수면 전문 병원을 방문하여 많은 의사들을 만났고 나의 삶을 고통스럽게 하는 불면증을 치료하고자 모든 방법을 모색해야 했다. 그럼에도 불구하고 그 어떤 곳에서도 나의 불면증을 치료할 수가 없었다. 치료하려고 노력할수록, 잠을 자려고 노력할수록 잠으로부터 더 멀어져 갔다. 내가 불면증에 대한 생각을 바꾼 것은 어느 한약방을 방문하면서 만난 한약사를 통해서였다. 그 한약사는 내게 잠을 자려는 생각을 포기하라고 했다. 치료하려고 하면 할수록, 잠을 자려고 애를 쓰면 쓸수록 잠을 더 잘 수가 없다는 그의 말에 나는 크게 공감을 한 것이다. 나는 한약사의 말을 수용하고 나니 오히려 편안해짐을 느꼈다. 지금은 치료하고자 노력하지 않는다. 그냥 수용하기로 했기 때문이다. 잠에 대해서 잠이 오면 오는 대로 불면을 문제로 생각하지 않고 그냥 수용하는 것이다. 잠에 대해 자려고 힘을 주지 않으니 오히려 몸이 평화로워지고 마음까지도 평화로워졌다. 새로운 의미를 만들고 그 소소한 목표들을 하나하나 이루어 나가는 행복하고 즐거운 삶을 살기로, 그렇게 나의 삶을 이해하고 통합하였다.

마무리

나는 2018년 여름, 지인으로부터 대학원에서 심리학 박사 학위 논문을 준비 중인 사람을 소개받았다. 그녀는 장기간 고질적인 불면으로 고통받고 있는 사람들을 대상으로 질적 연구를 하려고 하는데 내게 연구 대상이 되어 달라고 요청하였다. 나는 지인의 권유도 있고, 나름대로 관심이 있어 크게 고민하지 않고 연구에 참여하겠다고 하였다. 이렇게 하여 나는 논문 작성자와 3차례 장시간의 면담 과정을 거쳤다. 연구 대상은 나를 포함하여 총 3명이라고 했다. 본 Part 6은 그녀의 박사 학위 논문*에서 나에 대한 내용을 토대로 작성하였다. 내용이 주로 연구자와 나와의 면담에서 도출된 것이기에 논문 저자의 승인을 받아 활용하였음을 밝힌다.

나를 포함한 참여자들은 강박, 완벽주의 그리고 예민한 성향을 지니고 있다. 삶의 경험, 삶의 변화 과정에서 따뜻하고 인간적인 모

---

* 곽성희, 「불면증 수용과정에 관한 내러티브 탐구」, 대전대학교 대학원, 2019.2.

습 그리고 자신들의 삶에 대하여 주도성을 가지고 적응하려는 긍정적인 부분도 함께 있다. 불면증이라는 고통을 경험하면서도 자신만의 삶의 의미를 추구하거나 행복한 삶을 살아가고자 하는 이야기는 무엇인가에 대하여 새로운 시각을 갖도록 했다. 꼬리에 꼬리를 무는 사념, 불안 그리고 수면 부족으로 인한 체력의 한계와 같은 고통으로 일상생활이 힘겨워지는 어려움을 경험했다. 이러한 고통 속에서도 자신만의 독특하고 고유한 삶의 의미를 찾으려고 노력하며 살아가는 과정에 긍정적으로 적응해 보려고 지속적인 시도를 해 왔다. 삶은 타인이 부여해 주는 삶이 아닌 자신이 만들어 가는 삶을 살고 있다. 비록 개인적인 위기와 불면증을 경험하기까지 어려움이 있었지만 나름대로 적응적인 측면이 있었다. 가족을 비롯하여 자신의 지인들을 위해 희생하고 헌신하는 삶이었지만 희생과 헌신을 통해 자신의 존재를 끊임없이 확인하는 삶으로 완성해 갔다. 과거의 경험들로부터 심리적, 사회문화적인 고통과 함께 아픔의 시간을 보내며 개인의 존재에 대해 끊임없이 불안해하고 흔들렸지만 자신의 삶을 포기하지 않고 새로운 삶으로 걸어 나오는 용기를 내기도 했다. 어려운 상황 속에서 경험하는 불안하고 두려운 심리 내적인 고통을 극복하고 견디기 위해 자신이 지향하는 삶의 목표를 세웠고 그 목표를 향해 묵묵히 나아가고 있다. 삶의 과정, 즉 불안의 원인, 사회적 맥락에서의 가고자 하는 삶의 방향에 따라 각자의 의미들을 만들어가며 다른 사람들 그리고 다른 세계와 끊임없이 연결하고 소통하고자 했으며, 더 나아가 자신의 삶에서 불면증을 수용하고 통합하는 성숙한 모습을 통해 사회라는 큰 맥락 안에서 자신을 이해하고 수용하는 모습을 보여 주고 있다.

깊은 우물에 빠지다

내 삶의 이야기에는 슬픔과 좌절이라는 아픔이 있다. 슬픔과 좌절을 겪은 아픈 마음은 마치 깊은 우물에 빠진 것과도 같다. 불안의 심리적 상처들은 마치 깊은 우물 속 정체된 물과 같았지만 두레박을 타고 우물 밖으로 나왔다. 나는 마음속 깊은 곳에 불안함을 담고 있었다. 사람들은 자신이 놓은 어떤 한계의 상황에서 자신이 싸워서 이겨 나갈 수 있는지 없는지에 따라 무력감을 경험하기도 하지만 그 한계의 상황을 벗어나기 위해 필사적으로 몸부림치기도 했다.

나는 어린 시절 민감하고 소심한 성격으로 인해 학교 지붕을 올라갔다가 기왓장을 깬 자신의 잘못이 타인에게 알려질까 봐 노심초사하였고 그때부터 불안을 경험하기 시작했다. 이렇게 시작된 불안은 엄마와 동생의 질병으로 인한 심리적 압박감과 맞물렸다. 가난이라는 환경적 열악함에 놓여 있는 자신의 한계를 경험하게 함과 동시에 나를 불안이라는 우물에 빠지도록 하였다. 그런 과정에서 나는 불안이라는 우물에 계속 갇혀 있게 되었고 삶 속에서도 늘 걱정을 달고 살아야 했다. 그러나 이러한 불안은 삶을 망가트리기보다는 자신의 가정도 남들 가정처럼 행복하고 평범한 가정을 만들고 싶다는 소망을 만들어 주었고, 자신의 인생에서 더 많은 무언가를 추구하도록 하였으며 지속적으로 자신의 존재를 알릴 수 있는 일들을 수행해 나가는 힘이 되었다.

자신이 처한 심리적, 물리적 환경에서 빠져나갈 수 있을 것 같다는 희망을 지녔었다. 그러나 깊은 우물에 빠져 있는 시간이 길어질수록 빠져나올 수 없을 것 같은 답답한 마음이 들면서 희망을 잃기도 했다. 경험한 두려움을 누군가에게 힘들다고 말해야 했지만 메아리가 되어 자신에게 다시 돌아와 고통으로 자리 잡기도 했다. 결국 우물 안에서 어떻게든 빠져나오는 길밖에는 다른 방법이 없었다. 우물에서 빠져나오기 위해 더 열심히 무언가에 매진하도록 하였으며, 세상 밖으로 나오는 힘이 되기도 하였다. 불안은 인생의 어느 시점에는 절망의 요소로 작용했고 우물에 빠진 것도 같았지만 불안은 깊은 우물에서 자신을 세상 밖으로 나오게 하는 하나의 힘이 되는 요소이기도 했다.

홀로 견디다

내게 좌절과 슬픔이 있었고 이러한 심리적 고통을 호소할 곳을 찾지 못하고 혼자서 감당하고 견뎌냈다. 삶을 살아가는 과정 중 때론 가족의 생계를 홀로 짊어져야 했으며, 자신의 진학과 직업을 찾는 일에 누구의 도움을 받을 수 없었다. 마치 이정표를 잃은 것처럼 무엇을 바라보며 가야 하는지 알 수 없는 그 길에서 아무도 의지할 사람 없이 자기의 길을 혼자 감당하며 걸어가야 했다. 가난이라는 혹독한 현실에서 자신의 희생을 통해 가족을 지키고, 홀로 자신의 미래를 만들어 가야 했다. 삶의 혹독한 현실을 홀로 견뎌내면서도 자신이 바라보는 세상에 대한 믿음을 확인하고 싶었다. '열심히 살고 혼자서라도 포기하지 않고 끝까지 감당하면 행복하고 좋은 일들이 생길 것'이라고 끊임없이 자신과 세상에 대한 믿음을 갖고자 했다. 홀로 감당할 수밖에 없는 상황들은 살아가는 힘이 되게도 하였지만 혼자라는 불안한 상황에 늘 직면하게 했고 불면증에 이르게 하는 요인이 되기도 했다.

나는 고등학교에 진학하는 과정에서 자신의 미래에 대해 스스로 결정하며 실행하는 용기 있는 선택을 하였다. 그렇게 고등학교에 진학한 후에도 자신의 진로에 대해 끊임없이 고민하고 준비하는 삶을 살았다. 대학교에 진학하고 직장 생활을 시작하고 나서도 자신의 인생의 크고 작은 일들에 대해 스스로 해결해 나가면서도 가족들을 위한 헌신을 아끼지 않았다. 어린 시절부터 지금까지 누구의 도움 없이 혼자 자신의 일을 대처해 나가며 느꼈던 고독함과 외로움을 대물림하고 싶지 않은 심리적 욕구는 나로 하여금 자신의 형제들을 돌보는 데 더 열중하게 하였다. 형제들에게 필요한 사랑이라는 나무 한 그루씩을 심어 주며 늘 함께하고 돕고자 하였다. 이는 내가 겪는 외로움을 가족이라는 따뜻한 이름으로 승화시켜 나가고 싶은 나만의 사랑하는 방법이었다. 이렇게 사랑이라는 이름으로 심은 나무들을 가꾸면서 나는 때론 불면의 시간들을 허락해야 했다.

나와 가족에 대한 책임감은 때론 어른스럽게 행동하도록 했지만 불면의 고통도, 부모와 가족의 지지 부재도, 가정적 환경의 어려움도 자신의 심리적 결핍과 상처도 홀로 감당해야 하는 외롭고 두려운 길이었다. 불면의 시간이라는 것은 잠을 자는 누군가와 함께 나눠 질 수 없는 혼자만의 시간이기에 깊은 곳에 감춰 두었던 아픈 마음도 꺼내 보게 하기도 하였다. 때론 불면은 먼 미래의 자신이 잘 자는 모습을 상상하기도 했다. 거의 매일 밤 과거부터 현재를 거쳐 미래까지 시간 여행을 하였다. 시간 여행은 늘 혼자 감당해야 할 기나긴 불면의 여행이 되었다.

꿈을 이루기 위해 꿈을 잃다

자신의 일에 대해서는 무엇보다도 철저했고, 자신의 가치관과 신념이 분명했다. 일에 대한 남다른 열정과 신념은 자신과 가족과 대인관계에 충실하게 했고 더 열심히 하도록 했다. 가족을 위해 헌신하고 일과 관련된 업무에 대해서도 완벽하려고 했다. 조금 더 잘하기 위해 조금 더 배려하기 위해 고민해야 했다. 자신이 하는 모든 일에서 잘하고자 하는 끊임없이 빛나는 생각들을 깊은 밤에도 계속되었다.

나는 일에서도 사람들과의 관계에서도 끊임없이 연구하고 기획하고 '같음보다는 다름'을 선호하는 차별화된 인생을 추구하였다. 일을 하면서도 다른 무엇인가를 꿈꾸며 늘 새로운 것을 만들고자 하였다. 나는 공기업에서 근무하면서도 늘 자신의 미래에 대해 고민하고 계획하며 새로운 일들을 추진하고자 했다. 가족 구성원에게 경제적인 도움을 제공함과 동시에 자신이 사업 아이템을 만들어 적극적으로 가족을 지원하며 이끌어 나갔으며 남다른 책임감을 다하는 삶을 살도록 하였다. 또한 나는 다른 사람들과 함께 의미를 공유하고 만들어 가는 것을 좋아한다. 주변 지인들의 일을 챙기며 아낌없는 조언과 함께 그들의 인생을 컨설팅해 주었다. 어렵고 힘든 상황에 놓인 비슷한 다른 사람들의 일을 마치 자신의 일처럼 생각하고 돕는 것을 즐거워하는 삶을 살았다. 나는 자신이 받아 보고 싶은 사랑과 관심을 오히려 다른 사람의 손을 먼저 잡아 주고 사랑을 주는 것으로 대신하고자 하였다. 나는 누군가를 위해 자신의 의미 있는 삶들을 추구하고 도전하는 과정에서 자신의 수면 시간을 희생하는 아픔을 겪어야만 했다.

생각하는 시간은 남들보다 더 잘하고 더 좋은 방법들을 생각하는 통로이다. 생각의 시간은 실수를 줄이고 배려심이 많고 능력 있는 사람으로 보이도록 도왔지만 깊은 밤이 되도록 잠들지 못하고 깨어 있도록 했다. 꿈을 이루기 위해 힘겨운 노력을 기울여 다양한 성과를 이루었지만 꿀잠을 잃었다. 자신의 삶에서 열심히 살아내고자 하는 마음은 밤에도 생각에 빠져 잠 못 들게 했다. 결국 자신의 불면 경험의 이야기를 하며 그들 스스로 자신들이 말하는 이야기 안에서 꿈을 잃고 꿈을 이루어 가고 있음을 발견하고 깨닫는 시간을 만들었다.

북극성을 따라서 걷다

나는 불면증을 경험하며 힘겨운 삶 속에서도 삶의 목표를 잃지 않고 자신이 가고자 하는 방향에 따라 살아왔다. 불면의 시간들은 오롯이 혼자 감당하고 겪어내는 고통의 시간이었지만 자기가 가고자 하는 방향을 놓치거나 잃지 않고 나아가게 하는 힘이었다. 내게 불면증은 분명 고통이었고 홀로 깨어 있는 시간으로 외로움과 마주해야 하는 어둠의 시간이었다. 그러나 어둠이 깊을수록 빛이 더욱 빛나는 것처럼 깜깜한 밤, 어둡고 두려운 그 시간들을 마주하며 지금까지 살아온 자신의 삶의 과정을 다시 한 번 비추는 자신만의 북극성을 발견했다.

일 그리고 가족과 주변 사람들에게 의미 있는 사람으로 살고 있다. 엄마의 맘으로 자리를 대신하여 형제들 곁에서 때론 경제적으로 지원자가 되고 때론 엄마의 맘으로 가족들이 걸어가는 길에 항상 동행하였다. 그러면서도 자기계발을 게을리하지 않았으며 끊임없이 공부하는 삶을 살아왔다. 또한 자신의 아이디어와 가치들을 다른 사람들과 함께 공유하고 많은 사람들 곁에서 함께 머물고자 하였다. 사람이 돈보다 더 소중하고 중요하다고 생각하는 나는 자신의 삶의 목적이라고 생각했다. 이러한 엄마 같은 맘, 타인을 돕는 일을 우선시하는 삶의 목적과 방향성은 지금까지 불면 속에서도 삶을 지속하게 하는 힘이 되어 주었다.

삶의 위기에서 순간순간마다 쓰러지고 넘어져 가면서도 북극성을 따라 자신이 가고자 하는 방향을 잃지 않고 묵묵히 한 걸음 한 걸음 나아갔다. 때론 길을 잃고 넘어질 때마다 가족을 책임지고 돌봐야겠다는 가치관과 신념으로 다시 일어나 자신의 북극성을 따라 삶을 걸어가는 용기를 낼 수가 있었다.

버팀목이 되어 준 사람들

불면증의 기나긴 여정에는 든든한 버팀목이 되어 주는 사람들이 곁에 있었다. 가족들 그리고 친구들과 동료들은 내게 든든한 버팀목이었다. 때론 혼자 짐을 짊어지고 가는 길이었지만, 자신에게 위로가 되고 격려가 되는 사람들이 항상 함께하였으며 그들은 내가 지금까지 흔들림 없이 잘 버티며 살아올 수 있었던 이유였고 희망이었다. 그들은 지금의 내가 다시 삶을 살아가는 이유가 되기도 하지만 삶에서 어려움과 난관에 봉착하여 더 이상 가지 못할 것 같은 인생의 길을 다시 일어나 걸어가게 하였다. 마치 어려운 상황에서 한계를 만났을 때 건너갈 수 있는 징검다리가 되어 주듯 삶의 고비마다 힘이 되고 다시 일어날 수 있는 버팀목이 되어 주었다. 이렇게 자신을 지지해 주고 함께해 주는 사람이 존재한다는 것은 삶을 살아가는 사람들에게 큰 힘이 된다는 것을 알 수 있다.

나는 사람들과의 관계를 중요하게 생각하는 사람이다. 나는 '사람이 남는 인생'이라는 가치관을 가지고 살아가는 사람이다. 자신의 가치관처럼 나의 곁에는 늘 함께해 주는 사람들이 많았다. 내가 사업 투자에 실패했을 때에도 정신적인 지지와 더불어 경제적인 지원을 해 준 선배가 있었다. 그분의 도움을 통해 나는 깜깜하고 막막한 늪에서 빠져나올 수 있었다. 또한 나는 청소년 시절 관절염으로 학교를 가지 못했을 때도 매일 찾아와 책을 읽어 주고 맛있는 음식을 나누어 준 친구를 통해 따뜻한 우정을 느낄 수 있었으며 혼자 누워 있었던 시간에서 친구의 방문은 유일하게 세상과 소통하는 시간이었다. 이렇듯 나는 '사람이 남는 인생'이라고 생각하는 자신의 가치관과 철학에 따라 나도 누군가에게 지지자의 역할을 했지만 나의 주변 지인들과 친구들의 지지와 격려는 나에게도 살아가는 힘이 되었다.

누군가의 수용과 지지는 한 사람의 삶에 큰 영향을 줄 수 있다. 누군가로부터 지지를 받았다는 것은 자신이 가치 있는 존재라는 것을 느끼게 되고 또한 삶을 살아가는 이유가 된다는 것을 알 수 있다.

나를 받아들이다

불면증을 수용하고 통합하여 온전한 자기를 받아들였다. 삶의 고통을 주는 불면증을 경험했지만 어떻게 삶을 살아가야 하는지에 의미를 부여하고 통합하며 온전한 수용을 하기로 하였다. 불면증 경험의 의미는 결국 자기의 존재를 확인하는 물음이 되었다. 불면증을 통해 자신이 누구인지 무엇 때문에 잠을 잘 수 없는지, 자신의 이야기를 통해 자신의 삶을 이해하고자 하였다.

나는 모든 일과 시간들 그리고 사람들과의 관계에서 의미를 만들어 가는 자신만의 철학을 통해 자신의 불면증을 수용하고 통합하고자 했다. 나는 수면제의 부작용으로 수면제의 도움조차 받을 수 없는 상황에서 자신이 할 수 있는 삶에 의미를 추구하고자 하는 나만의 가치관과 신념을 따라 사는 것이었다. 불면증을 경험하기까지의 여정 그리고 불면증과 동행하는 삶 안에서 나는 새로운 여행의 길을 떠나고자 하였다. 새로운 일을 추구하고 새로운 사람을 사귀고 새로운 의미를 만들어 가며 자신의 공간에서 머물기보다는 또 다른 세계로 매일매일 문을 열며 나서고 있다. 새로운 세계에 손을 내밀며 자신만의 스토리를 만들어 가는 것으로 불면증을 수용하고 통합하고자 했다.

나는 '왜 이렇게 살아야 하는지'를 '왜 이렇게 살 수밖에 없었는지'에 대한 깨달음과 함께 불면증에 대한 고통의 시간을 '깊음과 넓음'으로 온전히 수용하며 다시 살아가기로 했다. 고통스러운 불면의 경험을 회피하지 않고 온전히 받아들이면서 자신의 모습을 찾아 다시 살아가는 용기를 얻었다. 새롭게 수용하고 통합된 자신으로 새로운 의미를 만들어 가며 살아가야 하고 다시 만들어 가는 그 길은 오랫동안 내면 깊은 곳에 묻어둔 아픔과 슬픔에 빠져 있었던 자기 자신에게로 가는 길이 될 수 있음을 깨달았다. 불면 경험의 의미는 곧 자신의 삶에 대한 표현으로 이해되고 존중되어야 했다.

창문을 닫으며

글을 쓰겠다고 맘먹고 기억을 되살려 하루하루 조금씩 작성해 보았다. 쓰고 읽고 검토하면서 나 자신을 너무 미화하고 자랑만 한 것은 아닌가 하는 생각이 들었다. 그러나 남의 이야기가 아닌 나 자신의 이야기를 솔직히 기술하는 것이 좋겠다는 생각을 하며 용기를 내어 마무리를 하였다.

꿈을 성취했을 때보다 꿈을 꾸고 그 꿈을 이루기 위해 열심히 실행할 때가 더 행복하다고 믿는다. 이 세상은 내가 주인공이므로 내 생각대로 설계하고 즐겨야 한다고 생각한다. 그리고 즐거움은 받는 것보다 줄 때가 더 크다는 사실도 믿는다. 편하게 만나고 즐길 수 있는 지인들과 평소 좋은 인간관계를 유지하는 것은 내 인생에 풍요로움을 더해 준다. 과거 또는 지금의 꿈대로 실현되지 않으면 실망하지 말고 다시 설계하면 된다고 생각하면 편하다. 시간이 많고 적음을 떠나 평소에 즐거운 계획을 세우고 실천하려고 노력하고 있다.

원고 초록에 대해 지인 3명에게 검토를 부탁하였다. 그들은 마치 자신의 일처럼 정성껏 검토해 주고 응원과 격려를 해 주었다. 아내의 친구인 조경자는 "목표를 정하고 그곳을 향하여 한 발 한 발 걸어가고 또 만들어 가는 과정들이 잘 그려져서 좋았다"고 해줬고, 초등학교 친구 최미숙은 "집사람이 고생 많았다"는 감상을 전했으며, 친구의 딸 채세령은 "저는 아저씨처럼 살지 못할 것 같아요. 어떻게 그러한 용기를 낼 수 있나요?"라는 질문을 해 줬다. 바쁜 가운데 섬세한 검토와 응원을 아끼지 않아 준 이들에게 고마움을 전하고 싶다.

그리고 비록 나에 대한 이야기지만 박사 학위 논문의 많은 부분을 인용하는 것을 허락해 주신 곽성희 박사님과 책의 완성도를 높이도록 좋은 그림을 기꺼이 제공해 주신 화가 이정연 님에게 감사함을 전하고 싶다.

꿈 너머 꿈을 꾼다는 말이 있다. 나 또한 크고 작은 꿈을 그리고 그 꿈을 이루기 위해 계속 노력할 것이다. 집필을 묵묵히 지켜봐 주고 많은 응원을 준 아내와 아들과 출판의 즐거움을 함께하고 싶다. 출판을 즐거움을 완성해 주신 출판사 북랩 가족분들께 깊은 감사 인사를 드린다.

2020년 1월

이근순

염원(상감주자 2), 2019년 作, 50×40㎝